L'ARTICOLO SUI KRINAR

Un Romanzo sulle Cronache dei Krinar

ANNA ZAIRES

HETTIE IVERS

♠ Mozaika Publications ♠

Copyright © 2018 Anna Zaires
www.annazaires.com/book-series/italiano/
Traduzione italiana: Martina Stefani 2018

Pubblicato da Mozaika Publications, stampato da Mozaika LLC.
www.mozaikallc.com

Copertina di Najla Qamber Designs
www.najlaqamberdesigns.com

e-ISBN: 978-1-63142-409-0
Print ISBN: 978-1-63142-410-6

PARTE UNO

CAPITOLO UNO

Due anni dopo l'invasione.

Non riuscivo a credere che fossero passati due anni dall'invasione, e che la gente continuasse a non sapere quasi niente degli alieni che avevano conquistato la Terra.

Frustrata, mi tolsi gli occhiali e mi strofinai gli occhi, sentendo la fatica dopo aver passato tutto il giorno a fissare lo schermo del computer. Nelle ultime due settimane, da quando avevo deciso di mettermi alla prova scrivendo un pezzo perspicace sugli invasori, mi ero messa a cercare ogni genere di informazione disponibile su Internet, e tutto ciò che avevo a disposizione erano voci, una serie di inaffidabili resoconti di testimoni oculari, alcuni sfocati video su YouTube e tante domande prive di risposta.

Due anni dopo il K-Day, i K—o Krinar, come amavano essere chiamati—erano un mistero quasi come quando erano arrivati.

Il mio computer emise un ronzio metallico, distraendomi dai pensieri. Guardando lo schermo, vidi che era appena arrivata un'e-mail da parte del mio editore. Richard Gable voleva sapere quando sarebbe stato pronto l'articolo sui cuccioli siamesi.

Almeno, non si trattava di un'altra di quelle e-mail del tipo "il cielo sta crollando" da parte di mia mamma.

Sospirando, mi strofinai di nuovo gli occhi, scacciando i pensieri disturbanti sui miei folli genitori. Era già abbastanza brutto che la mia carriera non fosse decollata. Non avevo idea del perché tutte le fesserie fossero finite sulla mia scrivania. Era così da quando ero entrata al giornale tre anni fa, e ne avevo abbastanza. A ventiquattro anni, avevo la stessa esperienza di scrittura di notizie vere di una stagista universitaria.

Basta, avevo deciso il mese scorso. Se Gable non voleva assegnarmi incarichi più seri, avrei trovato una storia da sola. E che cosa avrebbe potuto essere più interessante o controverso degli esseri misteriosi che avevano invaso la Terra e che ora vivevano accanto agli umani? Se fossi riuscita a scoprire qualcosa—qualsiasi cosa—sui K, avrei potuto dimostrare che ero capace di gestire storie più importanti.

Rimettendo gli occhiali, scrissi rapidamente un'e-mail a Gable, chiedendo di poter avere un paio di giorni in più per finire l'articolo sui cuccioli. La mia scusa era che volevo intervistare il veterinario e che avevo difficoltà a mettermi in contatto con lui. Era una bugia, ovviamente—avevo intervistato sia il veterinario che il proprietario non appena avevo ottenuto l'incarico—ma volevo evitare di ricevere altre sciocchezze per qualche giorno. Questo mi avrebbe concesso del tempo per esplorare un argomento interessante che avevo trovato oggi nelle mie ricerche: i cosiddetti club-x.

"Ehilà, piccola, niente programmi per stasera?"

Sentendo una voce familiare, sorrisi a Jay, il mio collega e miglior amico, che era appena entrato nel mio piccolo ufficio. "No" dissi allegramente. "Devo portarmi avanti col lavoro e poi ozierò sul divano."

Lui sospirò con fare teatrale e mi rivolse un'occhiata di finto rimprovero. "Amy, Amy, Amy… Come dobbiamo fare con te? È venerdì sera, e te ne stai a casa?"

"Mi sto ancora riprendendo dallo scorso fine settimana" dissi, con il sorriso che si allargò. "Quindi, non pensare di potermi trascinare di nuovo fuori così presto. Una notte di festa in stile Jay al mese è sufficiente per me."

La festa in stile Jay era un'esperienza unica, all'insegna di diversi shottini di vodka nelle prime ore della sera, seguiti da parecchie ore da passare nei locali e da una cena/colazione in un ristorante coreano aperto 24 ore su 24. Non avevo mentito, quando avevo detto che mi stavo ancora riprendendo—la combinazione di vodka e cibo coreano mi aveva provocato una sbornia, che sembrava più un'intossicazione alimentare che altro. Lunedì ero appena riuscita ad alzarmi dal letto per recarmi al lavoro.

"Oh, andiamo" mi prese in giro, con gli occhi castani simili a quelli di un cucciolo. Con le ciglia folte, i capelli castani e ricci e i lineamenti eleganti, Jay era quasi troppo carino per essere un ragazzo. Se non fosse stato per la corporatura muscolosa, sarebbe sembrato effeminato. Tuttavia, attirava sia donne che uomini—e si divertiva con entrambi con lo stesso entusiasmo.

"Mi dispiace, Jay. Forse la prossima settimana." Dovevo concentrarmi sull'articolo sui K… e sui club segreti che presumibilmente frequentavano.

Il mio amico emise un altro sospiro. "Va bene, come vuoi. Su cosa stai lavorando adesso? Su quel pezzo riguardo ai cuccioli?"

Esitai. Non gli avevo ancora detto del progetto, più che altro perché non volevo sembrare sciocca, se non avessi trovato una buona storia. Nemmeno Jay riceveva molti incarichi importanti, ma a lui non importava altrettanto. Il suo obiettivo nella vita era divertirsi, e tutto il resto—compresa la carriera di giornalista— veniva dopo. Pensava che l'ambizione fosse utile solo con moderazione e non si applicava più del necessario. "Non voglio essere un totale fannullone, sai, per i miei genitori" mi aveva spiegato una volta, e quella frase riassumeva perfettamente il suo approccio al lavoro.

Io, invece, non solo non volevo essere una fannullona, ma mi dava fastidio il fatto che l'editore avesse rivolto una semplice occhiata ai miei capelli biondo fragola e ai lineamenti simili a una bambola, e mi avesse definitivamente collocata nella terra delle storie banali. In un primo momento, avevo pensato che Gable fosse un sessista, ma faceva la stessa cosa con Jay. Il nostro editore non discriminava le donne; semplicemente aveva pregiudizi sulle capacità delle persone in base al loro aspetto esteriore.

Decidendo di confidarmi con il mio amico, dissi: "No, non sul pezzo dei cuccioli. In realtà, sto facendo ricerche su un mio progetto."

Jay sollevò le sopracciglia perfette. "Davvero?"

"Hai mai sentito parlare dei club-x?" chiesi, guardandomi intorno per assicurarmi che nessuno stesse ascoltando la conversazione. Per fortuna, gli uffici intorno al mio erano quasi deserti, fatta eccezione per un'altra stagista che stava lavorando nella parte opposta del piano. Erano quasi le quattro del pomeriggio di venerdì, e la maggior parte della gente aveva trovato una scusa per uscire prima in quel pomeriggio estivo.

Jay sgranò gli occhi. "Club-x? Vuoi dire i club-xeno?"

"Sì." Il battito del mio cuore accelerò dall'emozione. "Ne hai sentito parlare?"

"Non sono i luoghi in cui quella gente pazza per gli alieni si reca per rimorchiare i K?"

"A quanto pare." Gli sorrisi. "Ne ho sentito parlare proprio oggi. Conosci per caso qualcuno che c'è andato?"

Aggrottò la fronte, con un'espressione che sembrava fuori posto sul suo viso normalmente allegro. "No, non proprio. Voglio dire, c'è sempre quell'amica di un amico di un amico, ma nessuno che conosca personalmente."

Annuii. "Giusto. E tu conosci mezza Manhattan, quindi questi club, se esistono, sono un segreto ben custodito. Riesci a immaginare la storia?" Con la mia miglior voce da presentatrice, annunciai con fare teatrale: "Club alieni nel cuore di New York? Il *New York Herald* vi dà le ultime notizie sui K!"

"Ne sei sicura?" Il mio amico sembrava dubbioso. "Ho sentito dire che quei club sono vicini ai Centri K. Stai dicendo che ce ne sono alcuni a New York?"

"Credo di sì. Girano alcune voci su un club a Manhattan. Voglio trovarlo e capire di cosa si tratta."

"Amy… Non so se sia una grande idea." Con mia sorpresa, Jay sembrava più turbato che emozionato, con l'insolito cipiglio ancora più accentuato. "È meglio non scherzare con i K."

"Nessuno vuole scherzarci—ecco perché non sappiamo ancora niente di loro." La mia precedente frustrazione riaffiorò. Mi infastidiva che tutti fossero ancora così intimiditi dagli invasori. "Tutto quello che voglio è scrivere un articolo su di loro. Specificamente su alcuni luoghi che presumibilmente frequentano. Sicuramente questo è permesso. Abbiamo ancora la libertà di stampa in questo Paese, no?"

"Forse" rispose Jay. "O forse no. Personalmente, penso che cancellino tutte le informazioni che non vogliono siano rese pubbliche. Un tempo, quando un'informazione era su Internet, rimaneva lì per sempre, ma ora non più."

"Pensi che potrebbero sopprimere il mio articolo in qualche modo?" chiesi preoccupata, e Jay scrollò le spalle.

"Non ne ho idea" disse. "Ma se fossi in te, mi concentrerei sul pezzo dei cuccioli e lascerei perdere i K."

ERANO QUASI LE OTTO DI SERA QUANDO LA TROVAI: UNA menzione sull'ubicazione del club-x su un oscuro forum di sesso online. Era nascosta all'interno del lungo—e piuttosto improbabile—racconto di un incontro con un gruppo di K. La sensazione di estasi descritta dall'uomo suonava sospettosamente come una beatitudine indotta dalla droga, anche se storie analoghe erano disseminate in tutta la rete, dando origine a ogni sorta di voce sugli invasori… compresa quella sul vampirismo.

Non ci credevo, ma in generale, grazie alla stravagante ossessione di mia madre per le cospirazioni, avevo una naturale sfiducia nei pettegolezzi. Mi piacevano i fatti; per questo avevo scelto il giornalismo piuttosto che scrivere romanzi.

Secondo il racconto di quell'uomo, si era recato al club subito dopo la cena nel distretto di Meatpacking. Aveva nominato il ristorante dove aveva cenato, e poi aveva scritto che il club era proprio di fronte.

E ora, avevo una pista.

Saltando in piedi, afferrai la borsa e mi precipitai fuori dall'ufficio, facendo un cenno al custode lungo la strada.

A quanto pareva, il mio venerdì sera sarebbe stato molto più emozionante.

CAPITOLO DUE

"NON C'È BISOGNO CHE TU VENGA CON ME" RIPETEI PER la quinta volta, rivolgendo a Jay un'occhiata esasperata. Avevo commesso l'errore di mandargli un messaggio sui miei programmi, e si era presentato alla mia porta venti minuti dopo, vestito per recarsi al club, ma facendo del proprio meglio per dissuadermi dall'andare.

"Se tu vai, verrò anch'io" disse testardamente. "Non credo che dovremmo farlo, ma, piccola, sei pazza, se pensi che ti lascerò andare da sola."

"Vuoi solo che il tuo nome appaia nella storia" scherzai, rovesciando in alto i capelli lunghi fino alle spalle per spalmarci una spuma. I miei capelli biondo-rossicci erano naturalmente fini e lisci, ma se applicavo il prodotto in abbondanza, potevo ottenere delle onde sexy. Di solito, non mi piaceva avere un aspetto sexy, ma in quel caso era importante. I K non solo avevano sembianze umanoidi, ma erano decisamente stupendi…e in base a ciò che avevo letto online, volevano che i loro partner sessuali umani fossero attraenti quanto loro.

Ero abbastanza certa di non soddisfare quel criterio, ma speravo che con il trucco giusto—e con le lenti a contatto al posto degli occhiali—sarei sembrata abbastanza carina da poter entrare nel club.

"I nostri nomi *entreranno* nella storia" disse Jay cupamente. "Già lo immagino: *Due Giornalisti Scomparsi, Avvistati L'Ultima Volta Mentre Davano La Caccia Agli Alieni Nel Distretto Di Meatpacking*."

"Oh, per favore." Mi raddrizzai e iniziai ad applicare il mascara sulle lunghe ciglia castane. "Da quando hai paura di andare in un club? Fai sempre cose pazzesche—"

"Sì, ma lo faccio per divertimento, non per dimostrare quanto sono bravo al nostro capo idiota. E nessuna quantità di bevute o feste può essere paragonata al tentativo di infiltrarsi in un sex club alieno. Capisci la differenza che c'è tra un po' di erba ricreativa e questo, vero?"

"Sì, sì" mormorai, applicando il fard sulle pallide guance. "Come ho detto, ti ho mandato il messaggio solo in modo che qualcuno sapesse dove fossi. Non c'è bisogno che tu venga con me."

"Sì, lo so." Jay mi rivolse un'occhiata come per dire 'datti una svegliata.' "Sei la mia unica amica. Credi che ti lascerei salire su una navicella spaziale?"

"Vivono nei Centri K della Terra, sciocchino." Gli sorrisi nello specchio. "Perché dovrebbero portarmi via su una navicella spaziale?"

"Chi lo sa?" disse, lasciandosi cadere sul mio divano. "Forse a loro piacciono le bionde con gli occhi verdi, che indossano gli occhiali per lavorare e sembrare più intelligenti."

"Mmm, sì. Sono proprio il loro tipo." Ridendo, lisciai le mani lungo l'aderente abito blu. Con i fianchi formosi, non ero esattamente una modella, anche se generalmente ero soddisfatta del fisico. Aiutava il fatto che ai miei ex fidanzati sembrava piacere quel sedere più rotondo; uno di loro aveva addirittura affermato che era la sua parte preferita del mio corpo.

"Non si sa mai" insistette Jay. "Seriamente, Amy, vorrei che ci riflettessi. Ti rendi conto che potrebbero farti assolutamente qualsiasi cosa in quel club, e nessuno li fermerebbe? Le nostre leggi non si applicano su di loro. Potrebbero ucciderti, e nessuno batterebbe ciglio, a prescindere dal trattato. Lo capisci, vero?"

"Certo." Stavo cominciando a stancarmi di quella conversazione. A volte si comportava come un cane con l'osso. "Non sono nata ieri. So quanto possano essere pericolosi i K. Ho visto quei video in cui fanno a pezzi le persone, e ho letto i racconti dei testimoni oculari. Ma siamo giornalisti. Dovremmo indagare sulle storie, scoprire verità importanti e portarle alla luce, anche se è rischioso. Non abbiamo scelto questa professione per poter scrivere articoli sui cuccioli siamesi, matrimoni mondani o qualunque altra stronzata ci assegni Gable. Dobbiamo fare dei veri reportage, Jay—e questa è la nostra occasione."

Facendo una pausa, lo guardai. "Io la sfrutterò—tu puoi unirti a me o tornare a casa."

CAPITOLO TRE

"OK, QUESTO È IL RISTORANTE" DISSI, QUANDO IL NOSTRO taxi si fermò davanti a un hotel dall'aspetto elegante. Secondo Google, il ristorante era sul tetto dell'edificio. "E ora?"

"Ora andiamo in un vero nightclub e dimentichiamo questa follia" disse Jay, scendendo dal taxi e aprendomi la portiera. "Sei già vestita elegante—sarà perfetto. Ci divertiremo un sacco, proprio come lo scorso fine settimana."

Feci un respiro esasperato. "Non ripeterò lo scorso fine settimana per un bel po' di tempo—te l'ho già detto. E non siamo qui per festeggiare; siamo qui per osservare."

"Giusto, certo." Jay si incupì. "Stiamo semplicemente osservando attentamente alcuni alieni—a cui non dispiacerà affatto che vogliamo pubblicizzare i loro segreti."

Lo ignorai, cercando di capire dove potesse essere il

club 'dall'altra parte della strada.' Tutto intorno a me, la zona brulicava di persone bellissime. Meatpacking *era* il quartiere dei club di Manhattan. Modelle, celebrità, operatori di Wall Street e tutti gli altri si mescolavano nelle strade acciottolate e nei locali dall'aspetto inquietante, cercando di prevalere l'uno sull'altro con borse e vestiti firmati. La musica usciva da diverse porte aperte, e ragazze ubriache barcollavano sui tacchi alti, ridacchiando e flirtando con ogni ragazzo in vista.

Dovetti ammettere che i K erano stati intelligenti a scegliere quel luogo per il loro club; con tutte le folle scintillanti, persino un Krinar sarebbe potuto passare inosservato.

Studiando l'edificio dall'altra parte della strada, vidi un gruppo di donne alte e leggiadre avvicinarsi a una porta marrone senza pretese. Non c'era alcuna scritta sopra di essa, nulla che indicasse che tipo di esercizio fosse. Una delle donne bussò e la porta si aprì lasciando entrare il gruppo. Poi la porta si chiuse immediatamente.

Il mio fiuto si mise subito in allerta. "Eccoli" dissi, afferrando il braccio di Jay e praticamente trascinandolo attraverso la strada trafficata.

"Come fai a saperlo?" La sua voce aveva un sottofondo di ansia. "Hai visto uno di loro?"

"No." Ignorai il clacson dei taxi, mentre passavo davanti a diverse macchine. "Ma penso di aver visto alcune donne che potrebbero essere i loro tipi."

"I loro tipi?"

"Simili alle Krinar" spiegai, facendomi strada tra la

folla sul marciapiede. "Alte, stupende... come le supermodelle."

"Questo non significa niente—"

"Senti, proviamo e vediamo" lo interruppi, fermandomi davanti alla porta marrone. Voltandomi verso Jay, chiesi: "Pronto?"

"No" rispose cupamente, ma stavo già bussando alla porta.

Per qualche secondo, non successe niente. Poi, la porta si aprì lentamente, rivelando uno stretto corridoio.

"Ok, eccoci qua" sussurrai a Jay, ed entrai.

Lui mi seguì senza aggiungere altro.

Mentre camminavamo silenziosamente attraverso il corridoio, sentii il battito del mio cuore accelerare. Sarei riuscita a vedere di persona gli invasori che avevo visto solo in TV?

Il corridoio terminava davanti a un'altra porta— questa di colore grigio metallizzato. Era chiusa a chiave, così bussai di nuovo, non sapendo che cos'altro fare.

Poi aspettai.

E aspettai.

E aspettai.

"Non credo che ci lasceranno entrare" sussurrò Jay un minuto dopo. "Forse dovremmo andarcene."

"Non ancora" sussurrai. Non volevo ammetterlo, ma ora che eravamo lì, mi stavo innervosendo. Stavo cominciando a riflettere sulla totale gravità di ciò che stavamo facendo. Se quello era davvero il club-x di cui avevo sentito parlare, allora dall'altra parte di quella porta ci sarebbero stati esseri provenienti da un altro pianeta—da un'antica civiltà che presumibilmente aveva seminato la vita sulla Terra.

Il cuore mi stava pulsando in gola.

Raccogliendo il coraggio, bussai di nuovo e gridai: "C'è nessuno?"

Jay deglutì rumorosamente accanto a me, sbiancando.

"C'è nessuno?" ripetei, più forte questa volta. Nervosa o meno, non me ne sarei andata finché non avessi scattato le foto migliori.

"Amy, andiamo—"

La porta si aprì lentamente.

Un uomo era lì, con la sua figura alta e le spalle larghe, che occupava gran parte della porta. Alla luce fioca, tutto ciò che riuscivo a vedere sul suo viso erano gli zigomi alti e una mascella che sembrava scolpita nel granito. I suoi occhi brillavano cupamente sotto le sopracciglia folte, e i vestiti erano chiari, quasi bianchi.

Stordita, lo fissai. Poteva essere…? Poteva essere…?

L'uomo sorrise, con i denti incredibilmente bianchi sul bel viso abbronzato. "Benvenuti" disse piano, e si fece da parte, facendo cenno di entrare.

CAPITOLO QUATTRO

Con il cuore che mi batteva furiosamente nel petto, varcai la porta, seguita da Jay.

All'interno, la sala era grande, fiocamente illuminata e completamente vuota. Non c'erano mobili, né persone—tranne l'uomo che aveva aperto la porta per noi. Era rimasto lì tranquillamente, osservandoci con fare inquietante.

La porta dietro di noi si richiuse.

Mi pulii di nascosto le mani sudate sulla parte anteriore del vestito, sperando che l'uomo non notasse il mio gesto nervoso.

"Ciao" disse Jay, facendo un passo in avanti per stare accanto a me. Con mia sorpresa, la voce del mio amico era ferma, e sul suo volto c'era un sorriso civettuolo. "Abbiamo sentito dire che c'è una festa qui. È vero?"

L'uomo non rispose per un momento, mandando la mia ansia alle stelle. Poi parlò, con la voce profonda che si riempì di divertimento. "Diciamo di sì."

"Fantastico." Jay gli sorrise. "È per questo che siamo qui."

Provai un'ondata di ammirazione per il mio amico. Avevo sempre saputo che era bravissimo nelle situazioni sociali, ma quella era ben lungi dall'essere una festa tipica. Nonostante tutta la sua riluttanza a recarsi lì, Jay si stava comportando davvero benissimo.

"Entrambi?" chiese l'uomo, sembrando ancora divertito.

"Sì." Mi sforzai di sfoderare un sorriso brillante. Se Jay poteva farlo, avrei potuto anch'io. "Siamo molto… curiosi."

"Ah." L'uomo rise, con un suono basso e sensuale che mi provocò un brivido lungo la schiena. "Siete curiosi, capisco. Bene, seguitemi allora."

Si voltò e cominciò a camminare verso il lato opposto della sala. Il mio cuore saltò un battito. Come i K che avevo visto in TV, l'uomo non si limitava a camminare; fluiva, con ogni movimento carico di potenza e grazia inumane.

Non c'erano più dubbi.

Avevo appena conosciuto il mio primo Krinar.

Jay mi toccò il braccio, e alzai la testa per guardarlo. Sul suo viso, potei scorgere lo stesso stupore ed eccitazione che provavo io. "Oh mio Dio" mimai con la bocca, e lui annuì, con gli occhi spalancati dallo shock.

"Dai" feci di nuovo il movimento con la bocca, scuotendo il mento in direzione del K, ed entrambi ci affrettammo a seguirlo, quasi correndo per tenere il passo.

Il K si fermò davanti a una parete in fondo alla sala e agitò la mano con un breve movimento. Con mio shock, la parete si dissolse, creando un'apertura ovale a misura d'uomo. Repressi a malapena un sussulto. Sapevo che i K avevano una tecnologia più avanzata, ovviamente, ma non l'avevo mai vista in azione.

Sarebbe finita sicuramente nel mio articolo.

Mentre componevo mentalmente il primo paragrafo della storia, il K attraversò l'apertura e scomparve all'interno. Non volendo perderlo, superai l'apertura, seguita da Jay.

Finimmo in un corridoio buio. Dopo aver camminato per una decina di metri, ci ritrovammo davanti ad un'altra parete. Il K attese che lo raggiungessimo, e poi creò una seconda apertura attraverso la quale potei vedere luci multicolori e ascoltare musica pulsante.

"Eccoci qui" disse il K, in un inglese perfetto come quello di qualsiasi americano. Mi ero sempre chiesta come fosse possibile—come facessero gli alieni a conoscere così bene le lingue della Terra. Secondo le voci, disponevano di qualche impianto neurale, ma nessuno lo sapeva con certezza.

Poteva essere un'altra cosa su cui indagare quella sera.

"Wow, che figata" esclamò Jay, interpretando alla perfezione il suo ruolo di sbadato frequentatore di feste. "Mi piace, amico."

Il K sollevò le sopracciglia, ma non si degnò di dare una risposta. Così, entrò, camminando con quella grazia inquietante e animalesca. Jay, che sembrava aver superato il suo cauto incantesimo, lo seguì senza esitazione. Dopo una pausa momentanea, li seguii, con il cuore che mi batteva per un mix di trepidazione ed emozione.

Eravamo ufficialmente all'interno di un club-x.

LA PRIMA COSA CHE NOTAI FU LA MUSICA. FUORI dall'apertura, avevo colto solo il battito pulsante, ma non appena entrai dentro, sentii le note di uno strumento sconosciuto mescolato a vibrazioni più acute. La musica non era particolarmente alta, tuttavia mi coinvolse, facendomi sentire cullata dalla melodia.

Sopra la musica, potevo sentire risate e un brusio di conversazioni. La sala spaziosa era gremita di gente—anche se non ero sicura che "gente" fosse il termine giusto, dato che molte delle persone presenti erano Krinar. Gli alieni erano facili da individuare: erano tutti alti, con i capelli scuri e avevano la straordinaria bellezza che di solito si osservava nei modelli. Per un po', si era diffusa la voce che i K non fossero affatto esseri biologici, e potei capire da dove quelle voci avevano avuto origine. Non solo i K erano incredibilmente forti e veloci, ma erano anche troppo perfetti per essere veri.

O almeno troppo perfetti per essere umani.

La sala era scarsamente arredata, con tavoli

circolari in ogni angolo. Sembrava la versione K di un bar. Potevo vedere sia umani che K creare trambusto intorno a quei tavoli, stringendo bicchieri contenenti varie bevande.

L'illuminazione nella sala era soffusa, con diverse tonalità di colori caldi che si mescolavano insieme. Questo esaltava gli abiti chiari indossati dai K. Gli indumenti stessi non erano particolarmente esotici—chiari, svolazzanti per le donne e pantaloncini con magliette senza maniche per gli uomini—ma si addicevano agli alieni, enfatizzandone la pelle dorata e il fisico aggraziato.

Prima che potessi notare altri dettagli, il K che ci aveva fatti entrare si voltò per guardarmi. C'era un sorrisetto beffardo sulle sue labbra piene e perfettamente modellate.

"Curiosità soddisfatta?" fece le fusa, fissandomi, e il respiro mi si bloccò in gola, mentre lo guardavo attentamente per la prima volta.

Il Krinar davanti a me aveva una bellezza scura, simile a un satiro, il che era allettante e inquietante al contempo. Aveva capelli neri lucenti e lisci, abbastanza lunghi da coprirgli le orecchie e cadergli incautamente sulla fronte. Con il naso mascolino e la mascella forte, avrebbe potuto posare per un annuncio di reclutamento dell'esercito—ma nessun soldato aveva una bocca così maliziosamente sensuale o occhi che parlavano di piaceri carnali.

Bellissimi occhi castani incorniciati da ciglia folte,

che ora si stavano soffermando sulle mie curve con spudorato interesse maschile.

Per la prima volta nella mia vita adulta, arrossii. Non potei farci niente. Sembrava che il K mi stesse spogliando con lo sguardo, lasciandomi lì nuda e vulnerabile. Il mio corpo sembrava insopportabilmente caldo, e il respiro accelerò, col cuore che iniziò a battere forte.

Il K non mi stava solo guardando; mi stava divorando con gli occhi—e il mio corpo stava reagendo al suo sguardo come a un tocco fisico. I capezzoli si indurirono e il calore liquido cominciò a radunarsi tra le cosce. L'aria era così densa di tensione sessuale che potevo praticamente assaporarla. Mentre gli occhi del K si posavano sul resto del mio viso, tutto quello che potevo fare era fissarlo, irrimediabilmente ipnotizzata da quello sguardo cupo e travolgente.

"E questi chi sono, Vair?" Una voce femminile interruppe l'incantesimo, intromettendosi nella bolla sensuale che sembrava essersi formata tra me e il K.

Grata per l'interruzione, feci un respiro tremante e distolsi lo sguardo dal Krinar, voltandomi verso la nuova arrivata.

Era un'altra K. La donna sorrideva in modo seducente, con l'attenzione rivolta a Jay—che la stava osservando con lo stesso impotente fascino che avevo appena sperimentato.

Fanculo. Le cose non si stavano mettendo bene. Per niente. Jay non era esattamente noto per l'autocontrollo davanti alle tentazioni—e la femmina Krinar accanto a lui era assolutamente splendida.

Con un abito bianco e corto, era alta circa un metro e ottanta, con le gambe abbronzate e toniche che sembravano allungarsi all'infinito. Il corpo era perfettamente proporzionato, esile e femminile al tempo stesso, con una vita che era quasi troppo piccola per la sua costituzione. "Una Barbie aliena" fu il pensiero che mi attraversò la mente.

Una Barbie aliena *molto sexy*.

"Sono due vagabondi che ho trovato nel corridoio" rispose il K—Vair—alla domanda della donna. Le sue labbra carnose si piegarono in un sorriso sardonico, mentre disse: "Shira, ti presento una ragazza curiosa e un ragazzo curioso. Sono deliziosi, non è vero?"

Prima che potessi decidere come reagire a quella frase offensiva—e piuttosto allarmante—Jay si fece avanti e tese la mano. "Sono Jay" disse con tono roco. "È un piacere conoscerti... Shira, vero?"

La donna rise, con voce bassa e gutturale. "Sì, certo, dolcezza. Sono Shira. Che ne dici di fare un giro?" E stringendo la mano tesa di Jay con le lunghe dita, condusse il mio amico verso uno dei bar, muovendosi con la stessa sinuosità di una gatta.

Il ragazzo andò con lei senza protestare, apparentemente troppo ipnotizzato per ricordare le precedenti preoccupazioni—o il fatto che fosse lì per aiutarmi con la storia, non per essere il giocattolo erotico della Barbie K per una notte.

"Non preoccuparti" disse Vair, come se mi stesse

leggendo nel pensiero. La sua voce era carica di oscuro divertimento. "Shira si prenderà cura di lui."

Con riluttanza, mi voltai, con il battito del cuore che accelerò, mentre i nostri sguardi si incrociarono di nuovo. "Non sono preoccupata" riuscii a rispondere. "Siamo qui per divertirci, dopotutto."

"Certo, tesoro." I denti di Vair brillarono. "E il divertimento è ciò che avrete. Vuoi qualcosa da bere o preferisci ballare?"

Sbattei le palpebre. "Ballare?" La musica aveva un buon ritmo, ma non era esattamente alta come quella delle discoteche. E nessuno stava ballando intorno a noi.

Per non parlare del fatto che non mi sarei mai avvicinata troppo a Vair. Il club poteva anche essere un luogo in cui poter rimorchiare un K, ma non ero lì per quello.

"Sì, ballare." Il suo sorriso si allargò, notando la mia incredulità. "Così." Fece un piccolo gesto con la mano, e all'improvviso la sala si oscurò, con la luce soffusa che assunse una sfumatura rosso-porpora. La musica aumentò il ritmo e crebbe di volume, con il beat palpitante che mi permeò il corpo. Tutt'intorno a noi, potei sentire l'energia della sala cambiare, mentre le conversazioni si interrompevano e i gruppi si univano in coppie, cominciando a ondeggiare con movimenti inconfondibilmente simili alla danza.

Sorpresa, feci un passo indietro. "Che cosa... Come—?"

"Questo locale è mio" mormorò Vair, avvicinandosi a me. "Ho dimenticato di dirlo?"

Deglutii. "Ehm, sì. Credo di sì." *Santo Cielo*. Era il proprietario del club—e, per qualche ragione, sembrava volermi. O era un grosso problema o una grande opportunità.

"Da quanto tempo ce l'hai?" chiesi, con la giornalista interiore che optò per la seconda alternativa. Quella era un'ottima occasione per ottenere informazioni—anche se ciò significava dover sopportare le avance sessuali di uno sconosciuto.

Che non erano così sgradite come avrei voluto.

"Da un po'." Vair si avvicinò ancora di più, fermandosi a meno di un metro da me.

Trattenni il fiato, inclinando la testa all'indietro per guardarlo. Era come guardare una montagna. Sapevo che era alto, certo, ma non mi ero resa conto di quanto fosse *grosso*. Il K superava il metro e novanta, con muscoli che avrebbero reso orgoglioso un bodybuilder. Torreggiava su di me di una trentina di centimetri, facendomi sentire piccola come una bambina. Anche se fossi stata un uomo, non sarei stata altrettanto forte, e i Krinar erano noti per essere molto più forti degli umani.

Il mio ventre si contrasse dalla paura e dall'emozione, mentre riflettevo sul fatto che avrebbe potuto farmi qualunque cosa volesse. *Qualunque cosa*. Come aveva detto Jay, i K erano, a tutti gli effetti, al di sopra della legge.

"Cioè?" insistetti, facendo del mio meglio per

ignorare il battito alle stelle. "Da quando siete arrivati sulla Terra?"

Scoppiò a ridere. "No. Solo da quando le acque si sono calmate."

Ah. Finalmente la conversazione stava cominciando a prendere la giusta piega. Pensai che 'da quando le acque si sono calmate' fosse un eufemismo per la fine del Grande Panico—i mesi bui che seguirono all'arrivo sulla Terra dei K. Se le cose stavano così, il club esisteva da meno di diciotto mesi.

Annotando mentalmente quell'informazione, rivolsi a Vair un sorriso incoraggiante. "Interessante. E cosa ti ha spinto ad aprirne uno a New York? Credevo che non vi piacessero le nostre città—"

"Perché non dovrebbero piacermi?" Sollevò le sopracciglia.

"Non a te personalmente. Mi riferivo alla tua gente. Ai Krinar."

Sembrava divertito. "Non posso parlare per i Krinar nel loro insieme, tesoro, proprio come tu non puoi parlare a nome dell'intera popolazione terrestre. Sono solo un individuo, e mi piace questa tua città. La trovo molto… stimolante." I suoi occhi indugiarono nuovamente sul mio corpo, senza lasciare dubbi sul tipo di stimolazione che aveva in mente.

Un infido calore si insinuò nelle mie guance, mentre il corpo reagiva un'altra volta a quello sguardo. "Giusto, certo" mormorai, alla disperata ricerca di un argomento di conversazione che fosse meno carico di sessualità. "Allora perché—?"

"Perché non balliamo?" mi interruppe Vair, e mi resi conto che quasi tutti intorno a noi stavano ondeggiando e roteando al ritmo della musica—compresi Jay e la sua Barbie dall'altra parte della sala.

E prima che potessi capire come rifiutare, l'extraterrestre annullò la distanza residua tra noi, stringendomi nel suo abbraccio.

CAPITOLO CINQUE

Mentre le potenti braccia dell'alieno si chiudevano intorno a me, attirandomi contro il suo corpo muscoloso, il mio respiro divenne rapido e irregolare. Sentii la sua bramosia, mi inebriai del profumo mascolino e pulito, e un'ondata di calore si diffuse dentro di me, facendomi stringere i muscoli interni dal bisogno.

Scioccata e imbarazzata dalla potenza della mia reazione, tentai di allontanarmi, allargando i palmi delle mani sul petto di Vair per tenerlo a distanza. "Aspetta, non sono brava a ballare—"

"Non importa." Sorrise, ignorando i miei deboli tentativi di allontanarlo. "Ti guiderò io."

"Ma—"

"Rilassati, tesoro" mormorò, cominciando a muoversi al ritmo pulsante della musica. I muscoli d'acciaio del suo petto si flessero sotto la punta delle mie dita, e mi strofinò le gambe con la coscia, facendomi accelerare il battito cardiaco. "Non è per questo che sei venuta?"

Feci un respiro tremante, con la mente che vagava, mentre fissavo il suo sguardo scuro e sensuale. *No,* avrei voluto urlare. *No, non è per questo.*

"Volevo solo vedere come stessero le cose" sussurrai invece, sperando che la mezza verità non mi avrebbe causato guai. La mia voce sembrava senza fiato, come se avessi corso per un miglio. "Non avevo mai visto uno di voi di persona, ed ero curiosa, come ti ho detto..."

"Ah, sì, quella tua sfrenata curiosità." Il suo sorriso assunse un aspetto beffardo. "Sai a cosa serve questo posto, vero, piccola umana?"

Mi inumidii il labbro inferiore, cercando di far rallentare il frenetico battito del cuore. "Certo. Ma vorrei solo osservare per questa prima volta. Spero che non sia un problema." Se lo fosse stato, sarei dovuta andarmene, dato che non avevo intenzione di andare a letto con nessuno per scrivere una storia.

Non ero *così* concentrata sulla mia carriera.

A quella risposta, gli occhi di Vair si oscurarono e il sorriso svanì dalle labbra. "Capisco."

Aspettai che aggiungesse qualcos'altro, ma non lo fece. Continuò a stringermi, non lasciandomi altra scelta che muovermi con lui al ritmo della musica. Le mani del K erano delicate sulla mia vita, eppure ogni volta che provavo a tirarmi indietro, rafforzava la presa, rendendo chiaro che non era disposto a lasciarmi andare. Dopo un paio di tentativi di liberarmi discretamente dal suo abbraccio, mi arresi, non volendo fare scene.

È solo un ballo, mi dissi. *È solo un ballo*. Non sarebbe stato male, se lui non avesse insistito per qualcosa di più—e non sembrava incline a farlo, almeno per il momento. Mi teneva a debita distanza, abbastanza vicina da farmi sentire il suo corpo caldo e muscoloso, ma non così vicina da essere schiacciata contro di lui. Un paio di volte ebbi la sensazione che qualcosa di duro mi stesse sfiorando la pancia, ma non potevo esserne sicura in quanto il contatto fu breve.

Tuttavia, l'idea che potesse essere la sua erezione—che lui mi volesse così tanto—era quasi eccitante quanto spaventosa.

L'articolo. Concentrati sull'articolo, Amy. "Allora, Vair, parlami un po' di te." Tenevo lo sguardo fisso sul suo viso, sperando che parlare potesse distrarmi dal crescente dolore nell'intimo. "Che cosa ti ha fatto decidere di venire sulla Terra?"

Mi sorrise, con gli occhi che scintillarono. "Ero annoiato."

"Annoiato?" Non me lo aspettavo. "Perché?"

"Perché avevo finito i modi per divertirmi su Krina. Vedi, ho bisogno di molto divertimento."

Mi inumidii di nuovo le labbra. Avevo la sensazione che ci stessimo nuovamente avventurando in un territorio pericoloso. "Che cosa facevi su Krina? Professionalmente, voglio dire." I K lavoravano? Non ne ero sicura, ma sembrava un argomento più sicuro di qualunque cosa facesse Vair per 'divertirsi.'

"Professionalmente?" Il suo sorriso divenne sardonico. "Non molto. O troppo. Dipende dai punti di vista, credo."

"Oh." Lo fissai, perplessa. "Intendi dire che hai cambiato lavoro?"

"Diciamo di sì." Ridacchiò, guardandomi dall'alto in basso. "E tu, piccola umana? Che cosa fai... professionalmente?"

"Sono una studentessa universitaria" mentii. "Sto per conseguire un master in letteratura inglese."

"Un master?" Sollevò le sopracciglia.

Per qualche ragione, mi sentii arrossire. "È una laurea avanzata che si ottiene dopo il college" spiegai, non capendo se Vair stesse scherzando con me o se davvero non conoscesse il termine. "Un gradino sopra la laurea triennale."

"Ah, ok." I suoi occhi brillavano, mentre spostava la presa su di me, portando le mani più in basso, sui fianchi. "Un gradino sopra la laurea triennale. Capisco."

Mi stava prendendo in giro. "Sì, proprio così" dissi, cercando di ignorare il fatto che essenzialmente mi aveva messo i grandi palmi sul sedere. "Che genere di lauree avete voi? Avete le università e cose del genere?"

Scosse la testa. "No, non le abbiamo. Impariamo durante tutta la vita."

"Ma allora, come vi preparate per il lavoro?" insistetti. "Sicuramente non nascete sapendo fare tutto. E che dire della matematica, della scienza, della storia? Come imparate tutto questo?"

"Sei *davvero* una piccola creatura curiosa." Mi

guardò con uno strano sorrisetto. "Vuoi sapere tutto di noi, non è vero?"

"Certo." Gli rivolsi un sorriso brillante. "Chi non lo vorrebbe?"

"La maggior parte degli umani che vengono qui" mormorò, guardandomi. "Quasi tutti, in realtà. Sono interessati solo a una cosa—e quella cosa non ha niente a che vedere con il nostro sistema d'istruzione."

"Credo di essere un'eccezione, allora" dissi, con il cuore che saltava per la strana intensità del suo sguardo. Era possibile che, per qualche ragione, sospettasse di me? "Mi è sempre piaciuto conoscere altre culture—più sono insolite, meglio è."

Rise dolcemente e si fermò, lasciandomi andare. Prima che potessi tirare un sospiro di sollievo, vidi che eravamo davanti a uno dei bar. In qualche modo, Vair ci aveva condotti lì senza che me ne accorgessi.

"Un drink?" chiese, prendendo un bicchiere pieno di liquido viola.

Esitai. "Che cos'è? Vino?"

"No, solo un particolare succo di frutta mescolato con un po' d'alcol. È sicuro per il consumo umano."

Riflettei un momento, poi accettai la bevanda, cercando di non reagire, quando sentii le dita dell'alieno sfiorare le mie. Ma non riuscii a controllare un leggero intoppo nel respiro, e vidi gli angoli delle labbra dell'extraterrestre sollevarsi in un sorriso furbetto.

Vair percepiva l'impatto che aveva su di me, e ovviamente si stava divertendo.

Cercando di nascondere il disagio, portai il bicchiere alle labbra e bevvi un sorso. Le mie papille gustative esplosero per il sapore dolce e acidulo al tempo stesso. Sentii l'ebrezza dell'alcol, ma era troppo sottile per sminuire il sapore insolito del succo. "Con quale frutto è fatto?" chiesi, e l'extraterrestre sorrise, sorseggiando il suo drink.

"Non riconosceresti il nome, se te lo dicessi. È una pianta che abbiamo portato da Krina."

"Oh, wow." Riprovai la bevanda, cercando di memorizzare il complesso sapore in modo da poter poi descriverlo nel mio articolo. Mi fece venire l'acquolina in bocca e sentivo la gola calda, anche se questo poteva essere dovuto all'alcol. Una parte di me si chiese se avrei dovuto essere più cauta nel provare una bevanda esotica—o nel bere con Vair in generale— ma vidi altri umani nel club con bicchieri simili, e sarebbe sembrato sospetto, se avessi rifiutato di bere un sorso.

Soprattutto dato il mio atteggiamento da festaiola interessata al mondo dei Krinar.

Rivolgendo una rapida occhiata alla sala, vidi Jay che ballava dall'altra parte. Questa volta, oltre alla Barbie K—Shira—c'era un maschio Krinar lì. I tre si stavano strofinando l'uno contro l'altro, e l'espressione sul viso di Jay non mi lasciò alcun dubbio sul fatto che il mio amico fosse al settimo cielo, con le precedenti preoccupazioni ormai scomparse.

"È il tuo ragazzo?" Vair fece un passo avanti, impedendomi la visuale. Il tono era indifferente, ma c'era una strana espressione sul suo viso. "Stai con quel bel ragazzo umano?"

Sbattei le palpebre. "Con Jay? No."

"Perché no?"

"Non lo so" dissi sinceramente. "Credo che non siamo mai arrivati a quel livello."

Avevo conosciuto Jay durante il tirocinio presso il giornale, e avevo approfondito la conoscenza quando entrambi eravamo finiti a lavorare lì a tempo pieno dopo l'università. Per qualche ragione, Jay—che faceva del proprio meglio per far sesso con qualunque cosa si muovesse—non aveva mai provato a flirtare con me, e col passare del tempo mi ero ritrovata a chiedergli consigli su tutto, dalle destinazioni di vacanza ai problemi col ragazzo. In cambio, lo ascoltavo con fare comprensivo ogni volta che lui aveva bisogno di lamentarsi della famiglia troppo ambiziosa e gli offrivo il punto di vista di una donna sulla durata dei rapporti occasionali. Col passare del tempo, eravamo diventati amici sorprendentemente intimi—e tutto il resto, senza l'attrazione che tipicamente accompagna tali relazioni uomo-donna.

"Va bene" mormorò l'alieno, poggiando il bicchiere vuoto su un tavolo vicino. "Mi fa piacere sentirtelo dire."

Io, che stavo finendo il mio drink, quasi soffocai sul liquido dolce. C'era qualcosa di quasi *possessivo* nel modo in cui Vair mi stava osservando. Il suo sguardo celava un ardente desiderio maschile, e qualcosa di più.

Qualcosa che mi disturbava molto.

Poggiando la bevanda sul tavolo del bar, gli rivolsi un sorriso cauto e feci un paio di passi indietro. "Grazie per il drink e per il ballo, ma devo andare ora." La mia voce era ferma, sebbene il cuore martellasse nella gola. "Si sta facendo tardi, e ho un sacco di lavoro da sbrigare domani."

"Credevo che fossi una studentessa." Si avvicinò, ignorando il mio evidente desiderio di mantenere una distanza tra noi. "Una studentessa che sta per conseguire il master, non è così?"

Deglutii. "Sì, certo. Intendevo solo dire che ho molto lavoro da sbrigare per la tesi." *Cazzo.* Sospettava davvero qualcosa—o semplicemente si divertiva a prendersi gioco di me, rendendomi nervosa. In ogni caso, dovevo assolutamente uscire di lì quanto prima, insieme a Jay.

Stavo iniziando ad avere una brutta sensazione.

"Non credo che il tuo amico sia pronto per andare" disse Vair, lanciando un'occhiata a Jay—che era felicemente schiacciato tra la Barbie e il maschio Krinar. "Anzi, sono abbastanza sicuro che preferirebbe rimanere." La voce di Vair era carica di divertimento, ma i suoi occhi brillarono cupamente, quando tornò a concentrarsi su di me e disse sottovoce: "Dovresti rimanere anche tu, tesoro—scoprire altre cose su di noi."

Aprii la bocca per declinare l'offerta, ma in quel momento le luci si abbassarono ulteriormente e la musica cambiò, diventando due volte più forte di prima. Non riuscivo più a vedere il mio amico dall'altra parte della sala; il bagliore rosso scuro mi permetteva a malapena di distinguere i lineamenti di Vair, ed era proprio davanti a me.

"Aspetta—" cominciai a dire, innervosita dall'improvviso cambiamento di atmosfera, ma l'extraterrestre mi stava nuovamente tirando tra le sue braccia, riportandomi tra la folla danzante.

CAPITOLO SEI

Spaventata e allarmata, spinsi sul petto di Vair, ma era come cercare di muovere un muro. Tutto quello che potevo fare era seguire il suo esempio, mentre si muoveva con un ritmo sensuale, tenendomi premuta contro di sé. La musica risuonava tutto intorno a noi, con il ritmo veloce ed esotico, e il suo calore, il profumo mi circondavano, mi coinvolgevano in un intreccio oscuramente seducente. Era così forte che i miei piedi toccavano appena il pavimento mentre mi stringeva; era come se fossi una bambola di pezza, un oggetto inanimato che lui poteva spostare in base alla propria volontà.

Questa volta non si preoccupò di mantenere una distanza tra noi. Sentivo ogni centimetro del suo corpo muscoloso, e mi resi conto con una scossa di panico che era già duro, con l'erezione che mi premeva sul ventre. Ansimando, cercai di allontanarmi di nuovo, ma ignorò i miei inutili sforzi, tenendomi sotto controllo senza alcuno sforzo apparente. I suoi occhi brillavano nell'oscurità, guardandomi con apparente desiderio, e il mio cuore batté più forte nel petto, quando mi resi conto che non aveva intenzione di lasciarmi andare questa volta.

Non finché non avesse ottenuto ciò che voleva da me.

Il pensiero avrebbe dovuto essere terrificante, ma la risposta del mio corpo non aveva niente a che fare con la paura. I capezzoli si indurirono entro i confini del reggiseno, e potevo sentire l'umidità calda che mi bagnava la biancheria intima. Il mio corpo lo voleva con un primitivo istinto animale, e non gli importava del fatto che quello stesse accadendo contro la mia volontà—che la mia mente non volesse avere niente a che fare con Vair.

Mentre la nostra danza forzata continuava, la notte assunse un aspetto surreale per me. Tutto di quel luogo sembrava un sogno, dal tremolante bagliore rosso emanato da una fonte di luce invisibile all'uomo straordinariamente bello che mi teneva intrappolata nel suo abbraccio. La musica pulsava in sintonia con il palpitare del mio corpo, e la testa mi girava, con i sensi completamente sopraffatti. Il drink, pensai vagamente, fissandolo, ma sapevo che l'alcol era solo parzialmente responsabile della foschia che mi annebbiava il cervello.

Era *lui*. Era Vair la ragione per cui mi sentivo così.

La mia attrazione per lui era più potente di qualsiasi altra cosa avessi mai sperimentato—e, a giudicare dal duro rigonfiamento che mi spingeva contro lo stomaco, lui mi desiderava altrettanto. Il suo sguardo celava piaceri oscuri e lenzuola spiegazzate, estasi e lussuria. Sollevai le mani per posarle sulle sue spalle, mentre smisi di cercare di respingerlo, e i suoi occhi brillarono più intensamente per quella tacita resa.

Non sapevo bene da quanto tempo stessimo ballando in quel modo. Tutti i miei sensi erano concentrati su di lui—sulla forte pressione del suo corpo contro il mio e sul caldo profumo della sua pelle... sul modo in cui mi teneva, con una mano poggiata sulla parte superiore della schiena e un altro braccio attorno alla vita. Ci muovevamo come se fossimo una sola entità, con i corpi apparentemente in sintonia, sebbene non avessi la libertà di muovermi in modo diverso. Dopo un po', mi fece scivolare la mano dalla parte superiore della schiena al collo, scavando con le dita sotto i miei capelli e accarezzando la pelle nuda della nuca, e il calore dentro di me si intensificò, con il respiro che accelerò.

Quando piegò la testa e mi prese le labbra, fu quasi un sollievo, anche se questo aumentò la tensione che cresceva dentro di me, acuendone il bisogno ancora di più. Non c'era alcuna incertezza nel modo in cui mi rivendicò la bocca, nessuna esitazione di alcun tipo. Vair mi baciò come aveva ballato—con competenza dominante e forza, stuzzicandomi e invadendomi con le labbra e la lingua. Non mi chiese di ricambiare; lo pretese, e non potei fare a meno di farlo, con le mani che si aggrapparono alle sue spalle e le labbra che si separarono per lasciarlo entrare.

La mia schiena incontrò una superficie dura, e mi resi conto che in qualche modo eravamo finiti contro una parete. Prima che potessi riprendermi, mi fece scivolare una mano tra i capelli, afferrandomi la testa, e spostò l'altra mano più in basso, fino alla curva del sedere. Continuando a baciarmi, mi sollevò da terra con una mano, tenendomi inchiodata contro la parete in modo da poter sbattere l'erezione nella morbida piega tra le mie gambe. La forte pressione si aggiunse alla tensione nell'intimo, e gemetti nella sua bocca, incapace di controllarmi.

"Sì, così, tesoro" sussurrò, con l'alito caldo sul mio orecchio, mentre mi passava la bocca sul lato del viso. Mi mordicchiò il lobo dell'orecchio con le labbra, e poi mi morse leggermente, provocandomi la pelle d'oca su quel lato del corpo. "Un tesoro così bello e delizioso…"

Gemetti di nuovo, chiudendo gli occhi e piegando la testa all'indietro, mentre lui cominciava a baciarmi la parte inferiore della mascella, con la bocca che lasciò una scia calda e umida sulla pelle. Razionalmente, sapevo che quello era sbagliato, ma la razionalità non era ciò che governava la mia mente in quel momento. Il mio corpo era in fiamme, e il sesso pulsava per un doloroso vuoto. "Ti prego" sussurrai, disperata. "Ti prego, Vair…" Non sapevo se gli stessi chiedendo di fermarsi o di continuare, e alla fine non aveva importanza. Ero completamente alla sua mercé, e lui poteva giocare col mio corpo e manipolarmi a piacimento.

Ridacchiò, con un suono basso e cupo, e poi spostò la bocca più in basso, verso la curva sensibile del mio collo. Sentii i suoi denti sfiorarmi la pelle, e il leggero dolore in qualche modo aumentò l'eccitazione, facendomi contorcere contro di lui. "Sì, così" mormorò, stringendo la mano sul mio sedere: "Proprio così, tesoro..."

Persa nel suo caldo bisogno, riflettei a malapena sul fatto che il muro dietro di me era sembrato dissolversi. Fu solo quando mi ritrovai distesa su una superficie confortevole che i campanelli d'allarme iniziarono a risuonare nella mia mente.

Dove mi trovavo?

Il panico mi travolse, cancellando temporaneamente la foschia. Ansimando, aprii gli occhi e vidi il viso abbronzato di Vair incombere su di me. La musica continuava a suonare, le luci lampeggiavano ancora, ma non eravamo più tra la folla che ballava. Eravamo in uno spazio privato, con me distesa su una superficie simile a un letto.

"Che cosa... Dove—?" cominciai a dire scioccata, e lui abbassò la testa, riprendendomi la bocca. Allo stesso tempo, mi catturò i polsi, allungandomi le braccia sopra la testa, prima di spostare entrambi i polsi in una delle sue grandi mani.

Ora ero completamente indifesa, legata e completamente sotto il suo controllo.

Quella consapevolezza avrebbe dovuto raffreddare il desiderio, ma non appena ricominciò a baciarmi, un languore si diffuse nel mio corpo, indebolendone l'inclinazione a combattere. Ondate di calore mi attraversarono la pelle e i capezzoli pulsarono, diventando acutamente sensibili. Potei sentire una calda sensazione di benessere tra le gambe, e, mentre Vair mi passava la mano libera lungo la parte anteriore del vestito, mi inarcai inconsciamente al suo tocco, desiderando disperatamente di più.

Mentre chiudevo gli occhi, il senso di irrealtà che mi aveva avvolta prima riaffiorò. Sembrava che fosse tutto un sogno, una fantasia oscura che si stava manifestando solo nella mia mente. Quando Vair infilò le dita nella parte superiore del mio vestito e lo strappò nel mezzo, sobbalzai per l'improvvisa violenza del movimento, ma nemmeno quello fu sufficiente a tirarmi fuori dal sensuale stordimento. Tutto ciò che esisteva nel mio mondo erano il calore e il piacere, il tocco e il peso del suo corpo su di me.

Il reggiseno e le mutandine andarono incontro alla stesso destino del vestito, e poi lui mi scivolò lungo il corpo, liberando i polsi per afferrarmi il seno con entrambe le mani. Iniziò a succhiare i capezzoli, prima uno, poi l'altro, facendomi gridare per la pressione acuta e stuzzicante. Finalmente mi liberai della sua presa restrittiva, riuscendo in qualche modo ad arrivare alla testa, e gli strinsi i capelli setosi, senza sapere se stessi cercando di respingerlo o avvicinarlo.

A quel punto, si spostò sopra di me, coprendomi con l'enorme corpo nudo, e mi resi conto che anche i suoi vestiti erano spariti, anche se non ricordavo di averlo visto toglierli. Ma non ebbi la possibilità di riflettere su quel mistero, perché ovunque la nostra pelle si toccasse, la mia carne formicolava, come se fosse elettrizzata. Aprendo gli occhi, incrociai il suo sguardo e vidi lo stesso disperato desiderio riflesso sul suo viso.

Mi voleva.

Mi voleva e mi avrebbe presa.

Mi infilò le ginocchia tra le gambe, allargandole, e il mio respiro si bloccò, quando sentii la punta grossa e liscia del suo pene sfiorarmi l'interno della coscia. Anche se non riuscivo a vederla, l'erezione era enorme, e i miei muscoli si tesero per una paura puramente femminile. Mi avrebbe fatto male? E se le nostre specie non fossero state sessualmente compatibili come avevo sentito dire?

Era troppo tardi per preoccuparmene, comunque. Prima che potessi dire qualcosa, mi baciò di nuovo, rivendicando la mia bocca con incredibile maestria, e si diresse verso l'ingresso.

La penetrazione fu lenta e attenta, concedendomi il tempo di adeguarmi alla sua circonferenza. Tuttavia, mi sentivo quasi dolorosamente distesa, mentre lui entrava, centimetro dopo centimetro. Gli strinsi le mani tra i capelli, e avrei gridato, ma teneva la bocca sulla mia, distraendomi con deliziosi baci. Fu solo quando fu tutto dentro che mi lasciò riprendere fiato, e tutto ciò che potevo fare a quel punto era fissarlo, ansimando, con il corpo sazio e sopraffatto, completamente travolto dal suo possesso.

Vair rimase immobile per un momento, sostenendo il mio sguardo, e poi cominciò a muoversi, con i colpi inizialmente lenti e poi gradualmente più spietati. Dopo qualche istante, il mio disagio diminuì, sostituito dal calore in costante aumento. Chiusi di nuovo gli occhi, e gli feci scivolare le mani lungo i fianchi, aggrappandomi, mentre la tensione dentro di me si intensificava, con ogni spinta che mi provocava sempre maggior ebbrezza. Potevo sentire le mie stesse grida e i gemiti ansimanti, e sollevai le ginocchia, piegandogli le gambe intorno ai fianchi, prendendolo più in profondità dentro di me. Le sensazioni che mi attraversarono erano così intense che mi sentii come se stesse per lacerarmi... e alla fine lo raggiunsi, con l'orgasmo che mi colpì con una forza incredibile e sconvolgente. Il mio corpo era scosso dalle convulsioni, con i muscoli interni che si contrassero intorno al cazzo, e lo sentii gemere, con il pene che si agitò dentro di me, quando raggiunse il culmine.

È finita, pensai stordita, troppo confusa per potermi muovere. Dei minimi residui di piacere continuavano ad attraversarmi, e mi sentii come se i muscoli si fossero trasformati in gelatina. Continuavo a tenergli le mani sui fianchi, affondandogli le unghie nella pelle, e mi sforzai di abbassare le mani sul materasso—o su qualsiasi altra cosa fosse la superficie comoda su cui mi trovavo.

Poi, aprii lentamente gli occhi e guardai Vair.

Era appoggiato sui gomiti e mi fissava. Il suo respiro era più pesante del normale, e il fallo un po' più floscio era ancora sepolto nelle profondità del mio corpo. Quando ci guardammo, notai che il calore nel suo sguardo si era raffreddato solo leggermente—e con grande shock, lo sentii irrigidirsi ancora dentro di me.

"Va tutto bene?" chiese piano, e annuii automaticamente. Il corpo mi pulsava ancora per il rilascio, con la carne liscia e gonfia intorno al membro indurito, e la mente in pieno tumulto.

Io, che ero sempre stata così attenta e cauta con i compagni di letto, avevo appena fatto sesso con un uomo che conoscevo a malapena.

No, non con un uomo. Con un maschio K—un alieno che mi aveva invaso il corpo senza tanti complimenti, proprio come la sua specie si era impossessata del pianeta.

"Bene" sussurrò Vair, con un oscuro sorriso che gli apparve sulle labbra, mentre ricominciò a muoversi dentro di me. "Perché non ho ancora finito con te, piccola umana..."

Ammutolita per lo shock, lo fissai, incapace di credere che ciò stesse accadendo per davvero—e che il mio corpo stesse rispondendo di nuovo. Nemmeno il dolore che stavo cominciando a provare sembrava avere importanza; ogni colpo del suo pene riaccendeva il fuoco dentro di me, facendomi ardere di nuovo.

Sollevai istintivamente le mani, afferrandogli ancora una volta i fianchi, e gli strinsi le ginocchia piegate attorno ai fianchi.

"Sì, proprio così, tesoro" mormorò lui, abbassando la testa per strofinarmi la bocca sul collo. Le calde labbra premevano sulla mia pelle sensibile appena sotto il lobo dell'orecchio, e rabbrividii dal piacere, inarcandomi verso di lui, desiderosa di avere di più. "Così dolce, proprio come immaginavo..."

Mentre continuava a spingere con un ritmo costante, la bocca mi stuzzicò e mi mordicchiò il collo, e una delle mani si fece strada tra i nostri corpi, scavando nelle pieghe bagnate. Il clitoride pulsò a quel tocco, e mi irrigidii, sentendo l'arrivo di un altro orgasmo. Prima di poter superare il limite, tuttavia, sentii un dolore lancinante al collo—una puntura tanto dolorosa quanto scioccante.

Sorpresa, gridai, dandogli dei colpetti, mentre sentivo la sua bocca sul punto ferito. *Quelle voci sul vampirismo*, pensai in preda al panico, *dovevano essere vere...* e poi non riuscii più a riflettere, quando i sensi esplosero nell'estasi incandescente. Il culmine che avevo sfiorato mi travolse, ma non si fermò—le sensazioni si intensificarono invece di diminuire, mentre urlavo per il rilascio. La pelle mi bruciava, il cuore batteva forte, e non riuscivo a concentrarmi su altro che non fosse il piacere intenso e sconvolgente. La sua bocca sul mio collo, la forza trainante del fallo— quelle erano le uniche cose reali nel mio mondo, e urlai, mentre il corpo si contorceva continuamente nell'inesorabile e dolorosa beatitudine.

Non avevo idea di quanto tempo fosse passato—avrebbero potuto essere ore o giorni. Tutto ciò che sapevo era che l'estasi sembrava andare avanti all'infinito, finché il corpo e la mente non ce la fecero più, e svenni nell'oscuro abbraccio di Vair.

CAPITOLO SETTE

LA SVEGLIA SUONÒ INSISTENTEMENTE, DESTANDOMI DAL sonno profondo. Gemendo, mi girai e diedi un colpo al fastidioso orologio, nel disperato tentativo di spegnerlo. Il ronzio cessò e gemetti di nuovo, tirandomi le coperte sopra la testa.

Cazzo, non volevo proprio andare al lavoro. Come poteva essere già lunedì? Era solo venerdì—

Venerdì! Mettendomi subito seduta, rimasi a bocca aperta, fissando le pareti della camera da letto, con il cuore che batteva selvaggiamente nel petto, mentre i ricordi del venerdì sera mi inondavano il cervello. Mi ero recata in un club-x con Jay… avevo ballato con un K… avevo fatto sesso con quel K, e poi—

Santo Cielo. Vair mi aveva morsa? Mi portai la mano al collo, ma tutto ciò che riuscii a percepire fu una pelle liscia e soffice. In generale, il mio corpo non sembrava dolorante, anche se ricordavo distintamente di aver provato dolore dopo la prima scopata della scorsa notte—e anche se il secondo, terzo e quarto rapporto non erano stati problematici, avrei dovuto provare una forte sensazione di disagio. Avevo sognato tutto, e, in caso contrario, cosa diavolo era successo e com'ero finita nel mio appartamento?

Saltando giù dal letto, corsi verso l'armadio, dove era appoggiata la mia borsetta. Afferrandola, tirai fuori il telefono e fissai lo schermo, tirando un sospiro di sollievo, quando vidi la data.

Era sabato. Non avevo sprecato l'intero fine settimana—dovevo essermi semplicemente dimenticata di disattivare la sveglia prima di andare a letto la scorsa notte.

A parte il fatto che non ricordavo di essere andata a letto la scorsa notte, pensai con un profondo brivido interiore. L'ultima cosa che ricordavo chiaramente era quella strana, irragionevole estasi dopo che Vair mi aveva morsa—o qualunque altra cosa mi avesse fatto al collo. Un brivido gelido mi attraversò a quel ricordo, e solo allora mi resi conto di essere nuda.

Completamente nuda—quando di solito dormivo con la canotta e gli slip di cotone.

Qualcuno doveva avermi messa a letto la notte scorsa… e quel qualcuno non ero stata io.

Per la prima volta, mi resi conto che qualcun altro—molto probabilmente il K—era stato nel mio appartamento.

Forse era *ancora* nel mio appartamento.

Andai quasi in iperventilazione a quel pensiero.

"C'è nessuno?" gridai, con voce tremante. Aprendo

freneticamente un cassetto dell'armadio, afferrai la maglietta più vicina e un paio di pantaloni da yoga, e li indossai. "C'è nessuno?"

Il silenzio fu l'unica risposta.

Prendendo il telefono, aprii la porta della camera da letto e andai a dare un'occhiata al piccolo soggiorno, cercando di convincermi a non lasciarmi prendere dal panico. Forse era stato *davvero* tutto un sogno, e avevo nuovamente bevuto troppo con Jay. Forse ero andata a dormire nuda e semplicemente non lo ricordavo. Accadevano cose strane durante le feste nello stile di Jay.

Jay! Il cuore riprese a battere all'impazzata, quando ricordai che era stato lì con me—e che quando lo avevo visto per l'ultima volta si stava preparando per un incontro ravvicinato non con uno, ma con due Krinar. Che cosa gli era successo? Dov'era adesso?

Con mio enorme sollievo, il soggiorno era vuoto—così come la cucina e il bagno. Il mio appartamento era minuscolo—era un semplice studio trasformato—quindi non c'erano molti posti in cui il K potesse nascondersi. Ero sola e al sicuro per ora.

Ancora scossa dall'ondata di adrenalina, mi sedetti al tavolo della cucina e composi il numero di Jay. Non rispose subito, e proprio quando iniziai a pensare che sarei impazzita dal panico, sentii la sua voce assonnata rispondere: "Pronto?"

"Jay!" Quasi scoppiai in lacrime. "Jay, stai bene?"

"Che cosa? Oh… Amy?" Sembrava disorientato. "Che cosa—cosa sta succedendo?"

"Jay, che cos'è successo ieri sera?"

"Ieri sera?" Potevo praticamente sentire gli ingranaggi che cominciavano a girare nel suo cervello annebbiato dal sonno. "Ieri sera… Oh cazzo, bambina, siamo andati al club! Il fottuto club-x! Stai bene? Sei scomparsa con quel K e poi—"

"Cos'è successo a *te*?" lo interruppi, non volendo ancora parlare della mia esperienza. "Hai dormito con quei due K?"

Jay rise con gioia. "Dormito con loro? Bambina, abbiamo fatto tutto tranne dormire, ed è stata la roba più intensa che abbia mai vissuto—come l'ecstasy mescolata all'eroina e moltiplicata per mille. Non so nemmeno come sia finito a casa. Dobbiamo aver festeggiato tutta la notte, perché non ricordo niente in questo momento."

"Giusto, uh-uh." Mi strofinai la punta del naso, con l'adrenalina che cominciava ad attenuarsi. A quanto pare, aveva vissuto la mia stessa esperienza. Qualunque cosa fosse successa la notte scorsa era molto al di fuori del regno del sesso normale, confermando tutte quelle storie che avevo letto online.

Ormai ero certa che quella notte fosse stata reale—e quindi, rimaneva il mistero di come fossi tornata a casa dopo essere uscita dal club.

O, almeno, credevo di essere svenuta lì, dato che i miei ultimi ricordi erano di sesso non-stop e di piacere incredibilmente intenso.

Mentre Jay continuava a parlare, raccontando tutto su come la Barbie K avesse fatto sesso con lui, venendo contemporaneamente scopata dal maschio Krinar, provai a riflettere sulle possibilità. L'unica cosa che aveva senso era che Vair mi avesse riportata a casa… il che significava che sapeva chi fossi e dove vivessi.

Doveva aver trovato la mia patente di guida nella borsetta, decisi dopo un momento di inquieta contemplazione. Se ne sapeva di più—se sapeva che ero una giornalista—dubitavo che mi avrebbe lasciata andare così facilmente.

Ero stata fortunata, e anche Jay.

Quando lui finì di descrivere la maratona sessuale, gli parlai di quello che mi era successo, tralasciando la forza seduttiva di Vair e la mia reazione impotente ad essa. Il fatto che avessi finito per fare sesso contro le mie migliori aspettative—e che fosse stato il sesso più figo della mia vita—non era qualcosa che volevo analizzare troppo attentamente.

"Wow, ben fatto, ragazza" disse il mio amico con approvazione, quando ebbi finito di raccontargli a grandi linee gli eventi della notte. "Ogni tanto ti lasci andare. Sono fiero di te. Allora, chi sarà il prossimo? Hai intenzione di tornare al club?"

"No" risposi. Una notte di sesso fuori dal mondo era più che sufficiente. "Scriverò la storia."

Era giunto il momento che la mia vera carriera avesse inizio.

PARTE DUE

CAPITOLO OTTO

Il ricordo delle sue mani che stringevano e si posizionavano sui miei fianchi mi si conficcò nella mente, mentre i polpastrelli risuonavano rumorosi sulla tastiera. Le parole sullo schermo di fronte a me si sfocarono, e persi nuovamente la concentrazione sull'articolo che stavo scrivendo, al ricordo del modo in cui aveva lentamente cullato la sua impossibile circonferenza da dietro, del modo in cui mi aveva leccata tra le scapole e dei denti che mi avevano stuzzicato il lobo dell'orecchio, delle dita che volteggiavano con fare esasperante, stuzzicandomi il clitoride fradicio fino a...

Fanculo.

Stava succedendo dall'inizio della giornata. Un minuto prima, ero sul mio pulpito virtuale ad esporre i benefici del consumo di brodo di ossa e pancetta, citando la ricerca sulla dieta Paleo e gli studi del caso, e quello successivo ero quasi frenetica—stringendo le cosce ritmicamente sotto la scrivania al ricordo della sensazione inconcepibilmente estatica di averlo avuto dentro di me.

Dannazione, non avevo mai provato niente di simile.

E non lo avrei mai più provato.

Perché avevo scopato un alieno.

Era un fatto concreto che continuava a volteggiare nella mia testa per tutto il giorno.

Ogni giorno.

In continuazione.

Al mattino mentre facevo colazione, seduta alle riunioni di lavoro, quando prendevo la metropolitana, mentre mi lavavo i capelli sotto la doccia—*soprattutto mentre facevo la doccia.* Anche durante il sonno.

Era passato un mese. Quattro settimane, due giorni e tredici ore da quando mi ero avventurata in un sex club alieno nel distretto di Meatpacking di New York.

La gravità di ciò che avevo fatto quella notte continuava a turbarmi ogni giorno, ma era la portata della situazione in cui mi ero cacciata che stava diventando più soffocante di ora in ora.

Non riuscivo a dimenticarlo nemmeno per un momento, e la consapevolezza che la situazione attuale fosse interamente colpa mia non aiutava.

Perché la verità era che avrei potuto andare via. Due volte. Prima che andassi a letto con il bellissimo proprietario del club-x, e dopo.

Avrei potuto risparmiarmi quell'esperienza assolutamente sconvolgente, senza mai lasciare che qualcun altro che non fosse il mio collega e complice nel sex club alieno, Jay, sapesse che cos'era accaduto.

Invece, feci quello che avrebbe fatto qualsiasi altra ambiziosa ventiquattrenne con una montagna di debiti da studente.

Avevo scritto un articolo con tutti i dettagli sul sesso alieno per *The New York Herald*.

Solo che... non avevo rivelato esattamente *tutti* i dettagli. Avevo fatto quello che dovrebbero fare i bravi giornalisti. Mi ero discostata personalmente da qualsiasi evento narrato nel mio racconto alieno, affermando che fosse basato sulle mie interviste con *altri* umani anonimi.

E me l'ero cavata in questo modo. *Finora*. Il che era ciò che mi confondeva e mi preoccupava di più, nutrendo la mia paranoia e portando la paura dell'imminente rappresaglia aliena verso nuove vette ogni giorno che passava.

Il mio computer emise un suono e una notifica di e-mail comparve nell'angolo in basso a destra sul mio monitor a sinistra. Notando il mittente, cliccai sul pulsante "x" nell'angolo del pop-up per chiuderlo. Avevo una scadenza da rispettare e non potevo permettermi di distrarmi con le ridicole e-mail di mia madre quella sera—di lasciarmi distrarre più di quanto non lo fossi già, voglio dire.

Un altro suono, seguito da un'altra notifica pop-up.

Sospirai e attesi che apparissero altri otto pop-up. Il venerdì sera stava andando alla grande. Dopo l'undicesimo pop-up, aprii il mio browser ed effettuai il logout dall'account Outlook personale.

Mia madre era stata un tipo da "il cielo sta crollando" molto prima che i Krinar cadessero effettivamente dal cielo due anni fa per assumere il controllo della Terra. La sua iniziale danza vittoriosa "ve l'avevo detto" in mezzo al panico della prima invasione era stata rapidamente seguita da e-mail quotidiane allegate a "fonti" online casuali, che predicevano tutti i modi orribili in cui gli esseri umani erano destinati ad essere maltrattati e infine uccisi dai K.

La propensione di mia madre ad abbracciare prontamente fonti di informazione irrazionali e assurde *avrebbe* potuto influenzare il mio desiderio di cercare e riferire i fatti sopra ogni altra cosa nella mia carriera di giornalista.

Sfortunatamente, i fatti erano spesso distorti da altri fattori. E la verità aveva altre sfumature oltre il bianco e il nero.

Per quanto il mio racconto alieno fosse stato "accurato," non era stato esattamente imparziale.

Non solo il mio acclamato articolo aveva omesso ogni colpevolezza da parte mia come partecipante volontaria alla migliore esperienza sessuale della mia vita, ma aveva anche dipinto i K in una luce piuttosto negativa, facendoli apparire come predatori sessuali la cui suzione di sangue aveva sugli umani un effetto afrodisiaco, simile a quello dell'ecstasy.

In momenti più tranquilli, riuscivo ad ammettere che forse quella specifica inclinazione era guidata dal bisogno del mio stesso ego di razionalizzare la mia imbarazzante reazione a Vair quella notte.

Durante i miei anni universitari, ero sempre stata così attenta, così cauta riguardo ai pochi uomini che avevo frequentato. Diventavo amica di tutti i miei ragazzi, conoscendoli bene, prima di fare sesso. Non avrei mai nemmeno accettato un rapporto occasionale.

E poi, un mese fa, la prima volta in cui mi ero lasciata andare, permettendo alla passione di dettare le mie azioni, avevo avuto una sveltina con un letale extraterrestre-vampiro che mi aveva succhiato il sangue e scopata fino a ritrovarmi letteralmente svenuta per lo sfinimento sessuale.

Il telefono vibrò sulla scrivania, spaventandomi. Il numero di mia madre illuminava lo schermo.

Oh, dannazione. Non che avrei terminato il lavoro comunque. Parlare con mia madre sarebbe stato il modo più veloce e più sicuro per togliermi il sesso dalla mente errante.

Premetti il pulsante del vivavoce. "Ehi, mamma."

"Hai letto la mia e-mail?"

"Intendi dire la *dozzina* di e-mail che mi hai mandato dieci secondi fa?"

"Sì." Rispose senza esitazione o scuse.

Repressi il sorriso sulle labbra e scossi la testa verso

il soffitto. "No. Sono ancora al lavoro. Ho una scadenza per l'articolo."

Sentii un forte sospiro dall'altra parte della linea, seguito da un rumore sferragliante e poi attutito che gridava a mio padre di venire rapidamente.

"Non stai ancora lavorando lì, vero?" Ora sembrava senza fiato. "Pensavo che la scorsa settimana avessi deciso di lasciare *The Herald* e nasconderti. Non è così?"

"No. *Tu* hai deciso che avrei dovuto smettere e andare a nascondermi." Abbassai il volume del vivavoce. Ero abbastanza certa di essere l'unica ancora al lavoro sul mio lato del piano, ma non ne ero sicura al cento per cento.

"Non starai scrivendo un altro articolo su E.T., spero."

"Sì. È diventata la mia passione adesso, mamma. Ho molte storie sui Krinar."

Un altro acuto sospiro, seguito da un suono sibilante. "Altri xenofili vittimizzati si sono fatti avanti con le loro storie sui sex club?"

Trasalii. Xenofili—o xenos in breve—era il termine dispregiativo per gli umani che desideravano i K e cercavano rapporti sessuali con loro. "K-dipendenti" era un altro nome più neutro per definirli. Era quel fenomeno inquietante che aveva generato i club xeno— noti anche come club-x—che avevo segnalato nel mio articolo.

"No." Mi schiarii la gola. "Questo riguarda il loro stile di vita vegano obbligatorio e il modo in cui non solo privano gli umani del libero arbitrio, ma potenzialmente danneggiano la nostra salute e quella delle generazioni future, semplicemente per soddisfare le *loro* preferenze."

Due anni fa, quando la specie Krinar aveva invaso e assunto il controllo della Terra, si erano inseriti in tutti gli aspetti del nostro mondo—fino agli alimenti facilmente disponibili per il consumo. Avevano immediatamente chiuso la nostra industria agricola e costretto i produttori di carne e latticini a coltivare frutta e verdura. Al giorno d'oggi, qualsiasi tipo di carne o prodotto caseario era venduto ad un sovrapprezzo scandaloso.

I K sostenevano di averlo fatto a nostro vantaggio, per impedirci di distruggere ulteriormente i nostri corpi già indeboliti e malati e il nostro pianeta ancora più malato con la sovrapproduzione e il consumo eccessivo di carne e latticini.

E questo aveva subito fatto ben capire come potevamo aspettarci di essere visti dai nostri nuovi dominatori—come una forma di vita inferiore non abbastanza intelligente da operare anche le più elementari scelte quotidiane sui cibi che mettevamo nei nostri corpi.

"Ma sei stata vegana per otto anni." La voce di mio padre sembrava confusa.

"Oh, ehi, papà. Sì, è vero. Ma non è questo il punto. Il punto è che è nostro diritto—"

"Il punto è perché *dovremmo* rinunciare al grasso di maiale, quando loro mangiano gli umani nelle discoteche" interruppe mia madre, esasperata.

Oh, dannazione. "Ascoltate, devo tornare al lavoro. Vi richiamo domenica, d'accordo?"

"Amy." La voce di mio padre era calma, ma carica di preoccupazione. "Pensiamo che tu debba smettere di inimicarti i K con questi articoli. Da quel poco che sappiamo di loro, sono una specie violenta e pericolosa... capace di tutto. Non è saggio rischiare—"

"Devi fermarti!" Il tono frenetico di mia madre si stava avvicinando alla tonalità di Mi bemolle. "Io e tuo padre siamo preoccupati che questi E.T. possano ucciderti e mangiarti il cervello da un momento all'altro."

Sapevo che non avrei dovuto rispondere alla sua telefonata. "A loro piace il sangue, mamma. Non il cervello."

"Mangiano anche il cervello" insistette. "Ti ho mandato un'intervista su YouTube al riguardo."

Ecco. "Ok, ricordi quando abbiamo discusso sul fatto che YouTube non sia il più affidabile—"

"Il video su YouTube di quegli oppositori sauditi massacrati dai K è stato confermato autentico" mi ricordò mio padre. "Nessuno credeva che quel filmato potesse essere reale all'inizio."

Aveva ragione, anche se non potevo concederglielo proprio ora. "Era diverso, papà."

Il ricordo di quel primo filmato dei K non cessava mai di procurarmi un brivido interiore. Durante le prime settimane dell'invasione dei Krinar, i guerriglieri in Medio Oriente avevano teso un agguato a un piccolo gruppo di K disarmati. L'evento raccapricciante che ne era seguito venne ripreso tramite iPhone, mostrando al mondo intero esattamente quale tipo di specie geneticamente avanzata e decisamente spietata aveva conquistato il pianeta Terra. Una trentina di sauditi armati di granate e armi d'assalto automatiche non erano riusciti a competere con sei K disarmati capaci di muoversi a una velocità disumana e abbastanza forti da fare letteralmente a pezzi i loro nemici umani a mani nude—e a lanciarli fino a venti metri di distanza con il minimo sforzo.

"Le fonti dicono che stanno costruendo campi di lavoro umani in Costa Rica" continuò mio padre.

Sospirai e alzai gli occhi al cielo. "*Fonti*" senza alcun dubbio.

"Stanno sviluppando strutture di tortura e di esecuzione per umani maltrattati" intervenne mia madre.

Questo era davvero troppo. Dovevo tornare al lavoro.

"Tua madre ha letto che decapitano pubblicamente i criminali sul loro pianeta natale di Krina."

"E poi hanno una festa in cui bevono il loro sangue e mangiano il loro cervello e altri organi" intervenne lei.

Puah. Il mio stomaco vuoto si agitò in rivolta. "Ascoltate, devo proprio andare ora; il mio capo mi ha appena mandato un'e-mail per un aggiornamento."

"Va bene, tesoro, ma io e tua madre siamo molto preoccupati. Rispettiamo ciò che stai cercando di fare per il bene del pubblico, ma pensiamo che sarebbe meglio se ti nascondessi e scrivessi per una delle fonti di notizie underground a cui siamo iscritti."

Naturalmente. "Grazie, papà. Ma non devi preoccuparti per me. Va tutto bene. Credimi, se i K fossero stati turbati dalla mia storia sul club-x, l'avrebbero tolta dalla circolazione subito dopo esser stata pubblicata. Non avrebbero mai permesso che ricevesse così tanta attenzione da parte della stampa e dei media." Almeno speravo fosse così. *Avevo scommesso su questa teoria.* "Non è che *The New York Herald* sia fuori dalla loro portata o influenza. È stato praticamente confermato che i K monitorano e controllano i media mondiali a questo punto."

"Lo dici ora, ma che cosa succederà quando verranno a prenderti e ti porteranno in un campo di tortura K"—la voce di mia madre si spezzò in un singhiozzo esagerato ed isterico—"e ci chiederemo quanti alieni hanno mangiato il cervello della nostra ragazza per cena?"

Con un gemito soffocato di angoscia, si lasciò sfuggire un melodrammatico addio e si allontanò rumorosamente.

Mia madre era fatta così. Se c'era una cosa su cui poteva sempre contare, era il suo debole per il dramma del giorno del giudizio e la sua abilità nel dire le cose più inutili, inappropriate e terrificanti in momenti inopportuni.

Seguì una pausa lunga e imbarazzante sulla linea. Ventisette anni di matrimonio e mio padre non aveva mai imparato a reagire alla speciale follia di mia madre.

C'era uno strano legame tra loro due che mi aveva dato immensamente sui nervi, crescendo.

Alla fine, lui disse: "Probabilmente dovrei lasciarti andare ora."

"'Ok, papà. Ti richiamo domenica."

"Allora ci sentiamo. Stai attenta, Amy."

CAPITOLO NOVE

Riattaccai e ripresi a scrivere, scacciando dalla mente la relazione disfunzionale dei miei genitori e le folli paure di mia madre, mentre citavo le ricerche della Weston A. Price Foundation, che esaltava i pregi del consumo di lardo, di burro intero e dell'olio di fegato di merluzzo.

I Krinar erano una specie molto intelligente e antica che possedeva chiaramente un vantaggio genetico sugli umani, dato quello che avevamo visto riguardo alle loro capacità fisiche, per non parlare di ciò che ci era stato detto sulla loro lunga durata di vita. Si erano impadroniti della Terra in poche settimane, utilizzando una tecnologia più impressionante di qualsiasi cosa i nostri romanzi di fantascienza avessero mai immaginato. E sebbene fossimo simili a loro nell'aspetto—seppur molto meno belli e perfetti—per stessa ammissione dei Krinar, il nostro DNA umano era in realtà più simile a quello di un gorilla che a quello di un Krinar.

Quindi, chi diavolo erano per decidere che cosa avremmo dovuto mangiare?

Scelsi di ignorare il fatto che i gorilla fossero erbivori—perché questo era irrilevante per quello che dovevo scrivere. *Più o meno.*

E poi, se una dieta vegana era così appagante per loro come specie, perché desideravano tanto il nostro sangue? Forse a *loro* mancava qualcosa di questa perfetta dieta vegana a cui ora avevano sottoposto il nostro intero pianeta. E se lo stesso anello mancante nella loro dieta avesse portato anche gli umani a desiderare il sangue?

Fanculo. Mi tolsi gli occhiali e mi strofinai gli occhi. Stavo andando fuori di testa e stavo ragionando come mia madre adesso.

La mia mente tornò a concentrarsi su Vair—in particolare, sul modo in cui mi aveva morsa quella sera al club—e mi chiesi quale sapore avesse avuto il mio sangue per lui. Il solo pensare a cosa avevo *provato* al suo morso mi rendeva sempre scomodamente eccitata. Era un ricordo a cui mi ero aggrappata in più di un'occasione— più spesso di quanto desiderassi rievocare.

E se stessi diventando una xeno?

L'idea mi terrorizzava—e mi eccitava al contempo.

Non riuscivo a smettere di pensare a lui.

Troppo spesso mi svegliavo nella notte, chiedendomi cosa stesse facendo in quel preciso momento. Mi spingevo fino al punto di immaginare scenari alternativi nella mia mente su come sarebbero andare le cose, se mai avessi avuto il coraggio di alzarmi dal letto, vestirmi e tornare al suo club.

La prova che stavo impazzendo.

In alcuni scenari, immaginavo che sarebbe stato terribilmente arrabbiato con me per l'articolo che avevo scritto sul suo club—e che forse avrebbe reagito con violenza. Quel potenziale di per sé era sufficiente a farmi evitare di tornare. Altre volte, immaginavo che lui si sarebbe preso gioco di me per essere tornata, ridendomi in faccia e buttandomi fuori dal club.

Eppure, in qualche modo sentivo che probabilmente ora si era completamente dimenticato di me—troppo occupato a succhiare e a trombare le migliori supermodelle di New York, senza dubbio.

Ironia della sorte, piuttosto che rovinare gli affari a Vair, l'articolo che avevo scritto aveva reso il suo club-x il più ricercato sex club segreto di Manhattan. Invece di essere cauti, gli umani erano più che mai curiosi di esplorare le inclinazioni sessuali dei K, e gli xenos non facevano che aumentare.

Scossi la testa. Inavvertitamente gli avevo fatto un favore con il mio articolo. Non aveva motivo di essere arrabbiato.

Ma al di là di questo, dubitavo che pensasse a me in un modo o nell'altro, basandomi sul fatto che avevo *sentito* Vair—solo una volta—subito dopo la pubblicazione della mia storia.

Un enorme cesto di frutta esotica era stato

consegnato a *The Herald*. E per esotica intendo dire che il cesto era pieno di frutta che non avrebbe potuto essere coltivata sulla Terra. Mi ero sentita terrorizzata persino all'idea di toccarlo, ma Jay aveva scavato all'interno, rovistando ed esaminando ogni insolito, delizioso pezzo di commestibile perfezione.

Il cesto conteneva anche un biglietto. E le poche parole scritte in nero e in grassetto sul cartoncino color crema dalla forma rettangolare mi avevano quasi provocato un arresto cardiaco.

Fantastica tesi, mia cara. Congratulazioni per il tuo master!

Avevo riletto quelle parole solo alcune migliaia di volte, rendendo me—e anche Jay—un fascio di nervi a forza di analizzare ogni possibile messaggio manifesto e nascosto contenuto in esso, solo per rassegnarmi al fatto che Vair mi stesse nuovamente prendendo in giro, ridendo di me e sconvolgendomi la mente, essendo l'esemplare umano inferiore per cui chiaramente mi aveva presa.

Non c'era da stupirsi che fosse sembrato così divertito, quando avevo mentito sul fatto di essere una studentessa universitaria prossima al master.

Decisi che il suo biglietto fosse l'equivalente alle parole di Vair: "*Congratulazioni. Sapevo tutto dal momento in cui hai messo piede nel mio club, e mi sono divertito con te.*"

Perché si *era* divertito con me.

Avevo ceduto fin troppo facilmente al suo innegabile fascino sessuale.

E mi stava facendo capire che non gliene fregava un cazzo del mio piccolo articolo, rendendo dolorosamente chiaro che deteneva ancora tutto il potere—e che avrebbe potuto usarlo per schiacciarmi, se avesse deciso di farlo.

Sapeva dove vivevo. Dove lavoravo. Conosceva tutta la verità su quello che era successo tra noi. Era al di sopra della legge—come tutti i K—e molto più in alto nella catena alimentare di quanto non fossi io.

Ma aveva lasciato che l'articolo venisse pubblicato e che la mia bugia bianca fosse sotto gli occhi di tutti, perché semplicemente non gli importava in un modo o nell'altro.

Già solo quella conclusione avrebbe dovuto essere un sollievo per me.

Ma non lo era. Per qualche ragione, mi faceva infuriare come nient'altro al mondo.

Nonostante le proteste di Jay, quella stessa sera avevo lanciato quel gigantesco cesto di frutta esotica direttamente lungo lo scivolo dell'inceneritore insieme al biglietto beffardo di Vair.

E mi ero riproposta di scrivere qualsiasi storia anti-K che *The Herald* avrebbe accettato di stampare d'ora in avanti.

LE MIE DITA VOLAVANO SOPRA LA TASTIERA, QUANDO entrambi gli schermi del computer davanti a me tremolarono, e poi si oscurarono.

Toccai con il palmo il desktop, mentre insultavo tra me e me il tentativo di *The Herald* di ridurre i costi e i loro sistemi tecnologici sempre meno costosi.

Diedi un'occhiata all'orologio. Erano le sette del pomeriggio.

Fantastico. Non ci sarebbe stato nessuno dell'IT in giro.

Sporgendomi in avanti, mi allungai dietro i monitor per armeggiare con la connessione, sperando che si trattasse solo di un cavo allentato, quando i miei schermi si riavviarono all'improvviso, insieme agli altoparlanti—al massimo volume.

Mi bloccai, col cuore che mi martellava nel petto per le immagini e i suoni che mi assalirono.

Il monitor a destra mostrava il filmato della mia serata nel club-x—il mio corpo contorto tra le braccia dell'alieno, il vestito arrotolato fino alla vita, la schiena premuta contro il muro. Il mio viso sconvolto dal desiderio era chiaramente visibile, con la lamentosa supplica "Ti prego, Vair" distintamente udibile sopra il battito pulsante della musica da discoteca, mentre il magnifico extraterrestre si muoveva ritmicamente tra le mie cosce aperte.

Le scene incriminanti sul monitor a sinistra erano di gran lunga peggiori, i suoni ancora più imbarazzanti. Smisi di respirare, quando un video ad alta definizione dei nostri corpi nudi lucenti e aggrovigliati che copulavano in ogni modo e posizione immaginabili apparve sul mio schermo.

Ero *davvero* fottuta.

CAPITOLO DIECI

"Taxi!" Gridai ai ragazzi della sicurezza nella hall al piano di sotto da sopra le scatole con i file, tenute precariamente in bilico tra le mie braccia. "Per favore" aggiunsi, quando con la coda dell'occhio vidi una delle guardie saltare e aggrapparsi letteralmente al telefono accanto a lui sulla scrivania.

Nel tentativo di evitare che la mia voce si incrinasse, ero riuscita a sembrare una vera stronza.

L'altra guardia si precipitò in avanti per aiutarmi con le scatole, e persi di nuovo la calma, ringhiando: "Le tengo io!"

Ero troppo vicina a una sfuriata epica per qualsiasi tipo di interazione, e le scatole con i file piene dei miei effetti personali erano una barriera fisica da cui non ero disposta a separarmi al momento. Erano pesanti e strane, ma avevo bisogno di una sorta di sfogo di energia per l'adrenalina che mi scorreva nelle vene.

"Aspetterò fuori" annunciai, evitando la prima

guardia di sicurezza, che stava iniziando a dire che stava arrivando un taxi.

Utilizzando quello che il mio ex ragazzo aveva detto spesso fosse il mio punto di forza, spinsi il vetro della porta girevole dell'uscita con un fianco—con più forza di quanto fosse probabilmente necessario—prima che la guardia numero due avesse la possibilità di farlo per me.

"Grazie" mormorai nel tentativo di essere gentile, uscendo per la strada.

I profumi dell'inizio dell'autunno a New York mi riempivano i polmoni, mentre appoggiavo la pila di oggetti confezionati a casaccio sul marciapiede su arti traballanti.

"Ehi! Guarda dove metti i piedi!" borbottò una donna, quando mi girai senza guardarla e quasi la colpii con il mio imbarazzante fardello.

"Scusi."

Dannazione, avevo bisogno di calmarmi. Dovevo capire cosa fare come mossa successiva, dove avrei potuto chiedere aiuto.

Qualcuno avrebbe potuto aiutarmi?

Quanto era grave la mia situazione? Quante agenzie di informazione e social media avevano già ricevuto quel filmato?

Mia madre l'avrebbe visto?

E mio padre?

Mi bruciavano gli occhi per le lacrime non versate, e lo stomaco borbottò. *Fantastico.* Stavo per vomitare su tutta Broadway.

Dov'era quel taxi?

Feci un respiro per calmarmi, mentre una fresca brezza serale mi agitava i capelli. Sbirciando al lato delle mie scatole nel miglior modo possibile per evitare di scontrarmi con un altro pedone, mi avvicinai al marciapiede. Il tramonto stava svanendo, e sebbene la strada fosse affollata, ero grata che ci fossero luoghi molto più popolari del distretto finanziario di Lower Manhattan per le masse in cerca di intrattenimento precoce il venerdì sera.

Gli pneumatici si fermarono a qualche metro dal marciapiede di fronte a me, e allungai il collo abbastanza da distinguere una limousine nera—non il taxi che speravo. Iniziai a camminare lungo il marciapiede fin dove un tassista sarebbe riuscito a individuarmi meglio, quando sentii il rumore delle portiere dell'auto che si aprivano.

Dei rapidi passi fluivano agevolmente sul cemento nella mia direzione.

Troppo agevolmente.

Un istinto innato di autoconservazione mi fece accelerare il battito. Ebbi la voglia matta di abbandonare le scatole e fuggire, ma indossavo i miei pratici tacchi da cinque centimetri abbinati a una gonna molto poco comoda. Dubitavo che sarei stata in grado di superare un K.

Un attimo dopo, fu troppo tardi, quando sentii il *suo* calore alle mie spalle attraversarmi tutto il corpo, bloccando ogni traccia della brezza della sera. Mi fermai, mentre il familiare profumo della disumana perfezione maschile assaltava il mio olfatto, portando con sé il ricordo della notte carnalmente più gratificante della mia vita.

Oh, cazzo.

Mi si strinse lo stomaco. I capezzoli si indurirono. Anche il resto del mio corpo sembrava avere un vivido ricordo di quella notte, a giudicare dalla sua immediata —e mortificante—reazione pavloviana alla semplice presenza di Vair. I miei muscoli interni si flessero dall'attesa, con il calore umido che mi lubrificava il sesso.

Ricordai al mio stupido sesso che quello era lo stesso alieno che aveva appena distrutto la mia carriera e la mia vita. Era il nemico che aveva invaso il mio pianeta. *Un nemico che probabilmente mi avrebbe anche uccisa.*

O peggio—consegnata alle autorità Krinar.

Ma quando delle dita calde e lunghe mi afferrarono il bicipite destro, un'altra scossa di elettricità sessuale mi attraversò. E quando l'altra sua mano si agganciò al mio fianco sinistro, mi sembrò stranamente rassicurante e momentaneamente rilassante, mentre un secondo paio di mani invisibili mi strappava le scatole con i documenti dalla presa.

"Da questa parte, cara" la voce profonda di Vair mi dava istruzioni da sopra la testa, mentre mi guidava fisicamente verso la limousine.

Alla persona che mi aveva confiscato le scatole con i documenti, Vair parlò rapidamente in una lingua strana, dal suono gutturale, che non riuscivo a collocare. Dietro le mie spalle, intravidi un bellissimo maschio K in un completo nero che annuiva, mentre trascinava senza sforzo le mie scatole nella direzione dell'edificio in cui lavoravo.

In cui *avevo* lavorato. Aspetta…

"Quella è la mia roba" protestai un po' troppo tardi. "Dove sta andando? Perché ha preso le mie cose?"

"Sali in macchina, Amy." L'ordine fu accompagnato da una leggera pressione sulla mia spalla, quando Vair mi portò fisicamente in limousine prima che avessi il buon senso di combattere.

Mi seguiva da vicino, piegando con grazia la sua enorme sagoma nella lussuosa cabina del passeggero e prendendo posto davanti a me. La macchina cominciò a muoversi, mentre io rimasi immobile—bloccata sul posto in preda a un mix di shock, paura e attesa.

Nel momento in cui Vair si sistemò e mi rivolse la sua totale attenzione, arrossii. E non sto parlando di un rossore che avrebbe potuto essere interpretato come nervosismo o attribuito al recente sforzo dalle pesanti scatole che avevo trasportato. Era del tipo che mi faceva sentire la pelle bruciata dal sole e la testa confusa. Il tipo che urlava "colpevole" in un tribunale.

Il tipo di rossore che comunicava esattamente quanto ricordassi la sensazione di lui che si immergeva profondamente dentro di me e il suono dei suoi gemiti e grugniti maschili mentre era dentro di me… nella mia bocca… lungo la mia schiena, sullo stomaco, sul…

Spezzai il contatto visivo—per paura di svenire—e sgranai gli occhi come se volessi indagare su ciò che mi circondava. Ma notai a malapena qualcosa. Ogni cellula e fibra del mio essere era troppo acutamente consapevole dell'alieno simile a un dio seduto di fronte a me.

Che mi guardava.

Diamine, era molto più bello di quanto non fosse durante le mie sedute masturbatorie. Molto più grosso. Più predatore.

Molto più pericoloso.

C'era troppo spazio nella sua enorme limousine solo per noi due. Eppure non abbastanza spazio per poter evitare i suoi occhi, il profumo, la vibrazione stessa della sua essenza nell'aria che mi circondava.

Avrebbe potuto portarmi ovunque. Pianificare di farmi qualsiasi cosa terribile.

Calmati, Amy.

"Sembri accaldata." La sua voce profonda era allegra e vivace, ma mi spaventò lo stesso. "Vuoi che abbassi la temperatura?"

Mi voltai di scatto verso di lui e notai che stava fissando il suo palmo—tracciandoci qualcosa con l'indice dell'altra mano e senza guardarmi. Indossava pantaloni casual, una semplice T-shirt bianca che accentuava il tono della pelle bronzea e un paio di mocassini, e aveva un aspetto fresco ed elegante—più sofisticato di quanto non fossi stata io questa mattina con la gonna aderente e la camicetta di seta... *prima* di diventare sciatta e trasandata a causa della mia giornata.

"Che cos'hai intenzione di farmi?" La voce mi tradì,

diventando troppo acuta e con un leggero fremito. Con un suono pietoso. *Accidenti.*

All'inizio sembrava essere sorpreso dalla mia domanda—o forse dal tono—mentre tornava a rivolgermi la sua attenzione, ma poi un sorriso lento e sensuale apparve sull'ampia bocca e sulle labbra carnose. "Che cosa?" Il suo indice sfiorò distrattamente quelle splendide labbra, e dovetti ricordarmi di concentrarmi sul suo tono beffardo—e sul trovare un modo per sopportarlo.

"Che cosa faresti se fossi nei miei panni?" Sospirò, e il suo volto divenne improvvisamente privo di umorismo. "Temo che diversi membri molto potenti del Consiglio dei Krinar siano rimasti piuttosto insoddisfatti del tuo articolo."

Ecco. La mia peggior paura si era avverata. Ero una donna morta.

Mia madre *non* poteva aver avuto ragione su questo.

"Che cosa?" Finsi di essere scioccata. "Che cosa intendi dire?" Mi mostrai spavalda, con un'ondata di adrenalina che mi alimentava. "Stavo semplicemente presentando informazioni concrete sul tuo club... sulle abitudini sessuali della tua razza. Voglio dire... non puoi essere serio. Non sei serio, vero?" Mi aggrappai all'offensiva e cercai di cavarmela. "Mio Dio, il tuo club ora è il segreto più ricercato e meglio custodito della città. Le supermodelle più sexy di New York mi chiamano, implorando il tuo indirizzo!"

Fallii nel mascherare la gelosia nella mia voce in quell'ultima parte, così continuai a sproloquiare. "E comunque, ho avuto l'impressione che i vostri potenti membri del Consiglio controllassero i nostri media. Credevo che avrebbero semplicemente distrutto l'articolo—cancellandolo completamente dalla circolazione online—se non avessero apprezzato quello che avevo scritto."

I lineamenti di Vair rimasero impassibili. Inflessibili.

Fanculo.

La paura e il panico mi facevano parlare troppo. "Hanno *lasciato* correre" sottolineai, come se questo significasse il loro tacito consenso al riguardo. "Beh, mi dispiace; non credevo che qualcuno si sarebbe offeso." Sbuffai per la confusione. "Se disapprovavano, perché non l'hanno semplicemente rimosso? Non può essere colpa mia, se non sono riusciti a rimuoverlo. Voglio dire, avrebbero potuto contattare *The Herald* e chiedere di..."

Mi fermai davanti al suono del lento battito di mani di Vair e al suo sguardo beffardo negli occhi scuri.

"Grazie per le adorabili scuse poco sincere, Signorina Myers. Un vero peccato che tu non abbia scelto recitazione, mentre studiavi alla NYU per conseguire la laurea in giornalismo."

Cazzo. Ero davvero nei guai.

Mi osservava in silenzio, e l'aria intorno a me sembrava diventare più fredda ogni secondo che passava.

"Quindi... che si fa?" Alzai un sopracciglio con fare altezzoso, esasperato, ed emisi una risatina fin troppo nervosa per sostenere il mio bluff. "Hai intenzione di rinchiudermi nel carcere K? Oppure la pena capitale è la norma per il sesso con un alieno e la conseguente pubblicazione dell'articolo?" *Oh mio Dio, chiudi il becco!*

"Mmm... un po' di tortura, un decennio in un duro campo di lavoro Krinar, e poi la decapitazione pubblica. *Solitamente.*"

Non poteva essere vero. Le fonti stravaganti di mia madre non potevano essere accurate. Era impossibile. Stava scherzando con me. Ne ero certa.

Quasi.

Mi lasciai sfuggire una risata nervosa. La sua espressione rimase stoica.

"T-tu non stai parlando seriamente..."

Si accigliò e si passò una mano tra i capelli arruffati. Ora sembrava incazzato. "Li ho convinti che sarebbe stata pubblicità negativa torturarti e ucciderti."

"Davvero?" La risposta monosillabica riuscì in qualche modo a influenzare il mio disinvolto sforzo— mentre il cuore iniziava a pompare facendo gli straordinari.

Si stava prendendo gioco di me o era serio? Avevo perso l'abilità di giudicare.

"Il Consiglio mi ha permesso... di gestire la situazione con te. Direttamente." I suoi occhi si rabbuiarono sul termine "gestire," provocandomi un brivido involontario.

"C-che cosa vuoi dire?" Che mi avrebbe torturata e uccisa personalmente? *In qualche luogo lontano da occhi umani indiscreti? Era lì che ci stavamo dirigendo ora?*

Il mio volto doveva riflettere il pensiero, perché lui alzò gli occhi in modo sorprendentemente umano, poi mormorò qualcosa in quella gutturale lingua strana che aveva usato prima. Probabilmente parolacce in lingua Krinar, a giudicare dalla mascella arrabbiata e dal modo in cui le sue grandi mani si erano serrate a pugno contro il sedile su entrambi i lati.

Ma quando si rivolse di nuovo a me, la sua voce fu gentile. Paziente. "Non pratichiamo la pena capitale su Krina. I nostri metodi per riformare coloro che infrangono le leggi sono molto diversi da quelli a cui siete abituati nella società umana. Nessun Krinar ti farà del male. Io meno di tutti."

I suoi occhi su di me erano pensierosi, mentre lo diceva. Sinceri. Non sembrava che volesse farmi del male. Quegli occhi sembravano volere qualcosa di completamente diverso. E, dopo essermi un po' sollevata, improvvisamente desiderai annegare in essi —mettere da parte anni di buonsenso e giudizio imparziale e credere a qualsiasi cosa dicessero.

Sbattei le palpebre e distolsi lo sguardo, spezzando la connessione, al ricordo delle immagini sfocate su YouTube di quei sauditi che venivano fatti a pezzi.

"I K *hanno* ucciso degli umani" sottolineai. *Perché i fatti erano fatti*—a prescindere da quello che volevano indurmi a credere i suoi occhi. "È stato documentato. Dettagliatamente" aggiunsi con una smorfia di disgusto.

"Sì, è vero" riconobbe. "Abbiamo ucciso degli umani,

quando necessario. Per lo più per autodifesa, come ultima risorsa."

Venne il mio turno di alzare gli occhi al cielo. Ma decisi di non discuterne ulteriormente, con la mente che si era spostata sulla causa iniziale del panico di quella sera.

Il filmato.

Se non avevano intenzione di farmi del male fisicamente come ritorsione per il mio articolo, allora c'era un'altra ragione per questo incontro. E per quel filmato.

Il mio battito accelerò, quando capii tutto. *Mi stavano ricattando?*

All'improvviso, l'orrore e l'eccitazione mi attanagliarono. Se avevo ragione e volevano davvero ricattarmi con esso, allora c'era la possibilità che il video non fosse ancora stato rilasciato per le masse. E avrei fatto qualsiasi cosa per impedirne la pubblicazione. Anche se questo avesse significato...

Bene. Era inevitabile.

"Vuoi che ritiri ciò che ho scritto nel mio articolo" affermai con voce piatta. La mia carriera di giornalista sarebbe finita, ma almeno me ne sarei andata con un briciolo di dignità, se avessi potuto tener fuori dalla circolazione quel filmato sessuale.

Si accigliò. "Ovviamente no. Il tuo articolo è stato brillante. E"—si passò casualmente la lingua sul labbro inferiore, mentre posava lo sguardo su di me —"illuminante."

Il calore accumulato di nuovo nel ventre era sia inopportuno che sgradito.

Mi maledissi mentalmente. "Non vuoi che ritiri quello che ho scritto?" Un senso di terrore si insinuò nella mia schiena, rendendomi conto che non avevo alcun mezzo di negoziazione.

"No." Le sue labbra si aprirono per un sorriso pigro, mentre gli occhi scuri sostenevano il mio sguardo.

Poi, notai che stava fissando i miei seni.

Avevo i palmi scivolosi per il sudore, quando afferrai il sedile di pelle sotto di me. Deglutii. Respirai. "Perché il filmato allora?"

Si sporse in avanti, con espressione mortalmente seria, mentre tornò a guardami in faccia. "Non mi hai chiamato, Amy."

Era come se tutta l'aria fosse stata improvvisamente risucchiata fuori dalla limousine.

"Non sei mai tornata al mio club."

Avevo le mutandine ormai tutte fradicie, quando pronunciò il nome "Amy"—nonostante la confusione e il lieve terrore che il suo tono improvvisamente accusatorio evocarono.

"Non sapevo che tu volessi che lo facessi." La verità venne a galla, più veloce di quanto potessi riflettere su ciò che aveva detto, mentre delle emozioni in conflitto divampavano dentro di me. "Voglio dire—non volevo che succedesse qualcosa... con te... quella sera al club."

Che diavolo stavo dicendo?

Che cosa stava dicendo lui?

Una goccia di sudore si insinuò tra le scapole,

facendomi rabbrividire nella camicetta di seta. Ora mi stavo congelando nella limousine.

"Capisco. Quindi, sei stata una vittima?" fIl suo tono era serio, ma gli occhi sembravano divertiti. Compiaciuti.

Sentii la mia rabbia crescere. Non c'era una risposta facile per la sua domanda. Tenni le ginocchia incollate e i palmi sudati appoggiati sul sedile nel tentativo di controllare il tremore.

"Non volevo che succedesse qualcosa tra noi quella notte" ribadii, con le parole chiare e decise nonostante la secchezza che ora mi bloccava la gola.

Sospirò. "Gli umani complicano le emozioni più elementari sperimentandole attraverso filtri sociali estranei." I suoi occhi proiettavano una strana sorta di compassione—e una leggera delusione che in qualche modo era inquietante.

Avevo bisogno di acqua. *Avevo bisogno di scendere dalla limousine di Vair.*

Avevo bisogno di ulteriori risposte.

"È già su Internet?" Sbottai, con il cuore che mi martellava nelle orecchie.

"Che cosa è già su Internet, tesoro?"

"Sai cosa!"

"Rispondi alla mia domanda e io risponderò alla tua" ribatté.

"Non sono una vittima."

"Bene." Fece un breve cenno col capo e recuperò una bottiglia di vetro contenente un liquido trasparente da un vano refrigerato. "Non mi diverto con le vittime."

Stappò la bottiglia e me la porse.

"Non berrò."

"È acqua, Amy."

"E che altro?"

Sogghignò e scosse la testa, mormorando: "Qualunque altra cosa tu voglia, tesoro." Continuò a guardarmi con un fare pigro e sfacciato, che mi ricordava i modi civettuoli e canzonatori che aveva avuto con me durante il nostro incontro iniziale al suo club.

Il suo sguardo divoratore prometteva molto più dell'acqua. Ed ebbe lo stesso effetto magico di prima, attirandomi e facendomi desiderare cose che non avrei dovuto volere razionalmente, lasciandomi confusa, vulnerabile ed esposta.

Spostò il suo grosso corpo in avanti sul bordo del sedile, sfiorandomi il ginocchio nudo con la bottiglia fredda, e mi tirai indietro di riflesso.

Con una risatina, portò la bottiglia alla bocca, e mi ritrovai a sentirmi sconvolta dalla vista delle sue labbra premute contro l'apertura della bottiglia, dei suoi muscoli della gola che lavoravano mentre inghiottiva metà del contenuto del contenitore di vetro.

Dopo essersi dissetato, me la offrì di nuovo con un sopracciglio alzato, e non esitai a strappargliela dalla presa. Razionalmente dissi a me stessa che lo stavo facendo perché avevo la gola secca, e non perché stavo rispondendo alla sua implicita sfida—o perché avevo un folle impulso di mettere la bocca dove era stata la sua.

Era una scommessa sicura che non fosse avvelenata. Un alieno potente non aveva bisogno di acqua avvelenata per ottenere tutto ciò che voleva da me. Avevo solo bisogno di capire che cosa fosse quel qualcosa, se non era il ritiro della mia storia sul club-x ciò che cercava.

Avvolgendo con disinvoltura le mie labbra attorno all'apertura della bottiglia, inclinai la testa all'indietro e trangugiai i resti del contenitore con un solo e rumoroso verso poco signorile. *Fanculo ai K con le loro costanti stronzate sulla superiorità e le loro continue intimidazioni sulla mia razza.*

La mia sete si placò e un briciolo di dignità ritornò, così abbassai la bottiglia insieme al mento, emettendo un inconsueto sospiro di soddisfazione. Solo per avere lo stomaco sottosopra notando lo sguardo sul viso di Vair.

Era l'aspetto di un gatto della giungla pronto a balzare. Il volto di un uomo affamato davanti al proprio pasto preferito.

Mi schiarii la voce. Afferrando la bottiglia di vetro vuota con entrambe le mani, la tenni stretta davanti a me—sospesa sul grembo, come se potesse proteggermi da lui.

"Internet" insistetti. "Ho risposto alla tua domanda. Ora rispondi alla mia."

"No."

Il mio stomaco si contorse alla sua risposta brusca.

"No? Non risponderai?"

"No, non è su Internet" chiarì, con il viso che improvvisamente si era trasformato in una maschera di pietra e il tono formale. Irritato. "Non ancora."

Deglutii. "Capisco. Quindi"—rigirai e strinsi la bottiglia di vetro tra le dita viscide—"sta per essere rilasciata ai media?"

"No."

La mia immediata sensazione di sollievo svanì, quando raccolsi il coraggio di andare avanti e chiedere: "Allora, che cosa vuoi in cambio da me? Per tenerlo fuori da Internet?"

Rise. Era una risatina cupa e oscura che mi fece venire la pelle d'oca. Agitò la mano, e un'immagine video tridimensionale apparve dal nulla direttamente tra noi. Un ologramma perfettamente dettagliato e realistico iniziò a riprodurre il tutto, come se ci fosse un proiettore invisibile.

Un ologramma su di me.

"Discutiamo prima su questo video, d'accordo?"

Il filmato mostrava me nel mio ufficio non più di trenta minuti fa. Angolazioni multiple della telecamera avevano catturato ogni momento imbarazzante, dalla mia reazione sbalordita al video del sesso quando era apparso per la prima volta sui miei schermi desktop, alla frenesia che ne era seguita, quando avevo tentato di fermare il video senza successo—prima scollegando i monitor, poi scollegando il computer, poi strappando ogni cavo dalla presa a muro, finché alla fine non mi ero lasciata prendere dal panico più totale e avevo fatto a pezzi tutti i monitor con le cose più simili a un'arma su cui fossi riuscita a mettere le mani: la mia cucitrice Swingline da venti fogli, la perforatrice a tre punte.

Non era stato il mio momento migliore, essendo sotto pressione.

CAPITOLO UNDICI

NON SAPEVO COSA FOSSE PIÙ INQUIETANTE: L'ESSERMELA svignata e l'aver distrutto la proprietà del giornale in preda al panico, o l'aver saputo che Vair—e forse altri K—avevano invaso la mia privacy e mi stavano spiando.

Decisamente la seconda, decisi, anche se la prima era più mortificante in quel momento.

Rimasi senza parole, mentre guardavo la versione ologramma di me stessa con sufficiente calma da rendermi conto di ciò che avevo fatto e permettere a una nuova sensazione di orrore di prendere il sopravvento.

"Immagina come ha ferito i miei sentimenti" interruppe la voce seducente di Vair, mentre la "me" ologramma continuava a distruggere tutto, mettendo nelle scatole gli effetti personali il più rapidamente possibile "vedere questo—la tua reazione violenta alla mia compilation preferita del nostro intimo momento insieme."

Mi stava di nuovo prendendo in giro.

Oppure era uno psicopatico.

Colpa mia per aver avuto un rapporto occasionale con un alieno-vampiro da *Attrazione Fatale*.

Avrei dovuto immaginarlo, quando mi aveva detto sulla pista da ballo che era venuto sulla Terra per noia. Aveva detto che aveva bisogno di molto divertimento, e che aveva esaurito i modi per divertirsi su Krina. *Quindi, aveva lasciato il suo pianeta per aprire un sex club a New York, che ruotava attorno a dei K che succhiavano e fottevano umani volenterosi?*

E avevo visto la mancanza di direzione nella vita del mio ex fidanzato come una bandiera rossa delle cose a venire.

"Hai gettato via il cesto di frutta esotica che ti ho mandato." La sua voce conteneva una nota di critica.

Vair mi stava *sicuramente* prendendo in giro. Cercai di ignorarlo e di concentrarmi sulla versione ologramma di me stessa, che spingeva documenti e ricordi in scatole vuote. Il mio ologramma era senza fiato.

Io ero senza fiato. Chiusi gli occhi, mentre iniziava a girarmi la testa.

"Amy?"

Scossi la testa, non volendo aprire gli occhi. Non volevo vederlo.

Ma poi lo sentii. *Grugnire.*

Seguì il suono di una donna che gemeva.

E capii senza guardare che si trattava di un'altra

versione ologramma di me stessa ora. Di noi. Dalla nostra notte al club.

"Oh, ti prego, Vair. Proprio lì... sì..."

Il suono della carne scivolosa che si univa insieme riempiva la limousine ad alto volume, insieme al suono delle mie stesse suppliche e della grida per avere di più.

Oh, Dio.

La bottiglia mi scivolò dalle dita.

"Amy?" La calma dell'extraterrestre fu surclassata dal suono del mio ologramma che raggiungeva l'orgasmo.

Non riuscivo a respirare. Premetti le dita sulle tempie.

"Sei così bagnata" disse la sua voce ipnotica dall'altra parte della limousine.

I miei muscoli interni si contrassero, stringendosi attorno al vuoto.

"Così pronta per me."

Fanculo. *Ero molto bagnata.*

Potevo sentire i suoi occhi su di me, percepire la sua essenza che mi chiamava—con la sua fame sessuale che era una cosa viscerale che pulsava e mi colpiva direttamente nell'intimo, mentre il suo bisogno diventava il mio bisogno, ingrandendolo di dieci volte.

"Ho pensato a te." La sua voce era bassa e rauca. "Tu hai pensato a me?"

Avevo pensato a lui quasi ogni momento della giornata nell'ultimo mese.

"Spogliati."

Scossi la testa al suo ordine, mentre allungai la

mano verso i bottoni della mia camicetta e cominciai a slacciarli con dita tremanti.

"Così... una piccola umana così bella e deliziosa" mi fece le fusa sopra i suoni di sottofondo dei gemiti del mio ologramma e dei delicati versi della suzione.

Il Vair registrato stava grugnendo più forte ora, e il mio sesso pulsava in risposta, dolorante di un bisogno sempre più intenso dei suoi rudi comandi di succhiarlo più forte. *Più in profondità.*

Mi venne l'acquolina in bocca. Le mie dita armeggiarono disperatamente, strappando quei bottoni testardi.

Questa era follia pura.

"Amy" sussurrò nuovamente l'alieno.

Finalmente aprii gli occhi.

L'illuminazione era cambiata. I finestrini dipinti della limousine si erano oscurati fino a diventare neri, e un tenue bagliore rosso e tremolante simile all'illuminazione del suo club-x illuminava il predatore seduto di fronte a me.

Nudo.

Intento ad accarezzare la più grossa erezione che avessi mai visto.

E tra di noi, le registrazioni 3D proiettate dei nostri corpi nudi erano impegnati in un 69 come animali affamati.

"Vieni qui." Con una mano impugnava la base dell'enorme fallo, mentre piegava il dito dell'altra mano verso di me. "Mostrami che non sei una vittima."

La strana sensazione di irrealtà che avevo provato

nel suo club riaffiorò, e un attimo dopo mi ritrovai in ginocchio tra le sue cosce muscolose, allungando le labbra attorno alla punta spessa e bagnata, e lo succhiai nella bocca—*perché aggredire il suo cazzo con la lingua era apparentemente il modo in cui il mio cervello e il mio corpo sceglievano istintivamente di dimostrare che non ero una vittima.*

"Ahhh—che brava ragazza" sibilò, sollevando i fianchi verso la mia bocca, mentre mi premeva sulla parte posteriore della testa, riempiendomi rapidamente fino al retro della gola, ma riuscendo a malapena a inserire la metà della spessa lunghezza all'interno.

Spinse più in profondità. Mi strozzai. Tirò indietro, poi spinse di nuovo verso lo stesso punto. "Così, tesoro..."

I miei occhi si inumidirono, mentre assumeva un ritmo costante, insistente, facendo oscillare i fianchi e limitando il movimento della mia testa con la sua mano, fottendomi la bocca senza cerimonie o finzioni. Spingendo dentro di me fin dove il riflesso faringeo lo permetteva, mentre con l'altra mano stringeva e accarezzava la sua lunghezza che non riuscivo a prendere.

"Sì... proprio così" mi persuase la sua voce roca, quando i rumorosi suoni iniziarono a sfuggirmi— suoni che andavano oltre la mia capacità di controllo, mentre pompava più velocemente, prendendomi la bocca con un'urgenza primordiale che stranamente mi faceva sentire *potente.*

I suoi brevi respiri e gutturali grugniti di

soddisfazione mi fecero eccitare quasi fino all'orgasmo, quando venni travolta dal paradosso di sentirmi così fortemente in controllo nel soddisfare il suo bisogno più critico e basilare, mentre allo stesso tempo ero dominata dalla situazione.

"Amy... *Amy*..." Gemette il mio nome come una sporca preghiera, man mano che le sue spinte si facevano irregolari.

Ero sicura che stesse per venire.

Ero sul punto di venire anch'io; anche senza alcuna stimolazione fisica, era tutto così fottutamente sexy.

Le punte delle dita smussate si aprirono e si trascinarono avanti e indietro per tutta la parte posteriore del mio cuoio capelluto, provocandomi deliziosi brividi, prima che mi afferrasse le radici dei capelli in una presa da cavernicolo quasi dolorosa.

Sapendo che sarebbe esploso nella mia bocca da un momento all'altro, cedetti alla tentazione, infilandomi la mano tra le cosce e la gonna aderente—cercando disperatamente l'appagamento.

Nel momento in cui premetti i polpastrelli sulla biancheria intima di cotone fradicia, venni.

Speravo di venire discretamente, mentre era preso dal suo rilascio—idealmente, senza che nemmeno lo venisse a sapere. Ma non appena iniziai ad esplodere, mi tirò bruscamente per i capelli, allontanandosi dalla mia bocca e sollevandomi la testa.

Sgranai gli occhi, mentre il mio corpo si contorceva e si agitava, con i suoni carnali che mi uscivano rivaleggiando con quelli dell'ologramma registrato riprodotti sullo sfondo.

Colta in flagrante, con le dita sulla gonna e intenta a strofinarmi con un movimento frenetico, il viso arrossato e bagnato dalla saliva e dalle lacrime residue dovute al soffocamento col suo pene, ero incapace di fermare la forza pura del mio orgasmo, mentre lui assorbiva ogni dettaglio brutalmente crudo.

Non avrei potuto staccare le dita dalla mia fessura nemmeno se avessi voluto.

Non volevo.

Il sorriso sornione sulle sue labbra era l'unica cosa più scura dei suoi occhi, mentre mi osservava spogliare la mia anima senza freni, con la mascella stretta e il pugno chiuso in una presa mortale attorno alla base dell'erezione massiccia, impedendo la sua stessa esplosione.

CAPITOLO DODICI

"Posso?" Passò il pollice sul mio labbro inferiore, asciugandomi l'umidità dal mento, mentre le sue dita massaggiavano la parte del mio cuoio capelluto nel punto in cui mi aveva tirato i capelli.

Non avevo idea di quanto tempo fossimo rimasti in silenzio nella sua limousine oscurata. Aveva spremuto la base del cazzo fin quando l'espressione dolorosa nei suoi occhi era finalmente svanita ed era riuscito a riprendersi—ancora completamente eretto e carico—mentre io non avevo ancora il coraggio di riprendere a respirare e di tenere sotto controllo le emozioni.

L'ologramma del video non riproduceva più. E la limousine aveva smesso di muoversi alcuni minuti fa. Ma non riuscivo a chiedere dove fossimo.

Rimasi muta per lo shock, ancora inginocchiata sul pavimento rivestito della limousine tra le sue gambe, mentre procedeva tirandomi via la mano tra le cosce. Si portò le mie dita alla bocca e le leccò con un ronzio soddisfatto. Poi mi rimise la gonna a posto e mi abbottonò la camicetta, studiando attentamente i miei lineamenti—come se fossi un enigma che stava cercando di risolvere.

"Stai bene?"

Non gli risposi, troppo sconvolta dai suoi gesti apparentemente premurosi. Utilizzando i polpastrelli dei suoi pollici, tamponò l'umidità sulle mie guance appena sotto il bordo degli occhiali, dove i miei occhi lacrimavano.

Che diavolo era appena successo?

Non era nemmeno venuto. Stava ancora sfoggiando il duro mostro che doveva causargli disagio. *Estremo* disagio.

Tuttavia, era calmo e controllato, mentre mi accarezzava le ciocche di capelli sciolti e fini che mi erano caduti sulla fronte. L'ultima volta in cui eravamo stati insieme, era stato insaziabile, incapace di trattenersi dal prendermi ancora e ancora... e ancora.

Non mi desiderava più?

Tracciò una linea con l'indice tra le mie sopracciglia, attirando la mia attenzione sul fatto che stessi corrugando la fronte.

"Va tutto bene, lo sai" disse cortesemente. "Le tue reazioni sono perfettamente sane e normali." Il suo sorriso era gentile—genuino e sorprendentemente aperto—mentre mi sfiorava la schiena con le nocche. "Mi piace quando sei onesta con te stessa. Mi piace quella luce che si accende nei tuoi occhi quando vedi qualcosa che vuoi." Si chinò più vicino e mi diede un piccolo bacio sulla guancia. Il suo respiro mi scaldò l'orecchio, mentre mormorava: "Ma quello che mi piace di più è guardarti mentre lo prendi."

Che cosa?

"La prossima volta"—la sua voce si abbassò di un'ottava—"spero che tu scelga l'intimità che desideri davvero... che ti arrampichi sulle mie ginocchia e ti prenda quello che desideri da me."

Quello che desideravo da lui?

Intimità?

Doveva aver frainteso. Non volevo *niente* da lui, tanto meno l'intimità.

Distolsi lo sguardo, scuotendo la testa attentamente, mentre mi ricomponevo circa cinque minuti troppo tardi. "Questo non è... Questo non era—"

"Aspetta, non dirmelo..." Serrò le labbra, mentre mi puntò contro un dito per zittirmi. "Non volevi che succedesse tutto questo, vero?" Il beffardo Vair era tornato. "Eri semplicemente curiosa? Volevi solo *osservare* quella prima volta, vero?" Ripeté le mie stesse parole—le scuse che gli avevo rivolto al club.

Alzai gli occhi al cielo, borbottando sottovoce: "*Figlio di puttana.*"

Tirò fuori la mano e mi accarezzò i capelli con una velocità disarmante, costringendomi a guardarlo.

Si avvicinò. Non sorridendo più, sembrava l'oscuro predatore che era. Inclinò la testa verso di me.

Deglutii.

Le sue ciglia lunghe e scure si abbassarono, quando quegli occhi castani e profondi si soffermarono sulla mia gola. Il suo sguardo si posò sulla vena selvaggia che doveva essere visibile nel mio collo, per quanto la sentivo battere freneticamente.

Si leccava le labbra. E mi fissava.

E mi fissava.

Respiravo rapidamente e poco profondamente, nonostante lo sforzo di rimanere calma. Perché più cercavo di calmarmi, più forte sentivo battere il mio cuore.

Le sue narici si dilatarono. Avvicinò il viso ancora di più, poi si abbassò sul mio collo finché la punta del naso non sfiorò la mia giugulare.

Stava per mordermi.

Delle farfalle presero il volo nella mia pancia. Ero preparata all'impatto. Ma inspirò soltanto ed espirò. "Deliziosa."

Mi lasciò andare i capelli e si allontanò bruscamente, mentre mi sforzavo di mantenere il respiro sotto controllo.

"Mi piacerebbe che tu venissi nel mio club domani sera. Il mio autista ti verrà a prendere alle undici."

Aveva formulato la prima parte come una richiesta, la seconda come un ordine. Mi stava lasciando una scelta o no?

"E se non volessi venire nel tuo club?"

Si appoggiò contro i morbidi cuscini del sedile di pelle, intrecciò le dita dietro la testa e si strinse nelle spalle—del tutto indifferente al fatto che la gigantesca erezione fosse dritta e fiera proprio davanti a me. "E se mi sentissi solo e la nostalgia mi spingesse a riprodurre video di noi a Times Square?"

Stronzo. "Che cosa vuoi da me?"

"Te l'ho appena detto, tesoro. Voglio che torni nel mio club."

"Per quale motivo?"

Un'altra scrollata di spalle. "Ho bisogno di averti lì."

La mia gola sembrò improvvisamente stretta. Ero esausta ed emotivamente distrutta da tutti i giochini mentali di Vair.

"Perché?"

Sorrise. "Per tanti motivi."

Stava progettando di umiliarmi pubblicamente. Era la conclusione più ovvia. Mi morsi l'interno della guancia per impedirmi di diventare emotiva. Stoicamente, chiesi: "C'è un'opzione B?"

I suoi denti bianchi perfetti e dritti praticamente risplendevano nell'oscurità, mentre scuoteva la testa e ridacchiava. "No. Ma ascolterò il tuo suggerimento, se ne hai uno."

"Ritirerò tutto ciò che ho scritto nel mio articolo" proposi subito.

"No."

"E se lo modificassi, dipingendo i K sotto una luce più favorevole?"

"No."

"Bene, porgerò le mie scuse pubbliche a tutti i K e agli xenofili!" Gli urlai quasi contro.

Non potevo tornare nel suo club. Non potevo trascorrere altro tempo con quest'uomo—*alieno.*

"No."

"Perché no?"

"Nessuna di queste cose mi interessa."

"Allora, che cosa ti interessa?"

La portiera elettronica della limousine si aprì, rivelando l'ingresso principale del mio condominio. La sua vista fu un vero e proprio sollievo per me. E allo stesso tempo, era in qualche modo inquietante che quello fosse il posto in cui mi aveva portata.

Avevamo finito?

"Sei una ragazza intelligente e curiosa, Amy. Sono sicuro che lo scoprirai."

Davvero? Mi pulisce la saliva, poi mi scarica sul marciapiede, mentre resta tranquillamente seduto e se ne va con un'erezione gigantesca?

Non importa. Mi avvicinai alla portiera e scesi con tutta la dignità possibile, pregando che nessuno dei miei vicini fosse in giro per vedere me—*o il mostro alieno che mi stava dando il benservito.*

Per fortuna, nessuno sembrava essere nei paraggi. Ruotai la testa all'indietro per una rapida osservazione, ma la portiera della limousine mi si stava già chiudendo in faccia.

A quanto pareva, i Krinar non amavano gli addii.

Mi girai e feci qualche passo nella direzione del mio edificio, solo per trovare il magnifico maschio K che mi aveva strappato le scatole piene di documenti a bloccarmi la strada. Mi porse la borsetta e le chiavi.

Oh. Giusto. Quelle erano state gettate in una delle scatole di file che aveva confiscato.

"Uhm. Grazie" dissi prendendole.

Sorrise. Il suo volto innaturalmente perfetto era assolutamente simmetrico. "Prego. Gli schermi del tuo computer sono stati ripristinati e gli oggetti dell'ufficio sono tornati ai loro soliti posti" mi informò.

Poi se ne andò, lasciandomi sul marciapiede più confusa che mai.

CAPITOLO TREDICI

"Intimità! Ma ti rendi conto? Ha detto che desideravo l'intimità. Intimità da *lui*, tra tutte le assurdità."

Gli occhi di Jay assunsero le dimensioni dei piattini. "Potremmo tornare alla parte in cui Vair ha detto che diversi potenti membri del Consiglio dei Krinar erano arrabbiati per il tuo articolo? Ha rivelato il numero preciso? O ha solo detto diversi?"

"Solo diversi." Mi accigliai davanti al bicchiere di vino vuoto nella mano dal mio posto sul divano, mentre lui riempiva nervosamente il suo nell'isola della cucina. "Hai sentito quello che ho detto sulla parte dell'intimità?"

Jay annuì distrattamente e bevve un sorso di vino rosso.

Dopo che Vair mi aveva scaricata, ero rimasta nel mio appartamento solo il tempo necessario per mettere in valigia una borsa per la notte e ossessionarmi con i tanti luoghi in cui i K avrebbero potuto tenere telecamere nascoste. Poi mi ero diretta nel micro-loft di Jay a Soho. L'appartamento che i suoi genitori avevano acquistato per lui si trovava in un elegante palazzo con portieri al lavoro ventiquattr'ore su ventiquattro. E sebbene, logicamente, sapessi che nessuno era al sicuro da un K, i posti delle persone ricche *sembravano* sempre più sicuri in qualche modo.

"Ho un amico del college che è finito alla CIA..." meditò Jay ad alta voce, passeggiando per il piccolo spazio del suo salotto con un bicchiere pieno di vino nella mano instabile. "Forse può aiutarci?"

"Uhm"—agitai il mio bicchiere vuoto in aria —"davvero?"

"Non puoi tornare al suo club domani sera."

"Certo che no!"

"Potrebbe aver pianificato qualunque cosa."

"Concordo."

"Cadresti nella sua trappola."

"Col cazzo."

"Potrebbe farti qualsiasi cosa in quel club e nessuno lo fermerebbe."

"Jay, sono già preoccupata. Questa conversazione non mi sta aiutando." Inclinai ancora una volta il bicchiere.

"Dobbiamo portarti fuori città stanotte, bambina." Afferrò la bottiglia di vino dalla cucina e venne verso di me. "Domani mattina al più tardi."

"Non è così semplice" dissi, mentre riempiva il calice di cristallo. "Non posso rischiare che quel filmato venga pubblicato."

"Ma non cambierebbe niente." Jay scosse la testa. "Perché non ti ha lasciato semplicemente ritirare ciò che avevi scritto o fatto rilasciare scuse pubbliche? In che modo il fatto che tu vada al suo club appagherebbe i membri del Consiglio arrabbiati più di una ritrattazione?"

Riuscii a scrollare le spalle, mentre facevo roteare il vino nel bicchiere.

"Non li appagherebbe" concluse il ragazzo, con la fronte corrugata per la concentrazione, mentre affondava sul tavolino davanti a me. "Sai cosa penso? Penso che sapesse che fossimo dei reporter dal momento in cui siamo arrivati al suo club."

"L'ho pensato anch'io. Ci ha fatti entrare personalmente e ci ha scortati dentro. Quanti proprietari di club lo fanno?"

"Esattamente. E poi ti è stato addosso per tutto il tempo. Voglio dire, non ha mai lasciato il tuo fianco un minuto. Se non fossi stato così distratto da Shira—fanculo, pensi che volesse che Shira mi distraesse?"

Non ci avevo mai riflettuto, ma Jay aveva ragione. Lui ed io eravamo stati più o meno separati immediatamente dopo essere entrati nel club di Vair. La Barbie aliena aveva catturato l'attenzione di Jay e lo aveva allontanato dal mio fianco pochi momenti dopo che Vair ce l'aveva presentata.

Una consapevolezza strana e sconcertante sembrò attraversare i lineamenti di Jay, mentre mi guardava lentamente dall'alto in basso. Quell'espressione sembrava fuori posto sul suo viso tipicamente gioviale e grazioso.

"Che cosa?" Abbassai lo sguardo per controllare che non avessi versato del vino rosso su di me o sul suo divano color crema. "Perché mi stai guardando in quel modo?"

Si morse il labbro, con il cipiglio che si fece più accentuato.

"Mi stai spaventando, Jay."

"Sto ricordando uno scambio di parole tra Shira e Kyrel" rispose lentamente, come se stesse ancora elaborando il ricordo. "Sai, il maschio K con cui io e lei siamo stati insieme."

Sorrisi, mentre una risatina mi ribolliva nel petto, alleviando parte della tensione nell'aria. "Oh, mi ricordo. Hai condiviso con me molte storie memorabili su di lui e su Shira."

Il mio amico non rise. E non abbozzò nemmeno un sorrisetto, mentre mi esaminava nuovamente dall'alto in basso, come se stesse intravedendo un problema. "Fanculo. Sei davvero sexy, Amy. Lo sai, vero?" Lo disse come se fosse una brutta notizia.

"Uhm... sì? Sono nella media, credo. Grazie. Quindi? Che cos'hanno detto Shira e Kyrel?"

"Quando stavo ballando tra Kyrel e Shira, e ho capito per la prima volta che avevi lasciato la pista da ballo con Vair, non vedendoti più da nessuna parte, mi sono lasciato prendere dal panico. Ho provato a staccarmi, dicendo che dovevo trovarti. Shira mi ha fermato, dicendomi di non preoccuparmi, che Vair si sarebbe preso molta cura di te. Poi Kyrel ha riso e ha detto: 'Sì, per l'eternità, in realtà.' Non ci ho riflettuto molto in quel momento, supponendo che fosse solo—non so, l'espressione aliena equivalente di quella di Kubrick 'ti amerò per molto tempo' o qualcosa del genere."

Respirai, mentre il mio stomaco si calmava. "È *questo* il motivo per cui mi stai spaventando?"

"No, è la parte che ne è seguita. Shira ha riso insieme a lui, e poi ha detto qualcosa su come i K potessero essere eccezionalmente possessivi. Ha scherzato sul fatto che fossi stato fortunato a non averti tenuto la mano nel corridoio fuori dal club, altrimenti sarei potuto morire o avrei potuto ritrovarmi senza una mano."

"Che cosa?" La mia sensazione di sollievo fu di breve durata. "Lo ha detto davvero? E l'hai interpretata come una battuta—proveniente da un'aliena femmina che avrebbe *potuto* letteralmente strapparti una mano?" Alzai gli occhi verso il soffitto, incredula. "E hai continuato a stare con lei."

"Ascolta. Sono abbastanza sicuro che la sua mano fosse già sui miei gioielli di famiglia a quel punto. Ad ogni modo, chi sono io per giudicare l'eccentrico senso dell'umorismo di un extraterrestre? Inoltre, lei era una fottuta dea. La donna più sexy che avessi mai visto da vicino."

"Krinar" lo corressi. "La Krinar più sexy."

"Qualunque cosa fosse. Era proprio una donna, credimi. E mi stava avvertendo delle tendenze possessive di Vair, non delle sue. Kyrel mi ha avvertito un attimo dopo che avrei dovuto fare attenzione a non metterti una mano addosso, se avessi voluto continuare a vivere. Ha detto"—Jay sollevò il sopracciglio con fare significativo, come se quella fosse la parte fondamentale—"che aveva dovuto calmare Vair sottolineando che il nostro linguaggio del corpo diceva chiaramente che non stavamo insieme, quando Vair ci aveva visti per la prima volta, mentre aspettavamo nel corridoio."

L'alieno mi aveva interrogata direttamente sulla mia relazione con Jay quella notte. In realtà, *era* sembrato stranamente possessivo—dato che ci eravamo appena conosciuti. Ma chiaramente, voleva semplicemente flirtare con me e non voleva alcun ostacolo sul proprio cammino.

"Quindi... i maschi di Krinar sono competitivi e suscettibili all'ego e all'orgoglio maschile, come gli uomini umani? Capito. Questo sarà l'argomento del mio prossimo articolo sui K."

Jay emise un sospiro. "Non capisci? Vair ci ha visti prima che ci lasciasse entrare. Come Kyrel, a quanto pare. Quindi, dovevano averci visti dalle telecamere di sorveglianza, mentre stavamo aspettando nel corridoio."

Ricordai come io e Jay fossimo rimasti lì, fissando nervosamente la grossa porta metallica grigia per quella che sembrava un'eternità. Avevo avuto il coraggio di bussare più volte, prima che Vair avesse finalmente risposto e aperto la porta per noi.

Tuttavia, non recepii quello che Jay pensava fosse così significativo in tutto questo. Non era affatto raro osservare i visitatori tramite la telecamera nascosta in un esclusivo club di Manhattan, figuriamoci in un sex club di K.

Gemette per la mia espressione confusa, posando la bottiglia di vino accanto a lui con un pesante tonfo. "Amy, e se Vair ti avesse rivendicata prima ancora di entrare nel suo club-x? E se questo ricatto avesse più a che fare con il fatto che lui ti desideri piuttosto che con il Consiglio dei Krinar arrabbiato per il tuo articolo o bramoso di punirti per questo?"

Il mio stomaco si contorse per un'eccitazione da studentessa che era inquietante e del tutto imbarazzante, data l'assurdità della teoria di Jay, per non parlare della pura meschinità con cui era stata costruita l'intera premessa.

Non volevo davvero che Vair mi volesse.

No, quello che provavo era semplicemente il naturale sollievo che chiunque avrebbe provato all'idea che qualcuno ti voleva rispetto all'idea più spaventosa e ancora più probabile di essere spedita in un campo di lavoro alieno costaricano. Perché da un punto di vista puramente logico, questo rendeva la terrificante prospettiva di dover andare al club di Vair l'indomani un po' più sicura—anche se più snervante allo stesso tempo.

Scossi la testa. "Non credo che sia così, Jay."

"Perché no? Dannazione, ha già capito i tuoi problemi di intimità."

Rimasi a bocca aperta e lo colpii sulla spalla, facendo quasi rovesciare pericolosamente tutto il mio vino intorno a noi. "Smettila!"

"Ahah"—Jay rise per la mia aggressione, alzando un indice con fare trionfante—"non è entrato nella tua bocca stasera. Bambina, quell'alieno è innamorato di te."

"Oh mio Dio, chiudi il becco!" Sapevo che mi sarei pentita di aver rivelato a Jay troppi dettagli sul mio incontro in limousine con l'extraterrestre. Ma mi ero trovata in uno stato di vulnerabilità e avevo bisogno di sfogarmi con qualcuno. "Questa è la logica più assurda di sempre."

Per deviare la conversazione dai pompini interrotti e dai miei problemi di intimità, chiesi: "Perché non mi hai parlato di quello che hanno detto Shira e Kyrel?"

"Non lo so. Credo di non averci prestato molta attenzione, dopo tutto quello che era successo quella notte. C'era già molto di cui parlare. Come il fatto di esser stato morso da una K." Inarcò le sopracciglia. "Quella merda è stata la miglior droga di sempre. Inoltre, non ne è mai venuto fuori niente. Siamo riusciti a tornare a casa sani e salvi dal club, e, a parte il cesto di frutta, dopo che il tuo articolo è stato pubblicato, non avevi più sentito Vair fino ad oggi."

Annuii. Era troppo da metabolizzare. Sentii il mio corpo andare in frantumi, con l'adrenalina che mi aveva alimentata tutta la sera in rapido calo. Eppure, la mia mente rimase chiusa a chiave. Senza dubbio, mi sarebbe piaciuto un particolare stato di sfinimento combinato all'insonnia quella sera.

"Ascolta, è solo una teoria. Niente panico, ok? Troveremo una soluzione."

Chiusi gli occhi, tolsi gli occhiali e mi pizzicai il naso. "Hai dell'Advil? Tylenol?"

"Ti farò stare meglio. Aspetta." Sentii Jay alzarsi e camminare in direzione del bagno.

Ridacchiai tra me e me, scommettendo che sarebbe tornato con una miscela esclusiva di olio di marijuana di qualità farmaceutica.

Ciecamente, posai gli occhiali sul tavolino davanti a me. Mi davano fastidio da settimane. Probabilmente avevo bisogno di una nuova prescrizione. La mia vista in qualche modo sembrava peggiorare ogni volta che li indossavo ultimamente, e questo mi provocava il mal di testa.

E se Vair mi avesse davvero voluta?

Ma perché avrebbe dovuto? Per cosa? Aveva top model e attrici di New York che chiedevano a gran voce la sua attenzione.

Inoltre, le nostre specie non erano compatibili. Almeno, pensavo di no. Non proprio. Scacciai il ricordo di quanto fossimo sembrati "compatibili" sessualmente. Era irrilevante. Una farsa.

Mi aveva morsa. Era questo che aveva scatenato il picco afrodisiaco che avevo provato con lui.

"Sei tutta rossa." La voce di Jay mi distolse dai pensieri, mentre tornava nella stanza. "Ti porto un po' d'acqua."

Tornò con un bicchiere d'acqua e mi offrì una pillola di Xanax.

"Jay, non posso prenderla."

"È la cosa migliore per i miei mal di testa."

"Sì, perché sei incosciente."

"Ti aiuterà con l'ansia. Amy, abbiamo meno di ventiquattr'ore per elaborare un piano. Non puoi tornare al club di Vair domani sera."

"Ma ho bevuto il vino."

"Anch'io, e ne sto prendendo una. È la dose più bassa. Il mio medico ha detto che si può assumere con un po' di alcol."

Stavo per chiedere se quel consiglio provenisse dallo stesso medico che gli aveva prescritto la marijuana terapeutica, ma ingoiai la piccola pillola bianca prima che il coraggio venisse meno. Dubitavo che avrei dormito quella notte altrimenti, e avevo bisogno di tutta la nitidezza mentale possibile l'indomani per escogitare un modo per non andare al club di Vair.

"Prendi il mio letto" propose Jay. "Io dormirò sul divano."

"Scordatelo. Dormirò io sul divano." Solo Dio sapeva chi e cosa fosse successo nel letto di Jay questa settimana e se la sua donna delle pulizie avesse lavato le lenzuola da allora.

Mi sentivo già stordita e barcollavo sui piedi, mentre mi lavavo i denti nel bagno del mio amico.

Ero appena riuscita a infilare il pigiama e a salire sul divano che mi aveva preparato, quando cedetti allo stato di oscurità beata e senza sogni che solo il sonno indotto dal farmaco poteva garantire.

CAPITOLO QUATTORDICI

MI SVEGLIAI CON UNA LUCE CHE BRILLAVA direttamente nei miei occhi, mentre qualcuno mi apriva le palpebre. Borbottai e gemetti per il fastidio.

"Rilassati" la voce dell'alieno mi sussurrò nell'orecchio. "Diamo un'occhiata, tesoro." Sentii le sue braccia attorno a me. La sensazione era bella, confortante, mentre tenevano il mio peso morto sul grembo.

Stavo sognando. E non volevo interrompere quello che già sentivo sarebbe stato un piacevole sogno su Vair.

Anche nel mio stato sognante, mi sentivo drogata—innaturalmente esausta—cosa che mi rendeva più facile fare come aveva chiesto e rilassarmi nel suo abbraccio, nonostante la luce accecante negli occhi. Mi inebriai del suo profumo maschile, nella sensazione delle sue labbra piene che premevano contro la mia tempia e delle sue dita calde che accarezzavano delicatamente il lato della mia testa.

Le mie palpebre furono rilasciate e la luce si spense. Mi venne il dubbio che qualcuno diverso da Vair le avesse tenute aperte. Stava parlando di nuovo in quella sua lingua strana. E non con me, dedussi quando una voce femminile rispose in modo gentile.

Dita fredde e femminili mi palpavano le ghiandole su entrambi i lati del collo, e un'irrazionale sensazione di gelosia mi investì, quando l'extraterrestre rise piano per qualunque cosa avesse detto la donna che parlava la sua lingua.

"No" mormorai. "Non è divertente." Non sapevo perché. E le mie parole vennero fuori biascicate. Incomprensibili.

Risero entrambi questa volta.

"D'accordo" disse Vair. "Non è affatto divertente il modo in cui mi fai preoccupare. Il modo in cui hai ignorato il tuo fegato."

Mi stava castigando. Ma ogni sensazione di indignazione che avrei potuto provare fu dimenticata, mentre mi stringeva più forte contro la massa calda e solida del suo petto.

Perché in quel momento sembrava sicuro. Normale. Più che normale. *Quasi umano.*

E nel mio sogno, gli credevo. Credevo che fosse veramente interessato al mio benessere. E sembrava... bello. Così bello che non obiettai, quando un bicchiere venne premuto sulle mie labbra e Vair mi disse di bere.

Ingoiai tutto il liquido dal sapore strano e dolce,

mentre lui mi accarezzava i capelli e faceva promesse rassicurandomi che fossi al sicuro, che non mi avrebbe mai fatto del male.

Dopo un po' ebbi la sensazione che fossimo soli. Non aprii gli occhi, però. Avevo troppa paura che il sogno svanisse e mi svegliassi.

La mia mente si sentiva più lucida dopo il drink che mi aveva dato, la lingua sicuramente più sciolta, mentre borbottavo rispondendo che nemmeno io gli avrei mai fatto del male, e lo rassicurai che anche lui sarebbe stato al sicuro con me... *se* avesse consegnato tutte le copie di quel filmato con cui mi stava ricattando.

La mia dichiarazione fu accolta da una grande risata a malapena repressa. Sentii il suo corpo tremare sotto di me.

"Molto arguto, piccola e deliziosa civettuola" ridacchiò, quasi ringhiando contro il mio collo.

Il mio equilibrio si spostò e mi ritrovai sulla schiena, intrappolata sotto di lui. Il suo peso si stabilì tra le mie gambe.

I miei capezzoli si irrigidirono all'istante.

Gemetti, quando le sue labbra sfiorarono le mie, con la lingua che mi stuzzicava, mentre la dura erezione faceva lo stesso, sbattendo nel morbido e pulsante rilievo tra le cosce.

Nel mio sogno, mi mancavano la forza e la coordinazione dei muscoli delle braccia per allungarmi e tirargli la testa verso di me. Ma volevo che mi baciasse. Che mi baciasse *davvero*.

Lo desideravo ardentemente.

Chi stavo prendendo in giro? Volevo che mi scopasse. *Che mi consumasse.*

Glielo dissi.

Emise un gemito e mi disse di "chiudere il becco." Sembrava un personaggio alieno così calmo e tranquillo che ridacchiai. E poi mi zittì con la sua bocca dura e insistente.

La sensazione della sua lingua che mi spingeva tra le labbra per accarezzare la mia era una tortura, specialmente accoppiata con i grugniti maschili dell'eccitazione che riverberavano in fondo alla mia gola, mentre affondava il suo enorme pene dove lo volevo di più.

Tortura del miglior tipo.

"*Dovrei* fotterti" riuscì a dire tra i baci. Sembrava arrabbiato.

Mi piaceva.

I miei muscoli interni si contrassero per l'attesa. I pantaloni del pigiama erano già fradici.

"Fino a quando non riusciresti"—spinse il bacino contro di me—"a camminare, cazzo."

"Chi te lo impedisce?" gracchiai.

Ringhiò e fece ruotare ancora di più il bacino contro di me.

Quindi, due volte. E alla terza—

Oh, Dio...

Ero sull'orlo dell'orgasmo quando si fermò, mi lasciò andare la bocca e improvvisamente tirò giù da me il suo delizioso peso.

Le mie mani, che erano state troppo deboli per

poter essere sollevate un momento prima, stavano in qualche modo afferrando la sua T-shirt nel tentativo di fermare la ritirata. Emisi un suono ferito che non sembrava nemmeno umano, mentre i suoi respiri affannati mi sfioravano la fronte.

"Non voglio che te ne vada." La mia voce era tremante. Sembrava così disperata. Persa. Così... *bisognosa.*

Così terribile!

Aprii gli occhi per porre fine a quel sogno, trasformatosi improvvisamente in un incubo, e trovai lo sguardo affamato di Vair che mi studiava nell'oscurità che ci circondava—con un'espressione sofferta e vulnerabile sul viso che in qualche modo rispecchiava le mie stesse emozioni tormentate.

Non sapevo se sentirmi consolata o stare peggio.

Le sue iridi erano così nere che avevano quasi la stessa tonalità delle pupille, facendolo sembrare spaventoso. *Ma sexy.*

Terribilmente ultraterreno.

Ma sexy.

Ma soprattutto, sembrava reale. Molto reale.

"Sto sognando." *Ti prego, di' di sì. Ti prego, di' di sì.* "Questo è un sogno."

Semplicemente mi fissava. Non rispose. Alla fine, mi disse di chiudere gli occhi.

Lo feci.

Le sue labbra mi sfiorarono la fronte. Mi disse che doveva andarsene in modo che io potessi finire di sognare, non confermando, né negando se, in realtà, stessi sognando in quel momento.

Stavo ancora stringendo la sua T-shirt. Mi disse di lasciar perdere, scherzando sul fatto che anche gli alieni avevano bisogno di riposare in alcune occasioni.

"Te lo prometto, non voglio lasciarti. Ma hai bisogno di riposare ora."

Mi disse che sperava che fossi abbastanza coraggiosa da venire nel suo club quella sera. *Bel modo di lanciare il guanto di sfida.* La sua implicazione su una mia possibile scelta in materia era strana quanto i miei sentimenti e il mio comportamento nei suoi confronti in quel momento, confermando ulteriormente che doveva trattarsi di un sogno.

Lo sentii staccarmi delicatamente le dita dalle sue spalle.

Mi disse che sarebbe rimasto fin quando non mi fossi addormentata. Risposi che *ero* addormentata.

L'ultima cosa che ricordavo era di aver rivelato che si sbagliava.

Non avevo un problema di intimità.

CAPITOLO QUINDICI

Qualcuno cantava "Bad Romance." Quel qualcuno stava anche cucinando uova e pancetta. E frittelle di patate. Cosa ancora più importante, sentii l'odore del caffè.

Sorrisi e mi strofinai gli occhi. Jay stava preparando la colazione a meno di cinque metri di distanza nella sua cucina aperta, utilizzando prodotti di origine animale a cui solo le persone facoltose come i suoi genitori avevano facile accesso.

"Sei un angelo" gli gridai, stiracchiandomi, mentre mi alzavo dal letto di fortuna. Mi sentivo sorprendentemente ben riposata ed energica, con la mente più lucida di quanto immaginassi, con la testa e il corpo che non provavano più alcun dolore che mi sarei aspettata dopo aver consumato vino e Xanax e aver dormito su un divano. Perfino la mia ansia per la prospettiva di andare al club di Vair quella sera si era in qualche modo attenuata durante la notte, perché mi sentivo notevolmente meno presa dal panico circa l'intera situazione.

"Così dicono. La colazione sarà pronta tra cinque minuti." Agitò una spatola da cucina verso di me. "Sbrigati."

Andai al bagno, mi lavai il viso e tornai dieci minuti dopo per sedermi accanto a lui al suo ripiano dell'isola. Si era già fatto la barba, lavato e vestito per il giorno—il che era un comportamento atipico di Jay per le nove del sabato.

"Le frittelle di patate, la frutta e il caffè sono tutti vegani" annunciò con orgoglio, facendomi ridere mentre mordeva la pancetta.

"Ma come sei spiritoso stamattina" lo stuzzicai, sollevando la forchetta e scavando nelle frittelle che Jay aveva preparato per me.

Sembrava essere di ottimo umore, pieno di energia e raggiante da un orecchio all'altro come se non vedesse l'ora di proseguire la sua giornata. O di dirmi qualcosa?

"Sei andato a festeggiare dopo che sono andata a letto la scorsa notte?"

"Senza di te?" esclamò con un'espressione di finto orrore. "Ho dormito alla grande e questo è tutto. Tu?"

"Altrettanto ottimamente. Grazie ancora per avermi permesso di stare con te. E per aver preparato la colazione."

"È stato un piacere. Non posso permettere che la mia unica amica affronti i K a stomaco vuoto." Guardò l'orologio. "Ma sbrigati; abbiamo meno di quattordici ore per decidere che cosa indosserai stasera al club, per non parlare delle brillanti domande dell'intervista."

Mi accigliai. "Scusa, mi sono persa qualcosa? Ieri sera stavamo pianificando la mia fuga dalla città. Ora vuoi che vada al club di Vair?"

"Lo so, lo so, ma mi sento meglio riguardo all'intera situazione dopo averci dormito su. Perché, indovina chi verrà al club-x con te?" Aggrottò la fronte e fece un gesto verso se stesso.

Spalancai gli occhi. "Jay, non posso chiederti di fare questo."

"Non lo stai facendo. Sono io che mi sto intromettendo nella tua festa." Sorrise. "Ho contattato Vair stamattina per fargli sapere che sarei venuto anch'io. E per negoziare le nostre condizioni."

La mia forchetta scivolò sul ripiano in quarzo con un rumore metallico. "Tu cosa?"

"Gli ho detto che saresti venuta solo se fossi venuto con te e se avesse garantito la nostra sicurezza." I suoi occhi castani si illuminarono per l'emozione. "*E* se tu avessi potuto intervistare qualche K."

"Hai parlato con lui?"

"No, ci siamo scambiati qualche messaggio."

"Qualche messaggio?" Rimasi a bocca aperta. "Hai il numero di telefono di Vair?"

Si strinse nelle spalle, sembrando imbarazzato. "L'ho trovato nel tuo cesto di frutta esotica."

"Che cosa?" Non c'erano numeri scritti sul biglietto nella confezione che l'alieno mi aveva spedito. L'avevo riletto più di mille volte. "Jay, non c'era nessun numero sul suo biglietto."

"Non su quello personale, no. Ma c'era un biglietto da visita nascosto nel cesto che includeva un numero di telefono."

"E l'hai tenuto per tutto questo tempo senza dirmelo?"

Sollevò il palmo della mano. "Non volevi avere niente a che fare con quel cesto, Amy. Ti stavi sbarazzando di tutto e non volevi nemmeno toccarlo, ricordi? Ho avuto appena il tempo di sbirciare tra la frutta fresca e afferrare il biglietto per tenerlo al sicuro, prima che tu gettassi tutto nell'inceneritore."

"E così, questa mattina ti sei svegliato e hai mandato un messaggio a un K?" Non potevo crederci. "Hai mandato un messaggio a Vair?"

Annuì, con la bocca piena per un boccone di uova e pancetta che aveva preso.

"E lui ti ha risposto?"

Un altro cenno col capo. Alzò il dito, mentre finiva di masticare. "Sì. Ha detto che sarei potuto venire stasera." Fece una pausa per bere un sorso di caffè. "Ho chiesto anche informazioni sui membri del Consiglio. Ha detto che era tutto a posto e che stava gestendo la situazione."

"Ha detto che era tutto *a posto*?"

"Sto parafrasando. Ha detto che non sei in pericolo con loro o con qualsiasi altro K offeso dal tuo articolo, purché tu rimanga vicino a lui. Sai, affinché lui possa badare a te. Ecco perché vuole che tu vada al suo club."

Jay disse che questo aveva perfettamente senso. Come se Vair mi stesse ricattando per farmi andare al suo sex club alieno per ragioni altruistiche.

Non riuscivo a decidere se avrei dovuto essere sollevata e abbracciare il brusco cambiamento di prospettiva del mio migliore amico sulla situazione o allarmarmi per il fatto che avrei potuto vivere la versione Krinar de *L'Invasione degli Ultracorpi*.

"Dai, finisci di mangiare. Andrà tutto bene." Jay mi rivolse un sorriso rassicurante. "Pensaci: questo sarà un materiale molto più interessante per il tuo prossimo articolo sui K rispetto alla roba del veganismo."

Scossi la testa, con l'appetito ormai scomparso. "Quale accordo hai stretto con Vair per fargli accettare che io intervistassi dei K?"

"Come ho spiegato, gli ho detto che saresti andata al suo club stasera, se fossi venuto con te, e se tu avessi avuto modo di intervistare alcuni K che frequentano il club per il tuo prossimo articolo."

"Questa è una cattiva idea, Jay." Scrivere articoli sui K era il motivo per cui mi ero messa in questo casino.

"Puoi smettere di scuotere la testa e ascoltarmi un attimo? Vair mi ha dato la sua parola che saremmo stati al sicuro sotto la sua protezione al club." Parlava lentamente e chiaramente, come se pensasse che non stessi capendo. *Come se la parola di Vair su questo fosse in qualche modo il Vangelo.*

"Ha anche accettato di lasciarti intervistare dei K, ma solo K a sua scelta." Il mio amico si pizzicò il naso sull'ultima parte—come se fosse stata la notizia più deplorevole. "E solo alle sue condizioni, che includono il fatto che lui sia presente per qualsiasi intervista con questi altri K. Per la tua protezione, ovviamente."

Ancora una volta, Jay si affrettò a presentare le azioni dell'alieno come premurose—praticamente nobili. Che diavolo stava succedendo?

"Ad essere sincero, ho avuto l'impressione che Vair volesse che intervistassi solo lui, in realtà."

Fantastico. "Jay, sai che voglio ottenere informazioni concrete sui K per il pubblico più di chiunque altro, ma non pensi che dovrei evitare di far incazzare il Consiglio dei Krinar più di quanto non abbia già fatto a questo punto? E se Vair stesse mentendo e questa fosse tutta una trappola?"

Il ragazzo inclinò la testa, studiandomi con un'espressione distratta.

"Se venissi con me, metteremmo entrambi in pericolo le nostre vite" sottolineai. "Potremmo scomparire dalla faccia della Terra, e nessuno verrebbe mai a sapere che cosa ci sia successo."

Jay spalancò gli occhi, come se avesse appena avuto un'illuminazione. "Ehi, non hai gli occhiali. E non ammicchi come fai normalmente senza di essi."

"Hai sentito qualcosa di quello che ho appena detto?"

"Ho sentito. Indossi le lenti a contatto? Pensavo avessi perso l'ultimo paio settimane fa e non le avessi ancora riordinate."

Stavo per scagliarmi contro di lui per quel comportamento bizzarro, quando capii che aveva ragione; non avevo gli occhiali. *Avevo* perso le lenti a contatto settimane fa. Più di quattro settimane fa, per essere precisi—la notte in cui avevo conosciuto Vair.

E ora vedevo bene sia senza occhiali che senza lenti a contatto. *Perfettamente*, in realtà.

Potevo scorgere sfumature dorate e nere nelle iridi marroni di Jay che non avevo mai notato prima. Potevo leggere le minuscole istruzioni delle impostazioni del quadrante sul piccolo forno Viking incassato nel muro di sportelli, che era ben oltre due metri dalla schiena del mio amico.

"Dio mio..."

Saltai giù dallo sgabello e mi precipitai verso il divano. Trovai gli occhiali proprio dove li avevo lasciati sul tavolino la sera prima e li indossai.

Poi, li tolsi. E li rimisi di nuovo.

Non riuscivo a vedere niente con quelli.

Non era una nuova prescrizione quello di cui avevo bisogno. A quanto pareva, non avevo assolutamente bisogno di occhiali. Qualcosa non tornava.

Poi, capii tutto. *Il suo profumo.*

Il cuore mi batteva forte nel petto. Mi lasciai cadere sul divano, appallottolando tra le mani il groviglio di lenzuola, e le sollevai verso il mio viso, inspirando profondamente mentre rievocavo il sogno.

"Uhm... che cosa stai facendo?"

Alzai gli occhi verso Jay. "Credo che Vair sia stato qui."

"Non essere sciocca. Abbiamo dei portieri al piano di sotto."

"Come se questo avesse importanza. Jay, l'abbiamo visto disintegrare un muro proprio di fronte a noi nel suo club, ricordi?"

"Hai ragione." Mi raggiunse sul divano. "Ma forse è solo il profumo della mia acqua di colonia." Tentò di strapparmi le lenzuola dalla presa, e mi ritrassi di riflesso, stringendole al petto.

Come una possessiva xenofila che voleva sentire il profumo dei K. Una folle dipendente dai K.

Gettai le lenzuola addosso a Jay come se fossero in fiamme.

Profumo delicato.

"No—voglio dire, non è, uhm... il tuo profumo." Tolsi gli occhiali e iniziai a giocherellare con le cerniere. "Puoi annusare, se vuoi." Sembravo pazza.

L'espressione sul volto del mio migliore amico confermava la mia peggior paura. Rimisi gli occhiali.

La vista perfetta era sopravvalutata.

Si alzò in piedi. "E va bene. Ah, possiamo supporre che provenga dalla tua corsa in limousine di ieri? La scorsa notte non hai fatto la doccia, vero?"

Era una spiegazione perfettamente plausibile. Ma in qualche modo sapevo che il mio istinto era giusto stavolta. Vair era stato qui. E provavo sentimenti contrastanti al riguardo.

Lo stesso valeva per il mio corpo.

"Probabilmente hai ragione."

"Certo che ho ragione. Ho sempre ragione" disse Jay con una risata forzata, facendo del proprio meglio per alleggerire l'umore. "Ma perché non provo a mettermi in contatto con quel mio amico del college?" Infilò le lenzuola stropicciate sotto il braccio. "Quello che penso sia finito alla CIA. Sai, per precauzione."

Annuii. Forse il governo stava silenziosamente lavorando a un vaccino contro i Krinar che avrebbe potuto rendermi immune a Vair? Mi sarei offerta volontaria per testarlo.

"Credo che sarebbe una buona precauzione" dissi, anche se dubitavo che qualcuno avrebbe potuto proteggerci dai K. "Soprattutto se rischiamo di tornare al club di Vair stasera."

"Bambina, so che eravamo entrambi piuttosto spaventati la notte scorsa, ma stamattina mi sento meglio riguardo alla situazione dopo aver scritto a Vair. Non credo proprio che intenda farti del male. Pensaci: lo avrebbe già fatto. E inoltre"—Jay gonfiò il petto, assumendo una posizione comica—"sarai con me! Che cosa potrebbe mai andare storto?"

Mi venne da ridere. "Già, proprio così."

"Voglio dire, guarda" disse con un'alzata di spalle: "Forse il fatto che Vair ti voglia nel suo club non ha niente a che vedere con i membri del Consiglio dei Krinar arrabbiati *o* con il fatto che Vair voglia amarti per molto tempo. Forse Vair vuole solo rinfocolare il brusio sul suo club che il tuo ultimo articolo ha scatenato."

"Forse" dissi, dubbiosa.

"È possibile che non tutti i succhiasangue alieni vegani siano cattivi, giusto? Vair potrebbe semplicemente essere opportunista e capitalista—come chiunque altro in questa città."

Sbuffai. "Speriamo."

"Così mi piaci, ragazza!" Si chinò e mi sollevò il mento. "Rivuoi—" porse le lenzuola sgualcite verso di me—"il tuo lenzuolo K?"

"Uh, mio Dio." Mi alzai dal divano, scacciando un sorridente Jay dal mio cammino. "Vado a farmi una doccia ora."

"Buona idea" gridò dietro di me. "Togliti quella puzza di alieno dai capelli."

CAPITOLO SEDICI

"Non puoi indossare quello."

"Perché no?"

"Sembrerai una giovane MILF che si è persa mentre andava alla serata PTA."

Alzai gli occhi al cielo e sollevai l'opzione di abito successiva di fronte a me. "Questo?"

Jay finse un verso di vomito. "Stai andando a un matrimonio o in un sex club? Te l'ho detto, non mi piace il color pulce."

Gemetti e tirai fuori l'ultimo vestito dalla mia borsa per lo shopping TJ Maxx. "Che te ne pare di questo?"

Emise un verso di dubbio e fece un gesto con la mano per dire "così così." "Devo vedere come ti sta addosso. La mia impressione è che se Diane von Fürstenberg e Tory Burch avessero un figlio illegittimo e bastardo che crea abiti economici e da troia per Bebe, questo è quello che abbiamo qui."

Lo gettai sulla sedia accanto al suo letto e lasciai

cadere le mani in segno di resa. "Beh, ho esaurito le opzioni."

"Perché hai insistito per fare shopping dove non c'erano alternative."

Jay aveva voluto che facessi acquisti in un negozio alla moda nel suo quartiere di Soho, dicendo che mi immaginava "sfidare Vair indossando un abito aderente, minimalista, in stile Helmut Lang"—cioè qualcosa di troppo costoso per il mio budget.

E dato che l'ultima volta che ero andata al suo club Vair aveva strappato l'abito più bello che possedessi, insieme al reggiseno e alle mutandine, non avevo intenzione di spendere metà del mio stipendio su un vestito firmato che probabilmente sarebbe andato incontro allo stesso destino.

Così, avevo acquistato sei vestiti da TJ Maxx, pensando di riportarli tutti—idealmente anche quello che avrei indossato quella sera al club, se fossi riuscita a nascondere le etichette.

"Ti sei messo in contatto con il tuo amico della CIA?" chiesi.

"No, ma ho parlato con un amico comune che lavora lì, ho avuto il suo numero e gli ho lasciato un messaggio."

Era un progresso, supponevo, ma non del tutto confortante, dato che saremmo tornati al club di Vair tra meno di cinque ore. Quella sera avrebbe potuto succederci qualsiasi cosa.

"E mentre eri fuori a scegliere abiti scadenti, ho

analizzato alcune domande dell'intervista ai K." Jay tirò fuori il telefono dalla tasca. "Vuoi sentirle?"

Non volevo. "Certo. Dimmi tutto" risposi comunque allegramente.

Il mio stomaco era sottosopra e avevo mangiato a malapena. Mi ero fermata nel mio appartamento dopo lo shopping per prendere la borsa del trucco, un paio di scarpe e altre cose necessarie per andare a casa di Jay, e per tutto il tempo in cui ero stata lì, non ero riuscita a scacciare la paranoia di essere osservata. Era sconvolgente pensare che probabilmente non avrei mai più avuto un senso di privacy in casa mia.

Jay si sedette sul bordo del letto e lesse dal suo iPhone. "Quali sono i piani dei Krinar per noi come società?"

Feci una smorfia. "Passa oltre. Domanda ragionevole, ma troppo vaga e facile da eludere. Inoltre, ovviamente non vogliono che conosciamo tutte le loro intenzioni. Dubito fortemente che otterremmo una risposta valida da un K a quella domanda." Potevo già immaginare Vair evitare tale domanda con umorismo e allusioni sessuali. "La prossima?"

"Perché intervenire e inserirvi nella nostra società ora, se avete avuto la capacità di farlo da migliaia di anni? Se eravate davvero preoccupati per la salute del nostro pianeta, perché non siete venuti in nostro soccorso prima?"

"Esattamente!" Annuii. "Perché? Mi piace, ma i K probabilmente non risponderebbero neanche a questa. Forse dovremmo iniziare con domande relative al club-x e cercare di inserire le altre all'interno della conversazione."

"Dovremmo?" Scosse la testa. "Bambina, temo che tu sia sola in questo. Muoio dalla voglia di intervistare un K, ma Vair è stato chiaro sul fatto che sarai l'unica a fare interviste nel suo club."

Naturalmente. "Bene. *Inizierò* con domande relative al club-x. Ne hai qualcuna in mente?"

"Ma certo" canticchiò Jay. "Eccone una che ho scritto per Vair: si dice che sempre più umani frequentino il tuo club-x. Molti umani hanno condiviso storie sui forum online su quanto sia sconvolgente l'esperienza di essere morsi e di farsi succhiare il sangue da un alieno Krinar. Bere sangue umano è altrettanto eccitante per un Krinar?"

"Carina. Sicuramente una domanda importante." *Sia da un punto di vista professionale che personale.* Ed era possibile che a Vair o ad altri K piacesse quella domanda, e magari fornissero una risposta da cui sarei riuscita ad estrarre una mezza verità o due.

"Ti piacerà ancora di più la prossima per Vair. Sebbene i Krinar continuino a lodare i meriti del veganismo e abbiano costretto l'intero pianeta ad uno stile di vita prevalentemente vegano, hai creato un club esclusivo in cui i Krinar possono accedere al sangue fresco di volontari umani—perché a quanto pare la versione Krinar del 'veganismo' include il sangue dei mammiferi. Ti va di spiegare quest'ipocrisia al pubblico umano?"

Ridacchiai e rimbalzai sui piedi. "Dovrò modificarla un po', ma mi piace. Qualcos'altro?"

"Con quante altre donne sei stato negli ultimi mesi?"

"Jay!"

"Che cosa c'è?" Alzò lo sguardo dal suo telefono con un sorrisetto subdolo. "Ok, ammetto che mentre stavo scrivendo queste, in qualche modo sono diventate un po' più specifiche su Vair ed Amy rispetto alle domande generali sui K e i club-x." Il suo dito toccò e scorse lungo lo schermo. "Vediamo... direi di saltare le prossime" disse con una risatina. "Possiamo tornare più tardi a quelle sul sapore del tuo sangue."

"Ehi! Non è divertente."

Jay si riprese dalla risata, si schiarì la voce e continuò. "Ho sentito dire che i Krinar possono essere molto possessivi. Ciò significa che i Krinar si accoppiano per la vita, come i pinguini, i coyote e le termiti?"

Mi coprii il viso con le mani.

"Che cosa significa quando un Krinar dice che 'si prenderà grande cura di qualcuno' per l'*eternità*? È un eufemismo Krinar per impegnarsi in un prolungato incontro sessuale?"

"Oh, mio Dio." Mi lasciai cadere sulla sedia carica delle mie scelte di abbigliamento "scadenti." "Non farò queste domande. Andiamo avanti. Che ne dici di chiedere della loro lingua? O di come facciano a comprendere *tutte* le nostre lingue così facilmente? O della loro tecnologia e se hanno in programma di condividere qualcuno di questi progressi con noi?"

O se intendono continuare a usarli contro di noi—per il controllo, l'intimidazione, lo spionaggio generale e le occasionali compilation di filmati sessuali.

"Domande sciocche. Considera il luogo, Amy. Non vi incontrerete in un negozio della Apple. Intervisterai Vair e altri K in un sex club. Inoltre, Vair ha detto che non avrebbero risposto a domande noiose e stupide."

"Che cosa?" Mi raddrizzai di scatto sulla sedia. "Hai parlato con Vair mentre ero fuori?"

"Gli ho mandato un altro messaggio."

"Voglio vedere!" Insistetti, allungandomi verso il telefono tra le sue mani. "Mostrami anche i messaggi di questa mattina."

"Te li mostrerei, ma sono stati cancellati."

"Cazzate." Saltai in piedi e gli strappai il telefono dalle mani. "Perché li avresti cancellati?"

"Non l'ho fatto io. L'ha fatto Vair. O l'ha fatto *qualcosa*. Perché sono scomparsi pochi secondi dopo averli letti."

Diedi un'occhiata ai suoi messaggi recenti ed ebbi la conferma che era vero.

"È qualcosa che ha a che fare con la loro tecnologia, ne sono sicuro."

"Senza dubbio" mormorai, annuendo distrattamente. Una nuova ondata di angoscia si radunò nel mio intestino, quando sentii la voce di mia madre nella testa. *Non lascerebbero prove sul modo in cui attirerebbero due inconsapevoli giornalisti umani verso la loro decapitazione.*

Scacciai quel pensiero. Non potevo permettermelo.

Jay sembrava certo che quella sera saremmo stati al sicuro al club di Vair, e su questo dovevo fidarmi del suo istinto. Sapevo che il mio era imperfetto—deformato da anni di continuo proselitismo del tipo "il cielo sta crollando" da parte di mia madre.

Ne avevo parlato con una terapeuta durante il college. Essere a scuola e lontano dall'influenza di mia madre per la prima volta mi aveva fatto capire quanto fosse scarsa la mia capacità di giudicare il pericolo intrinseco delle situazioni. Avevo imparato in terapia che i bambini cresciuti vedendo la paura in tutto nella vita avevano più probabilità di diventare paranoici da adulti—perché insegnare a vedere il pericolo ovunque nel mondo, *incluso in luoghi e situazioni dove non ce n'era*, li lasciava senza una ragionevole valutazione per poter identificare il vero pericolo, quando si trovavano di fronte ad esso.

Secondo la mia terapeuta, quando il pericolo si normalizza, le persone smettono di ascoltare il loro intuito, finché alla fine non riescono a distinguere tra il nebuloso e quotidiano "il cielo sta crollando" e le minacce "ovvie a tutti, ma non a te, seduto al bar che complotti spudoratamente per coprire il tuo drink."

La terapeuta mi aveva anche avvertita che a volte quelli che erano cresciuti vedendo la paura dappertutto diventavano amanti del brivido o drogati di adrenalina in età adulta.

Sapendo che il mio istinto poteva essere difettoso, facevo affidamento sull'osservazione e sui fatti concreti il più possibile. E sull'istinto delle persone di cui mi fidavo.

Jay era stato categoricamente contrario all'idea che indagassi e scrivessi articoli sui club-x all'inizio. Tuttavia, una volta entrati ed esserci ritrovati faccia a faccia con Vair, ero stata io a sentirmi semi-immobilizzata dalla paura e dallo shock, mentre Jay si era abituato alla situazione, col suo istinto che gli suggeriva che la minaccia non era così grande come aveva temuto inizialmente. E aveva avuto ragione.

Quella volta, mi avvertì la voce di mia madre nella testa.

Restituii al mio amico il suo telefono e rimasi in silenzio accanto al letto, persa nei pensieri.

"Vuoi mandargli un sms tu e vedere?" propose un attimo dopo, allungandolo goffamente verso di me.

"Oh, no. Assolutamente no."

"Potrei darti il suo numero e potresti usare il tuo telefono per scrivergli—"

"No!" Sbottai, poi mi ripresi. "Scusa. Possiamo uscire un po'? Guardare un film o qualcosa del genere? Ho bisogno di distogliere la mente dalle cose."

"Certo. Ho *Men in Black*, *Alien vs. Predator*, *Independence Day*—"

"Stai per essere strangolato con un vestito color pulce."

E mentre scoppiava a ridere, gli lanciai l'abito addosso.

CAPITOLO DICIASSETTE

DECISI DI INDOSSARE L'ABITO DEL FIGLIO ILLEGITTIMO E bastardo di von Fürstenberg-Burch al club di Vair.

Il K con il volto perfettamente simmetrico, che aveva confiscato e successivamente restituito le scatole contenenti i miei effetti personali il giorno prima, stava aspettando fuori dall'edificio di Jay per prenderci alle undici di sera in punto. Guidava un'auto ibrida, un'elegante ma sobria Lincoln Town Car. Apprendemmo dopo che l'alieno si chiamava Zyrnase.

Zyrnase sembrava estroverso e amichevole, mentre chiacchierava con noi su quanto gli piacesse vivere in città, finché Jay non commise il terribile passo falso di chiedere se gli allergeni fossero un problema comune su Krina come lo erano sulla Terra—per poi proseguire con una battuta su come "Zyrnase" sembrasse il nome di un farmaco antistaminico.

Rabbrividii e scivolai in basso sul sedile, mentre Zyrnase ci informava stoicamente che nessun malanno del genere esisteva su Krina, perché il problema non erano gli allergeni, ma i nostri deboli sistemi immunitari umani. Restammo in silenzio per qualche scomodo minuto, prima che Zyrnase attivasse il divisorio di vetro oscurato e ci tenesse fuori completamente.

"Davvero? Un antistaminico?"

"Che cosa? È stato divertente. Simpatico umorismo K. Il ragazzo ha bisogno di rallegrarsi" brontolò sottovoce Jay. "La perfetta struttura facciale diventa noiosa in fretta, se una persona non sa ridere di se stessa."

"Lo sapevo!" esclamai. "Ti piace."

"Beh, è sexy. *Era* sexy. Prima che il suo disturbo della personalità rovinasse la nostra festa nella limousine. Che, a proposito, fa schifo. Qui dietro non ci sono alcolici, né spuntini." Jay continuò a rovistare tra i compartimenti che aveva già saccheggiato. "Sai, capisco perché bere alcolici prima di farsi succhiare la vena possa essere negativo, ma che ne dici di offrire ai tuoi umani che si fanno succhiare il collo alcune fottute fette di mela o frutta secca? Anche la banca del sangue peggiore offre cracker e biscotti economici ai donatori."

"Oh, Dio, sei nervoso, vero? Te ne pentirai completamente stasera. Pensi davvero che stiano pianificando di morderci? Lo capirò se vorrai tornare indietro e non entrare con me quando arriveremo, ok? Non ti giudicherò per questo."

"Di cosa stai parlando? Certo che verrò con te."

"Non devi. Dico davvero, Jay. Questo è un mio problema. Sono stata *io* a insistere per andare lì la prima volta. Sono stata io a scrivere l'articolo che ha fatto incazzare il Consiglio dei Krinar."

"Beh, *io* sono il migliore amico che ha insistito per venire con te quella prima volta. E ho sperimentato il sesso più figo della mia vita quella notte, quindi grazie mille. Sono anche lo stesso amico che ha negoziato la replica di quella sera."

"Ma, Jay—"

"Ma niente." Premette le dita e il pollice davanti al mio viso per zittirmi. "Se pensi che ti lascerò avere tutti quegli alieni sexy per te, sei più cieca di quegli occhiali che continui a indossare senza un motivo razionale. Vair ha detto che potevo venire, e lo farò. Fine della discussione."

"Oh, Jay..." Sbattendo rapidamente le palpebre per scacciare le lacrime che mi bruciavano la parte posteriore degli occhi, mi avvicinai e infilai il braccio nell'incavo del suo. Appoggiando la testa sulla sua spalla, gli dissi: "Sei il migliore—lo sai? Grazie."

Le parole sembravano sciocche alle mie orecchie. Erano gravemente inadeguate, dato tutto quello che il mio amico stava rischiando per me. Ma non ero mai stata brava nell'esprimere queste cose. E non potevo permettermi di emozionarmi quella sera.

Sapevo che Jay conosceva da sempre questo mio lato, perché non insisteva mai con argomenti emotivi come alcuni degli altri miei amici. Certo, mi prendeva in giro per i problemi di intimità, ma manteneva sempre la conversazione allegra e vivace. E si tirava indietro ogni volta che percepiva il mio disagio. Era una delle qualità che lo rendevano un amico così straordinario.

"Sì, sì" mormorò. "Così dicono." Appoggiò la testa sulla mia e mi strinse il braccio.

Attraversammo diversi isolati in assoluto silenzio.

"Ma davvero" brontolò mentre superavamo il Greenwich Village: "Perché indossi ancora quegli occhiali, se la tua vista peggiora con quelli?"

Sospirai e mi raddrizzai sul sedile, staccando il braccio dal suo. "Perché non ha senso. Indosso gli occhiali dalla seconda elementare. La vista non migliora da sola."

"E se fosse così?"

"Non è possibile."

"Quindi, continui a indossarli negando l'evidenza?"

"No, certo che no. Ascolta, forse mi piace la sensazione che mi danno?" La mia affermazione si era trasformata in una domanda alla fine.

Il ghigno di Jay mi diceva che non ci credeva.

Non potevo biasimarlo; non ci credevo nemmeno io.

"Qual è il problema? Stanno bene col mio vestito!" Insistetti con una risatina. "Mi piace indossare gli occhiali, ok? Possiamo cambiare argomento?"

Si strinse nelle spalle. "Come vuoi, bambina." Mi fece l'occhiolino. "Sono affari tuoi, se vuoi nascondere quegli splendidi occhi verdi dietro a degli occhiali che ti impediscono di vedere bene il mondo là fuori." La sua espressione divertita si trasformò in perplessità e la sua attenzione si spostò sul finestrino accanto a me, quando l'auto svoltò a destra. "Perché sta girando qui? Non siamo venuti da questa parte l'ultima volta."

Mi voltai e notai che avevamo svoltato in un vicolo. Non avevo il miglior senso dell'orientamento del mondo, ma sicuramente non mi sembrava familiare. Certo, non riuscivo a vedere molto tra l'oscurità del vicolo fiocamente illuminato e la sfocatura creata dagli occhiali. "No" dissi preoccupata. "Non mi sembra."

Il cuore cominciò a battermi nella gola, mentre mi passava per la mente ogni sorta di terribile scenario. Avrei dovuto prestare maggior attenzione alla strada che Zyrnase aveva preso.

"Beh, immagino che abbia senso" disse Jay, mentre il mio panico iniziava a prendere il sopravvento. "Ci starà facendo entrare dall'ingresso super segreto nella parte posteriore."

Mi sforzai di emettere una risatina nervosa e sommessa. Jay mi prese la mano e gli diede una rassicurante stretta, mentre la nostra macchina si fermava sul retro di un anonimo, vecchio edificio di mattoni.

"E ora?"

Avevo appena sussurrato la domanda quando, con mio grande stupore, il muro di mattoni accanto alla nostra auto cominciò a dissolversi, creando un'apertura abbastanza grande da far passare un veicolo. E fu esattamente lì che Zyrnase guidò la nostra macchina.

L'oscurità ci inghiottì, mentre ci dirigevamo lungo una rampa e in quello che sembrava un tunnel sotterraneo. Procedemmo a bassa velocità con solo i fari dell'auto che illuminavano la nostra strada. Cercai di rimanere calma, ma dopo aver attraversato quelli che sembravano tre interi isolati, iniziai ad andare in iperventilazione.

"Ok, forse non avrei dovuto paragonarlo a un antistaminico" rifletté Jay accanto a me. Sapevo che stava tentando di iniettare un po' di umorismo in quel momento carico di tensione per il mio bene, ma percepii l'apprensione e la preoccupazione sotto le sue parole scherzose, quando chiese: "Saltiamo fuori e scappiamo?"

"Per qualche motivo, dubito che riusciremmo ad andare molto lontano" gli dissi sinceramente. "Non lasciamoci prendere dal panico."

"Chi è in preda al panico?" mormorò lui. "Nessuno in questa macchina. Io e te non siamo tipi da panico."

Risi per non farmi la pipì sotto dalla paura.

Sobbalzai, quando gli pneumatici si fermarono di nuovo in mezzo al tunnel buio.

"Ripensandoci—"

Le parole di Jay si interruppero, quando una luce rosso-violacea inondò improvvisamente la cabina dei passeggeri. Un grande foro si era aperto nel lato del tunnel dove ci eravamo fermati. Zyrnase ci passò dentro e ci ritrovammo all'interno di un parcheggio sotterraneo.

Dopo circa sei metri, ci fermammo in un

parcheggio contrassegnato dalla lettera "Z" e Zyrnase spense il motore.

"Dannazione." Jay tirò un esasperato sospiro di sollievo, quando Zyrnase scese dal posto di guida e girò intorno alla macchina fino alla mia portiera. "È stata solo una messinscena un po' drammatica, non credi?"

Era un eufemismo. Ma dissi a Jay di stare zitto e gli ricordai di comportarsi bene con il K, mentre Zyrnase mi apriva la portiera.

"Grazie... ehm... per il passaggio" dissi col tono più gentile possibile, mentre scendevo dalla macchina, con le gambe incerte come il battito dopo il nostro snervante viaggio. Allungai la mano tremante verso di lui, e spalancò gli occhi in modo strano. Poi, fece un passo indietro, studiando la mia mano come se fosse un serpente velenoso.

"Prego" disse educatamente. *Senza stringermi la mano tesa.*

Lasciai cadere il braccio e mi feci da parte.

Quando Jay scese dalla macchina e tese la mano, Zyrnase la strinse senza esitazione.

Wow. Molto sessista?

"Ehi, grazie per il passaggio, amico. Scusa per la pessima battuta" disse Jay.

Non per la prima volta, mi meravigliai di quanto il mio amico riuscisse ad essere sempre calmo e rilassato —o almeno a sembrare tale.

"Quale battuta?" chiese Zyrnase, con il volto di pietra. "Non ricordo niente di umoristico." Chiuse la portiera della macchina e ci diede le spalle. "Seguitemi."

"Uhm. Giusto. È questa la parte *brutta*—"

"Lascia perdere" dissi a Jay con un forte colpo di gomito sulle costole, e seguimmo Zyrnase.

Ci guidò attraverso un foro che aveva creato nel muro del garage. Esso ci condusse giù per un lungo corridoio grigio, e poi attraverso un altro foro che lui creò in un altro muro, che conduceva a un altro lungo corridoio.

"Davvero, siamo ancora qui? Questo è semplicemente eccessivo" si lamentò Jay, abbastanza forte da essere sentito da Zyrnase, e spingendomi a zittirlo di nuovo anche se i miei tacchi stavano cominciando ad essere d'accordo.

Mi stavo anche congelando, quasi rabbrividendo nel mio abito corto e senza maniche, mentre attraversavamo i corridoi freddi e umidi.

Restammo in silenzio, mentre prendevammo un piccolo ascensore per salire di due piani, prima di seguire Zyrnase in un altro lungo, sterile corridoio dall'aspetto industriale.

"Ehi" disse dolcemente Jay, chinandosi verso di me e rallentando il passo. "Non posso credere che mi sia dimenticato di dirtelo. Ho sentito Stephen, mentre ti stavi preparando. Mi è scivolato dalla mente, mentre stavamo correndo fuori dalla porta."

"Chi?" ribattei.

"L'amico della CIA" mormorò coprendosi le labbra. "Vuole parlarti. Ha detto che il tuo nome è su una lista."

"Che cosa?" Rimasi a bocca aperta, inorridita.

Annuì e poi girò la testa in direzione di Zyrnase, mormorando: "Riparliamone domani."

"Il mio nome è su una lista? Che genere di lista?"

Gli occhi di Jay lampeggiarono in segno di avvertimento, ma scosse la testa e sussurrò: "Non ne ho idea. Ha detto che si trattava di un'informazione riservata."

"Sei serio?"

"Dopo" insistette, premendosi l'indice sulle labbra.

Chiusi la bocca, ma la mia mente stava vagando.

Come potevo essere finita su una lista governativa riservata?

Girammo l'angolo in fondo al corridoio e il mio cuore scattò, quando scorsi Vair in piedi, lì, a non più di sei metri di distanza—con la sua alta, imponente presenza bronzea di una bellezza surreale che mi procurò un brivido puramente femminile.

"È bello rivederti, piccola umana" disse. "Bentornata nel mio club."

CAPITOLO DICIOTTO

Avrei dovuto sentirmi insultata dalla sua osservazione "piccola umana." Ma il suo tono così caloroso e l'espressione incantata che mi stava rivolgendo lo fecero sembrare il più bello dei complimenti.

"Ciao."

Non riuscivo a pensare a qualcosa di più eloquente da dire, mentre ero lì a fissarlo—sentendo la tensione nelle guance, a causa del sorriso sciocco che si era diffuso sfacciatamente sul mio viso. Sapevo esattamente quale tipo di sorriso fosse. Era lo stesso di tutte le mie foto delle scuole elementari—prima che imparassi con l'età e il buon senso come trattenerlo e sorridere come una persona normale.

Era il mio sorriso esagerato, sfrenato, e non aveva assolutamente senso recitare ora—di fronte al beffardo, prepotente, sexy bastardo alieno che aveva usato il filmato sessuale incriminante per ricattarmi e spingermi a tornare nel suo club-x quella sera.

Man mano che Vair camminava verso di me, diventava più facile controllare il mio sorriso esuberante, mentre più difficile sarebbe stato costringere il resto dei lineamenti ad avere una parvenza di qualcosa di sommesso e appropriato. Con ogni passo aggraziato che faceva nella mia direzione, la sua grandezza e il magnetismo ultraterreno mi facevano sentire combattuta tra la voglia di voltarmi e fuggire, e saltare tra le sue braccia per arrampicarmi su di lui come si farebbe con un albero.

Anche a distanza, e con gli occhiali che mi appannavano la vista, quei suoi occhi castano scuro mi attiravano nelle loro profondità infinite, facendomi dimenticare tutti i motivi per cui non ero voluta venire nel suo club quella sera—tutti i motivi per cui era un pericolo per me e per la razza umana.

In quel momento, c'era solo la chimica tra noi: una forza che sfidava la logica e la ragione, che divorava le differenze intrinseche tra le nostre specie e ignorava le complicazioni della nostra politica interplanetaria.

"Ehi, amico. È bello rivederti." Jay si fermò davanti a me, bloccando il cammino di Vair con quella che era la mossa più stupida e folle che il mio miglior amico avesse mai osato fare. "Grazie per averci fatto tornare al tuo club."

Avevo completamente dimenticato che Jay e Zyrnase fossero nel corridoio con noi.

L'altezza e la muscolatura di Jay erano sorprendenti

per un maschio umano, ma il fisico Krinar di Vair lo sminuiva facilmente. E l'alieno non sembrava contento dell'interruzione di Jay del nostro momento. I suoi begli occhi scuri erano passati dall'essere caldi ed affettuosi, mentre mi avevano fissata, a possessivi e minacciosi mentre si soffermavano su Jay.

La preoccupazione per il mio amico mi spinse a trovare finalmente la voce. "Vair, ti ricordi il mio migliore *amico*, Jay" dissi, enfatizzando il termine "amico."

Con la mascella stretta e una parvenza di sorriso sulle labbra, Vair diede una pacca sulla spalla di Jay non troppo delicatamente e gli rivolse un brusco benvenuto, prima di spingere il mio migliore amico da una parte, fuori dal suo percorso.

Il mio sorriso della scuola elementare riaffiorò, accompagnato dal più imbarazzante rossore da scolaretta, quando Vair si fermò di fronte a me—con la sua imponente presenza che lasciava fuori ancora una volta tutto il resto, e il calore che emanava il suo potente corpo che bruciava ogni mia parte.

"Ciao" ripetei stupidamente.

Rise dolcemente e mi imitò: "Ciao."

Prese entrambe le mie mani tremanti nelle sue, scaldandole e scacciando via la paura. Sostituendola con un diverso tipo di eccitazione, mentre portava le mie mani alle sue labbra, una dopo l'altra, dandomi baci bollenti che mi fecero rimpiangere di non aver infilato un paio di mutandine in più nella borsetta da sera appesa alla spalla.

"Sei molto carina, Amy." La sua voce profonda e rilassante era ipnotica, mentre le labbra mi sfioravano la pelle sensibile delle nocche. "È bello averti qui."

Tutto il mio corpo si animò al suo minimo tocco, con i muscoli che si irrigidirono dall'attesa e le viscere che si trasformarono in un fuoco liquido. Chiusi gli occhi e mi avvicinai, respirando il suo profumo come la xenofila che ero per lui.

"Sono felice che tu abbia avuto il coraggio di venire stasera, cara."

Le familiari parole che aveva usato nel mio sogno la notte prima si rivelarono il secchio d'acqua ghiacciata di cui avevo bisogno.

Spalancai gli occhi quando scoprii la verità: avevo avuto ragione. Vair *era* venuto a farmi visita nell'appartamento di Jay ieri sera. Non era stato un sogno.

Mi schiaffeggiai mentalmente.

Che cazzo avevo che non andava?

Strappai le mani dalla sua presa. Le lasciò andare con un cipiglio, e feci un passo indietro, mettendo tra noi lo spazio tanto necessario.

Rimasi lì, tutta *rossa* in volto. Guardavo Vair negli occhi, inebriandomi del celestiale profumo K, comportandomi come se fossimo una coppia al secondo appuntamento, quando lui era lo stesso beffardo stalker K ricattatore che faceva dissolvere le pareti ed entrava—una minaccia per la mia carriera e la mia vita.

"Coraggio?" Jay si intromise con una risata, venendo

in mio soccorso, quando rimasi senza parole. "Vair, amico, senza offesa, ma io ed Amy abbiamo frequentato sex club moooolto più folli del tuo."

Quasi soffocai sulla mia saliva, quando girai la testa in direzione del mio amico. O Jay era davvero la persona più coraggiosa che conoscessi o desiderava seriamente morire.

"È così?" chiese Vair dolcemente.

"Sì." Jay scrollò le spalle, sembrando imperturbato dalla fredda promessa di omicidio nel tono del K. "Siamo reporter, come sai. Fa parte del nostro lavoro."

Rabbrividii internamente.

Ignaro di tutto, il mio collega continuava a vantarsi delle sue imprese da assiduo frequentatore di sex club, raggiante, mentre confessava con una risatina: "Dato che io ed Amy siamo i giornalisti più giovani e belli di *The Herald*, siamo la scelta più logica per andare sotto copertura alla ricerca dei sex club più esclusivi della città." Scrollò nuovamente le spalle. "Quando il dovere chiama" canticchiò. "Quindi, eccoci qua. Non più sotto copertura e pronti con le domande per l'intervista che hai promesso avresti concesso ad Amy."

Deglutii. Vair guardava Jay come se avesse voluto uccidere il mio amico lì sul posto.

Ma poi, l'alieno sorrise debolmente e rispose con noncuranza: "Certo. E sono felice di accontentarvi. Ma prima, penso che dovreste dare un'occhiata in giro e magari passare un po' di tempo dietro al bar per capire meglio alcuni dei meccanismi interni del nostro club—

vedere come si differenzia da tutti gli altri che avete visto."

Voleva che facessimo i baristi?

"Fantastico" concordò Jay con entusiasmo. "Facci strada."

"Temo di avere altri affari e ospiti di cui occuparmi per la maggior parte della notte. Zyrnase vi farà fare un giro."

Cercai di ignorare l'improvvisa sensazione di delusione—per non parlare dell'ansia—che mi colpì all'idea di non trascorrere del tempo con Vair, mentre ero nel suo club quella sera.

Se la delusione era apparsa sul mio viso, l'alieno non la notò. Perché non mi stava guardando—aggiungendo un altro po' di sgradito rifiuto all'inquietante piega che stavano prendendo gli eventi. Solo il giorno prima, Vair aveva affermato nella limousine che aveva *bisogno* di me nel suo club. Aveva riferito a Jay che saremmo stati qui sotto la sua protezione. E ora ci stava lasciando da soli?

L'attenzione di Vair era rivolta a Zyrnase, mentre gli ordinava: "Portali al bar al piano di sopra, e assicurati che Tauce si prenda cura di loro. Spiegagli chi è lei, e informalo che ho detto che era libera di intervistarlo." Diede appena un'occhiata nella mia direzione, mentre lo diceva. "Manderò anche Shalee a parlare con lei, quando sarà disponibile."

Zyrnase annuì, ma ebbi la sensazione che non fosse esattamente entusiasta di quella che a me sembrava una soluzione appena escogitata. E non riuscivo a scacciare il sospetto che stessimo per essere gettati in pasto ai lupi.

"Aspetta. Non sarai presente all'intervista di Amy con Tauce?" chiese Jay. "O con Shalee?"

Vair sorrise. "Sono certo che Tauce e Shalee se la caveranno benissimo senza di me."

"Ma pensavo che volessi proteggere tu Amy—"

"Va tutto bene" interruppi Jay. "Me la caverò."

Lo speravo.

Non avevo intenzione di lasciare che Vair pensasse che avevo bisogno di lui o che volevo mi facesse da babysitter nel suo club. Ed ero perfettamente in grado di intervistare dei K da sola, senza la sua supervisione —o interferenza.

Vair mi sorrise—un sorriso da predatore—con i denti che luccicavano di bianco sul suo viso abbronzato e scolpito. "Certamente."

Si avvicinò e mi afferrò per entrambe le spalle, con il calore dei suoi palmi che mi infuocò la pelle nuda, mentre invadeva il mio spazio personale. Poggiò le labbra sulla mia guancia prima di immergersi nell'orecchio per sussurrare: "Conto sul fatto che ti comporterai bene con gli altri alieni, cara. Non deludermi."

Che cosa?

Che diavolo significava?

Vair scambiò qualche parola nella sua lingua con Zyrnase, mentre si allontanava da me, con un ghigno sexy e disarmante sul volto perfetto.

Quando Vair se ne fu andato e continuammo ad

attraversare un *altro* corridoio a qualche passo di distanza da Zyrnase, diedi un colpo sul bicipite di Jay e sibilai nel suo orecchio: "Smettila di inimicarti i K!"

"Io? Hai iniziato tu."

"Che cos'ho fatto?"

"Ragazza, devi tenere sotto controllo la tua lussuria con Vair. Non puoi guardare un ragazzo in quel modo."

Merda. "In quale modo? Come lo stavo guardando?"

"Come se avessi voluto fare dei bambini alieni con lui."

"Non è vero."

"È così. E come se avessi voluto farli proprio lì nel corridoio davanti a me e a Zyrnase."

"Stavi immaginando cose."

Rise. "Beh, non sono stato l'unico a immaginare cose. Sono abbastanza sicuro che Vair stesse per accettare la tua offerta inespressa prima che mi frapponessi tra voi due."

"Sì, beh... grazie. Lo apprezzo molto. Ma è stato sciocco e pericoloso. Il che mi fa pensare che..." Gli diedi un altro pugno sul braccio. "Stai cercando di farti uccidere vantandoti della nostra costruita esperienza nei sex club?"

"Oh, andiamo, è stato grandioso. E ora sappiamo che i Krinar possono sentirsi feriti proprio come gli umani. Sto pensando di parlarne nel *mio* articolo sui K."

ENTRAMMO NEL BAR AL PIANO SUPERIORE DEL CLUB-X DI

Vair attraverso un ultimo foro nell'ultimo corridoio. Le luci multicolore che ci accolsero riportarono alla mente i ricordi della nostra prima visita, così come l'etereo sottofondo musicale di qualche strumento misterioso che suonava tra le vibrazioni più acute e il ritmo pulsante.

La zona del bar somigliava a quella in cui eravamo stati la prima volta, ma sicuramente non era lo stesso spazio, cosa che mi spinse a chiedermi quanto fosse grande l'intero club. Questa sala era un po' più piccola di quella in cui eravamo stati durante la nostra prima visita, ma con aree salotto più intime con tende per la privacy lungo le pareti al posto dei tavoli circolari. La pista da ballo era leggermente rialzata, e c'era un grande semi-bar circolare dall'aspetto futuristico, composto da quelli che sembravano essere metallo e vetro bianco sagomato e illuminato dall'interno.

I Krinar erano facili da individuare nella sala, con la loro altezza superiore, la pelle abbronzata e gli straordinari attributi da supermodelli che li distinguevano persino dagli esseri umani più belli presenti sulla pista da ballo. Come l'altra volta, i K erano vestiti in modo semplicistico, con indumenti di colore chiaro che ne accentuavano la carnagione dall'aspetto sano e abbronzato, e con tessuti che sembravano conformarsi ai loro corpi in un modo che enfatizzava i fisici aggraziati, imponenti—facendomi provare inadeguatezza e pentimento per la mia scelta dell'abbigliamento, mentre mi asciugavo segretamente i palmi umidi sul vestito.

Dopo un mese trascorso ad ossessionarmi per la mia ultima visita, ero tornata ufficialmente all'interno del club-x di Vair. Stavo appena iniziando a tenere sotto controllo i nervi e le espressioni facciali, quando scoppiò un putiferio sulla pista da ballo.

"Ti avevo detto di non tornare qui!"

CAPITOLO DICIANNOVE

LA MUSICA SI INTERRUPPE E LE LUCI SI ACCESERO, illuminando la confusione che era scoppiata.

Un enorme maschio Krinar con la testa completamente rasata e gli occhi giallo-verdi teneva per la gola un giovane umano alto, dall'aria pulita, con una mano. Per quanto fosse grande Vair, questo K calvo sembrava ancora più grosso—forse più alto di qualche centimetro e con altri quindici chilogrammi di muscoli.

Se l'avessi notato per strada in pieno giorno con in mano un sacchetto di generi alimentari, mi sarei preoccupata abbastanza da camminare speditamente nella direzione opposta. Vederlo tenere con facilità un umano che si dibatteva nell'aria era davvero terrificante.

"Chi *cusazzosfk* ha lasciato entrare di nuovo questo tizio qui dentro?" domandò lo spaventoso K. I suoi occhi—più gialli che verdi ora—esaminarono vagamente la sala con fare accusatorio, prima di tornare a guardare l'uomo nella sua presa con rinnovato disdegno. "Ultima chiamata. Qualche Krinar vuole rivendicarlo?"

Quegli sgargianti occhi gialli, incastonati tra lineamenti perfettamente simmetrici e precisi, e così pronunciati sulla carnagione profondamente abbronzata, riflettevano zero compassione per la vittima nella sua presa, che stava diventando viola per la mancanza d'aria e stringeva disperatamente la massiccia mano intorno alla gola.

E intendo proprio zero.

Tirai il gomito di Jay. "Dobbiamo fare qualcosa."

"Lo so, ma cosa?" sussurrò, pallido in volto. "Farci uccidere?"

"Tauce non lo ucciderà" ci rassicurò Zyrnase, con voce priva di preoccupazione.

Quello era Tauce? Il K che Vair aveva scelto per "prendersi cura di noi" era quest'alieno assassino dagli occhi folli, che stava soffocando un uomo a morte nel bel mezzo di una pista da ballo?

Gettati in pasto ai lupi per davvero.

"Mi stai prendendo in giro?" esclamò Jay. "Quello è il tipo che lei dovrebbe intervistare? *Da sola?* Dov'è Vair? Voglio parlargli."

"Non ce n'è bisogno. Tauce!"

Al grido acuto di Zyrnase, il gigante K lasciò cadere il povero uomo sul pavimento in uno stato semicosciente.

"Non tornare mai più" disse Tauce freddamente

all'uomo, che ora si stava contorcendo e stava tossendo per terra, tenendosi la gola mentre cercava di mandare giù aria.

Le parole del K contenevano la promessa di morte certa, se l'uomo fosse stato così sciocco da disobbedire.

Ma perché?

Che diavolo aveva fatto quel ragazzo? Non sembrava avere più di venticinque anni. E ovviamente non poteva competere con un K. Che cosa poteva essere successo per giustificare un simile trattamento?

Mettendo da parte la paura per quel K dagli occhi gialli, feci un passo in avanti, mentre Jay e Zyrnase iniziarono a discutere sulla scelta di Vair riguardo al babysitter, nonché alieno da intervistare.

Altri K vennero e tolsero l'uomo dalla pista da ballo, le luci si abbassarono e la musica riprese, mentre Tauce si allontanò, dirigendosi verso il bar, con un'espressione disgustata e arrabbiata ancora impressa sul volto. Il che, per quanto ne sapevo, avrebbe potuto essere la sua normale espressione.

Il cuore mi batteva forte nella gola, mentre facevo un secondo passo, e poi un altro.

Mi dissi che era a causa della curiosità. Che fosse semplicemente la giornalista in me spinta dalla voglia di conoscere i fatti sulla situazione—di capire che cosa potesse aver fatto un umano in un sex club alieno per meritare di essere aggredito e minacciato in quel modo.

Non era perché mi sentissi sfidata dall'osservazione "comportati bene con gli altri alieni" di Vair o perché volessi dimostrargli di essere abbastanza coraggiosa da affrontare qualunque spaventoso extraterrestre fosse disposto a mettermi davanti.

E di certo non era perché la sua influenza richiamava la drogata di adrenalina nascosta nel subconscio che non aveva il buon senso per valutare il vero pericolo, quando era posta di fronte ad esso. Si trattava di chiarire i fatti e di ottenere una risposta alle mie domande da parte di un K per il prossimo articolo.

Raccogliendo tutto il coraggio, mi avvicinai con cautela fino a trovarmi di fronte alla grande bestia K che stava rabbiosamente cuocendo a fuoco lento dietro al bancone. Notandomi, alzò gli occhi e sorrise. *E in qualche modo, riuscì a sembrare ancora più spaventoso nel farlo.*

"Beh, oh, oh, dolcezza." I lascivi occhi verdi furono sul mio abito nel giro di pochi secondi. "Sono Tauce." Si allungò verso il bancone illuminato tra di noi, porgendomi la sua mano in grado di soffocare le gole. "La prima volta nel club?"

"Sìììì!" Zyrnase lanciò un grido bizzarro alle mie spalle, dove stava bisticciando con Jay. "Lei è l'umana di Vair!"

Tauce ritirò la mano ad una velocità innaturale, esclamando qualcosa che suonava come "fanculo," ma con più sillabe. I suoi occhi erano sgranati e increduli, mentre guardavano dietro di me in direzione di Jay e Zyrnase. "Charl?" chiese.

"Uh, no, mi chiamo Jay." Il mio amico si precipitò

con fare protettivo accanto a me. Tese la mano verso Tauce. "Immagino tu conosca già Zyrnase."

Tauce non strinse la mano di Jay. Lo sguardo sprezzante che rivolse al ragazzo mi fece piacere il K ancora meno di quanto mi piacesse dieci secondi fa. "Mi stavo riferendo alla signora" disse, con la mascella larga e quadrata protesa nella mia direzione.

"Nemmeno lei si chiama Charl" gli disse Jay. "Il suo nome è Amy."

Gli occhi di Tauce assunsero una tonalità quasi giallo fluorescente, mentre il suo sguardo irritato si spostava da Jay a Zyrnase. "Non dirlo nemmeno, Z. Non stanotte."

"Vair vuole che ti prendi cura di loro."

"Oh, *cusazzosfk!*"

Decisi che "cusazzosfk" doveva essere l'equivalente Krinar di "cazzo" o qualcosa del genere. In ogni caso, non era una parola allegra.

Zyrnase e Tauce discutevano in Krinar. Non durò a lungo, e capii che Tauce aveva perso la disputa quando si passò un'enorme mano sul viso e brontolò "cusazzosfk" tre volte in rapida successione.

Zyrnase ci lasciò nelle capaci mani assassine di Tauce. Egli passò la maggior parte dei primi venti minuti con noi, servendoci bevande e ignorando la nostra presenza, mentre eravamo pigramente seduti dietro al bancone, tenendoci alla larga da lui il più possibile.

Quando non stava preparando un drink per qualcuno, tracciava cose nel palmo con l'indice—di solito con le narici dilatate e il labbro superiore arricciato in segno di disprezzo. A volte sembrava leggere cose dall'avambraccio. Non riuscivo a capire se fosse ancora irritato per la mancata occasione di omicidio sulla pista da ballo o se tutta la sua ira aliena fosse rivolta a noi.

Jay tentò di coinvolgerlo nella conversazione, ma senza successo. Fu solo quando decidemmo di lasciarlo imbronciato lì per esplorare la sala da soli che scelse di interagire—per *fermarci*.

Ci riportò dietro al bancone, facendoci capire che non dovevamo lasciare il suo fianco. Fu chiaro che Vair aveva designato Tauce come nostro babysitter/guardia del corpo—una rivelazione piuttosto rassicurante, nel senso che significava che Vair apparentemente voleva tenerci al sicuro mentre eravamo nel suo club. Eppure, era anche deludente.

Andare in giro con Grumpy K, che lavorava e borbottava, era molto frustrante dopo la quantità di speculazioni e stress che io e Jay avevamo sopportato nelle ultime ventiquattr'ore.

"Abbiamo attraversato venti muri dissolti per questo?" si lamentò Jay.

Sottolineò che se avessimo dovuto guardare il gigante arrabbiato per il resto della nottata, sarebbe stato meglio iniziare a bere. Sfortunatamente, il bar del club-x bar non era rifornito con la solita vodka di Jay. In realtà, non era rifornito affatto—era letteralmente un bar vuoto.

Tauce agitava semplicemente la mano o chiedeva un determinato drink, ed esso compariva—sollevandosi da scomparti nascosti sotto la superficie di vetro bianca del bar. Il suo ruolo di "barista" sembrava un po' superfluo, secondo me.

L'esotico succo di frutta viola mescolato con un po' di alcol che Vair mi aveva dato l'ultima volta che ero stata qui sembrava essere la scelta più popolare tra i frequentatori umani. Jay iniziò a definirlo uno "Shirley Temple alieno" dopo aver consumato due bicchieri e non riuscendo a sentirsi minimamente brillo.

"Penso che lo facciano apposta" disse Jay, trangugiando rumorosamente il resto del suo secondo bicchiere invano, mentre Tauce rimuginava e ci teneva d'occhio dall'altra parte del bar.

"Facciano cosa?"

"Servono bevande leggere e innocue in modo che dopo un po' ci si senta così disperati da farsi succhiare volentieri una vena da un qualsiasi K disponibile. Ha senso, vero?"

Risi e scossi la testa. "Non lo so. Sono ancora al mio primo bicchiere, e posso sentire un po' l'alcol. Sento decisamente qualcosa... come una sorta di calore o energia che fluisce dentro di me. Forse è solo la musica." O il mio calo di adrenalina.

"Credo che siano gli occhi laser di Tauce che ti

bruciano il sederino. Seriamente, lo affronterò in tuo onore, se non smette di fissarti."

"Shhh, abbassa la voce; potrebbe sentirti."

"È questo il punto. Ti dirò, l'ultima cosa che mi aspettavo era annoiarci stasera." Jay appoggiò il bicchiere vuoto sul bancone. "È letteralmente l'unico scenario che non avrei mai immaginato di trovare qui."

Ero d'accordo. Ma mi sembrava sbagliato essere delusa da questo. Avremmo dovuto essere sollevati di annoiarci.

"Ehi, almeno siamo al sicuro" ricordai a Jay. "È questa la cosa più importante. Questo è decisamente migliore di qualsiasi altro scenario."

"Parla per te. Non tutti considerano la sicurezza al di sopra di tutto il resto nella vita, bambina." Jay agitò la mano sulla parte superiore del bicchiere, come avevamo visto fare da Tauce.

Non successe niente. Quando Tauce l'aveva fatto, il bancone si era aperto e aveva tirato giù il bicchiere sotto la superficie.

"Ti ordino di portare via il bicchiere" intonò Jay con voce ridicola, abbastanza rumorosamente da suscitare il cipiglio di Tauce.

"Smettila. Penserà che lo stiamo prendendo in giro."

"Bene. Vair ha lasciato intendere che avremmo lavorato al bar. Ha detto che avremmo potuto guardarci attorno e capire meglio il funzionamento interno del suo club. Ciò che abbiamo fatto con Tauce finora non si avvicina a tutto ciò nemmeno lontanamente." Jay urlò l'ultima parte in direzione di

Tauce. "Ha anche detto che avremmo intervistato Tauce, ma il tipo non parla nemmeno con noi. Se ne sta lì fingendo di fare non so cosa col suo palmo e di leggere sull'avambraccio."

Giurai di sentire Tauce digrignare i denti da circa tre metri di distanza, mentre Jay continuava con la sua invettiva. Sembrava che il K fosse arrabbiato ora, mentre tracciava sul palmo.

"E ogni volta che un altro K o umano cerca di interagire con noi, l'asociale pelato laggiù lo allontana. Vair ci sta trattando come bambini, Amy. O beviamo dei veri drink e facciamo la nostra intervista con un K oppure possiamo andarcene da qui."

Bene. Come se fosse così facile. Vair aveva sicuramente in mente qualcosa; solo che non riuscivo a capire cosa. Nel frattempo, dovevo calmare Jay e fargli chiudere quella dannata bocca, prima che provocasse troppo il nostro babysitter alieno.

Ma poi Jay smise di parlare di sua spontanea volontà, incantato dalla vista di una statuaria K mora che si avvicinava al bancone.

I capelli lucenti sulle spalle le ricadevano in onde sciolte e naturali, e indossava un abito corto e bianco aderente al corpo che era il perfetto, disinvolto mix di casual sexy e chic haute couture. Il suo sguardo si posò brevemente su Jay, prima di incontrare il mio. L'aliena sorrise e tese la mano, e notai che i suoi occhi castani avevano delle sfumature color ambra all'interno.

"Sono Shalee."

Presi la mano offerta e la strinsi forte. Tauce non fece alcun tentativo di fermarmi.

"Piacere di conoscerti. Sono Amy."

"Lo so. Lavoro a stretto contatto con Vair. È un piacere conoscerti, Amy."

Il mio cuore accelerò e qualcosa nello stomaco si contorse alle sue parole, anche se continuavo a tenere un bel sorriso sul viso. "Davvero? Che bello. Da quando?"

Non volevo dar voce a quella domanda, ma dato che non potevo rimangiarla, decisi di continuare. "Che genere di lavoro? Che cosa fai con lui?"

Vai a letto con lui?

"Ricerca." Inclinò la testa, studiandomi con gli occhi socchiusi, mentre piegava il lato destro della bocca. "Principalmente."

Troia.

"Sono Jay." Il mio migliore amico allungò la mano, dandomi una spallata per tenermi praticamente fuori dai piedi e mettersi direttamente davanti a Shalee.

Capii al volo e mi feci da parte.

Il sorriso di Shalee si allargò. "Ciao, Jay." Gli prese la mano, mentre osservavo come il normalmente garbato e socialmente sofisticato Jay rimase lì, senza parole, a fissare la splendida collega di Vair come se fosse sul punto di sbavare su se stesso da un momento all'altro.

"Non stiamo insieme" disse infine con un cenno del capo nella mia direzione. "Nel caso... nel caso te lo stessi chiedendo." Le stava ancora tenendo la mano.

"Lo so."

"Questa sembrerà la frase di conquista più scadente del mondo" iniziò Jay, poi si fermò per riprendere fiato.

Pensai di dargli un colpetto sulla schiena per salvarlo da se stesso, ma non sapevo se sarei riuscita a spezzare la presa che aveva sulla mano di Shalee. E un piccolo lato malvagio di me voleva sentire l'umoristica e scadente frase di conquista di Jay.

"Giuro di averti sognata la scorsa notte" confessò Jay in totale sincerità.

Oh Dio.

Shalee sollevò un sopracciglio—apparentemente con grande interesse, non lasciando trasparire il pensiero di sentirsi presa in giro. "Davvero? Che cosa facevamo?"

Non era seria, vero? Sembrava troppo intelligente per abboccare. Non avevano mai sentito quella battuta su Krina?

"Nel mio sogno, eri un'infermiera." Jay si schiarì la voce. "E facevi... una visita a domicilio."

Tossii. A voce alta. Ma Jay non distolse lo sguardo da Shalee per cogliere il mio segnale.

"Davvero?" Sembrava incuriosita. *Era impossibile che avesse abboccato.* "Qual era la terapia?"

"Mi davi una specie di farmaco per la prevenzione della sbornia."

Si morse un labbro, rivolgendogli un sorriso sexy. "Ha funzionato?"

Era come guardare un brutto porno. *Sicuramente* si stava prendendo gioco di lui.

Jay annuì. *E arrossì*. Non avevo mai visto il mio amico arrossire prima d'ora.

"Alla grande, direi." Indicò la pista da ballo. "Ti va di—?"

"Sì" rispose lei. "Mi va."

Non era possibile.

Lei mi guardò. "Non ti dispiace se te lo rubo per un po', vero?"

Sì, in realtà mi dispiaceva. Pizzicai il gomito di Jay per attirare la sua attenzione. Non batté ciglio. Era come se fosse ipnotizzato dal viso di Shalee.

"Oh, beh, credo che Tauce voglia che restiamo—"

"Prendilo pure" intervenne Tauce, interrompendomi. "Non c'è problema."

CAPITOLO VENTI

Persi di vista Jay e Shalee dopo il loro secondo ballo, quando si spostarono nell'area salotto lungo la parete e tirarono le tende per la privacy. A giudicare dal modo in cui erano avvinghiati l'uno sull'altra sulla pista da ballo, non mi aspettavo di rivederli presto.

Sembrava stranamente come l'ultima volta in cui ero stata lì, quando Jay mi aveva abbandonata per la Barbie Aliena Shira, solo che stavolta era peggio, perché Vair non era al mio fianco. L'allontanamento di Jay e la successiva festa d'amore sulla pista da ballo con Shalee avevano reso l'assenza dell'extraterrestre ancora più pronunciata.

Questo rendeva anche il tempo passato da sola con Tauce quasi insopportabile.

Ma almeno ero al sicuro, ricordai a me stessa.

La sicurezza era fondamentale.

Mi ero arresa e avevo messo gli occhiali sopra la testa invece che sugli occhi per scansionare la folla e guardare la gente, piuttosto che osservare Tauce, che fissava la sua stessa mano. Stavo iniziando ad accettare il fatto che non riuscissi più a vedere bene con gli occhiali.

Dopo altri trenta minuti e uno "Shirley Temple alieno," i tacchi a spillo mi stavano uccidendo. La nottata procedeva lentamente e non avevo niente da perdere, così decisi di provare a lanciarmi in alcune delle domande per le interviste che erano venute in mente a Jay.

"Ehi, allora, Vair ha detto... ha detto che avrei potuto intervistarti. Va... va bene?"

Tauce non reagì. Non batté ciglio. Rimase semplicemente lì, a fissarmi.

Mi agitai, infilando una ciocca di capelli dietro l'orecchio. "Allora, quali sono i piani dei Krinar per noi come società?"

Sapevo che era una brutta domanda. L'atteggiamento di Tauce lo confermava.

Sgranò gli occhi. Poi sbatté le palpebre lentamente. "Lo fai per vivere? E ti *pagano*?"

Stronzo.

Bene. "Perché spingete il pianeta al veganismo, quando siete qui a drogarvi di sangue umano? Questa non si può certo definire una dieta vegana."

Emise un lieve grugnito e si pizzicò il naso, scuotendo la testa.

Fanculo.

"Da quanto tempo lavori qui?"

Mi diede le spalle.

Non avrebbe risposto nemmeno a questo?

"Ti piace vivere a New York?" gridai, mentre si dirigeva verso l'altra estremità del bar.

"Ciao, Tauce." Una bellissima bionda si avvicinò al punto in cui si era recato per ignorarmi e si allungò sul bancone, mostrando un seno molto abbondante con quel vestito ultra-sexy. "Ci vediamo più tardi nel seminterrato?"

All'inizio pensai che potesse essere una Krinar, ma poi notai che era troppo bassa. Mentre la osservavo più da vicino, mi resi conto che sembrava vagamente familiare, ma non la conoscevo.

Mentre osservavo la risposta apatica di Tauce al suo flirt, ricordai dove l'avevo vista: sulle copertine dei giornali scandalistici nella fila della cassa del supermercato. Era una nota star della soap opera che recitava nello stesso spettacolo da secoli. Ero abbastanza sicura che avesse vinto numerosi Daytime Emmy Awards. Non riuscivo a ricordare il suo nome, però, dato che non avevo mai visto il popolare show in cui recitava.

Rinunciò al tentativo di sedurlo e si allontanò, quando Tauce ignorò le sue tette in favore del disegno sul palmo della mano, tracciando il dito in quel modo strano.

Mi precipitai da lui non appena la ragazza se ne fu andata. "Dio mio. Quella era—"

"Sì" mi interruppe Tauce alzando gli occhi al cielo. "Era lei. Sì, una specie di... personaggio televisivo." Lo disse come se fosse il lavoro più stupido che una persona potesse avere. "Tutti gli umani lo chiedono, quando lei entra."

Era rassicurante sapere che ero proprio come ogni altro stupido umano che Tauce incontrava nel club di Vair. "Viene spesso qui?"

Si strinse nelle spalle, e pensai che la conversazione fosse finita. Ma dopo un istante, continuò: "È una ninfomane; vuole un K in ogni buco quando viene qui. Mi piace prenderla da dietro."

Fantastico. Era giunto il mio turno di sbattere lentamente le palpebre.

Resistetti. Perché questa era una svolta da parte di Tauce. Forse avrebbe parlato se l'argomento fosse stato il sesso?

"Siete una società poliamorosa su Krina?"

I suoi occhi giallo-verdi mi scrutarono dall'alto in basso. "Ci piace fare sesso. A volte in gruppo. Più spesso in coppia."

Interessante. *Quale preferiva Vair?*

"Noi non abbiamo i puritani limiti sociali che affliggono la vostra società."

"Affliggono?" Mi venne da ridacchiare. Ero quasi entusiasta che stesse finalmente interagendo con me e rispondendo alle mie domande. "È un po' drammatico."

Mi guardò con il suo miglior volto di pietra.

Ok, quindi. "I Krinar si accoppiano mai per sempre? Si sposano? O qualcosa del genere? Come fanno gli umani?"

Fece una faccia come se avesse appena sentito qualcosa di orribile. "Se sono sfortunati."

Giusto. *E scommetto il mio rene sinistro che la K accoppiata con Tauce per la vita si considererebbe la parte sfortunata in quella situazione.*

"Quindi, è più un accordo sociale? Non perché la coppia Krinar lo vuole?"

"No. Lo fanno perché vogliono." Guardò il suo palmo, lasciandosi distrarre da qualunque cosa vedesse lì.

Lo stavo perdendo. Dovevo riportare la conversazione sul sesso.

"Ho sentito l'attrice bionda chiedere se ti avrebbe rivisto nel seminterrato più tardi. È lì che l'hai... uhm... conosciuta la prima volta?"

Tauce alzò gli occhi dal palmo della mano, con la fronte inarcata per il divertimento. "Conosciuta? Intendi dire scopata?" Scosse la testa. "Non posso credere che tu sia l'umana di Vair."

"E che cosa significa?" Non riuscii a tener fuori l'affronto che provai davanti al suo tono. Zyrnase si era riferito a me con gli stessi termini, quando mi aveva presentata a Tauce. Non avevo voluto interpretare o analizzare troppo il suo significato in quel momento. "Intendi dire che sono l'ospite umano di Vair quando dici quello?" chiesi speranzosa.

Fece un sorrisetto. Alcuni ragazzi riuscivano a sembrare "arroganti sexy" quando sorridevano; Tauce sembrava solo un cazzone.

"No, piccola reporter; intendo dire che sei una proprietà di Vair. Intendo dire che ti possiede."

Mi sforzai di respirare, sentendo il sangue prosciugarsi dal viso.

Niente panico, niente panico. Non è quello che sembra.

"Intendi dire finché sono qui nel suo club? Come in uno scambio di potere erotico? Dominazione e sottomissione? Perché non ho—non ho accettato niente... del genere..." Mi interruppi, inghiottendo con forza davanti all'orribile espressione divertita stampata nei lineamenti di Tauce.

Avvicinò la testa alla mia, con i suoi penetranti occhi giallo-verdi che mi fissavano. "I K non hanno bisogno del permesso dagli umani" mi informò con un sussurro freddo. "Prendiamo ciò che vogliamo. Teniamo ciò che rivendichiamo come nostro."

Il mio viso bruciava dall'indignazione. "Nessuno mi possiede, Tauce."

Rise. Le risate del bastardo sembravano ancora peggio rispetto al suo ghigno.

Riconoscendo l'inutilità di continuare a discutere di questo con lui data la mia situazione attuale, decisi di cambiare argomento.

"Allora, che cos'è successo prima con quel ragazzo sulla pista da ballo?" Mi rimisi gli occhiali sugli occhi, non volendo vedere più di quanto dovessi del viso di Tauce."Che cos'è successo?"

"Era stato avvertito di non tornare qui."

"Sì, l'ho immaginato dalla vostra conversazione. Ma perché? Che cos'ha fatto per essere bandito dal club?"

Com'era prevedibile, fui accolta dal volto di pietra

di Tauce, seguito da lui che mi ignorava per giocherellare con il palmo della mano.

"Che cosa fai con quel maledetto palmo?" Non ne potevo più.

Sollevò la testa al mio tono. "Sto lavorando" disse, come se stesse affermando l'ovvio.

"Stai lavorando? Sul tuo palmo?"

"Sì."

"Scusa." Scossi la testa. "Non capisco. Come funziona?"

"Nello stesso modo in cui voi umani lavorate sui dispositivi cellulari."

"Hai un piccolo telefono nella mano? Dove?" Mi avvicinai, afferrandogli la mano, con la curiosità che ebbe la meglio su di me.

Si ritrasse prima che potessi toccarlo. "Non è un telefono. E non è adatto ai tuoi occhi umani."

Ah. Giusto. Come la storia de *I Vestiti Nuovi dell'Imperatore*—un dispositivo K invisibile agli umani. Aveva perfettamente senso, visto il loro mondo tecnologicamente avanzato con le pareti che si dissolvevano.

Era il momento perfetto per affrontare l'argomento della tecnologia K e per chiedere a Tauce se i Krinar avessero intenzione di condividere con noi qualche loro progresso. Invece, mi ritrovai a chiedere: "Avete qualcosa di più forte da bere in questo posto?"

Rimisi gli occhiali sulla testa e mi sfregai gli occhi doloranti.

Quello che volevo davvero chiedere era a che ora

sarebbe finito il mio turno quella sera. Perché quello era esattamente ciò che sembrava: il turno di un merdoso lavoro in cui passavi ore della tua vita parlando con persone con cui non avresti mai interagito volentieri, se non fossero stati dei colleghi.

"Non per te" rispose Tauce.

Annuii, rimettendo a posto gli occhiali. "Lo immaginavo."

"Che ne dici di cambiare scenario?" suggerì Tauce.

"Sì!" Accettai, un po' troppo entusiasta. "Voglio dire, sì, sarebbe fantastico. Mi piacerebbe visitare altre parti del club."

Mi rimisi gli occhiali in testa, in modo che potessi vedere il suo viso e valutarne la sincerità, ma era nuovamente occupato ad armeggiare con il suo stupido palmo. Quando ebbe finito, alzò lo sguardo e mi disse stoicamente: "Vieni con me. Devo lavorare al bar al piano di sotto ora."

ATTRAVERSAMMO UNA CAVITÀ CHE TAUCE AVEVA CREATO nel muro dietro la zona del bar, lungo un corridoio buio sorprendentemente breve, e poi mi ritrovai in un piccolo ascensore.

Mi sentivo un po' nervosa per aver lasciato Jay nel bar al piano di sopra, ma avevo la sensazione che sarebbe stato al sicuro con Shalee. E non mi sarei allontanata a lungo, razionalizzai—anche se non sapevo fino a quando Tauce avrebbe dovuto lavorare in questo bar al piano di sotto dove ci stavamo dirigendo.

Quando l'ascensore si aprì al piano del seminterrato, mi aspettavo di trovare un corridoio o almeno un altro muro che Tauce avrebbe dovuto dissolvere prima di raggiungere la nostra destinazione finale. Invece, le porte si aprirono e fummo spinti nel bel mezzo di un'affollata scena da club.

Una scena a cui ero tristemente impreparata.

Persone—e alieni—stavano facendo sesso. *Ovunque.* In gabbie sospese dal soffitto, in gabbie a terra, sulla pista da ballo, contro il muro—*in alcuni casi sospesi con catene.*

Una donna stava venendo consumata su un tavolo a pochi metri da dove eravamo noi!

Avevo la bocca secca, quando incrociai gli occhi compiaciuti di Tauce. Stava chiaramente godendo del mio disagio.

"Preferirei lavorare al bar al piano di sopra" riuscii a dire.

Mi rivolse un'occhiata che mi fece capire che non avrei ottenuto quello che volevo—almeno non da lui.

"Voglio parlare di questo con Vair."

Sorrise. "Sei fortunata. Vair è la ragione per cui sei qui. Seguimi."

Assunse un'andatura svelta, e mi ritrovai ad essere combattuta tra il non voler essere lasciata sola in quel seminterrato e il non volerlo seguire e vedere quanto di peggio potesse arrivare. Quando non lo seguii immediatamente, si voltò ed emise un sibilo.

Un vero sibilo.

Dio mio. Quell'uomo. Alzai gli occhi al cielo e mi morsi un labbro per evitare di mandarlo a quel paese.

Fu davanti a me nel giro di mezzo secondo, con quell'espressione perennemente irata, costipata, che tra me e me avevo soprannominato "espressione di Tauce a riposo" durante l'ora e i quarantatré minuti che avevo passato con lui.

"Non capisci la parola *seguimi*, umana?"

"Oh, è questo che hai detto? Non riuscivo a sentire con quella musica e le urla quaggiù."

Il suo sibilo si trasformò in un ringhio. Poi, sembrò tentare di ricomporsi.

"Ascolta, *Amy*..." Si rivolse a me per nome per la prima volta, e riuscì a farla sembrare una pessima malattia che non voleva contrarre. "Qualcuno potrebbe succhiarti, scoparti e fare domande in seguito, se non rimani al mio fianco quaggiù."

Mi convinse sulla parte relativa al "succhiare."

Sollevai il palmo in segno di resa. "Capito. Fammi strada. Ti *seguirò*."

Mi avvicinai a Tauce, mentre attraversava il seminterrato di Sodoma e Gomorra. Per quanto fossi inorridita dalla vista e dai suoni che mi circondavano, mi ritrovai involontariamente eccitata da alcuni di essi.

La speranza che avevo nutrito sul fatto che a Vair non piacesse la roba perversa fu schiacciata, quando passammo davanti a persone nude imbavagliate e legate a mobili erotici e a croci di Sant'Andrea.

Perché, dannazione, perché non avevo tenuto la bocca chiusa e non ero rimasta al piano di sopra al sicuro nel bar?

Ero così sovraccarica che le mie dita tremanti facevano scorrere continuamente gli occhiali su e giù tra il ponte e la punta del naso, lacerata tra il desiderio di vedere e di non voler sapere.

Ero così disorientata che a malapena facevo caso ai miei passi, ancora meno badavo a dove stessimo andando, e prima che me ne accorgessi, avevo attraversato un'apertura in una parete che Tauce aveva creato. Davanti a me c'era la famosa attrice bionda del bar al piano di sopra, impegnata in una scena di cui avrei preferito non essere mai testimone.

CAPITOLO VENTUNO

DIVERSI UOMINI—KRINAR—LA STAVANO TOCCANDO.

Ed erano dentro di lei.

Tutti insieme.

Altri stavano aspettando il proprio turno. E a giudicare dai suoni euforici e disumani che provenivano da lei, la bellissima attrice premiata con l'Emmy era soddisfatta al cento per cento di tutto questo. Ma probabilmente l'avevano morsa e, come aveva detto Jay, il morso di un K era come la droga più potente.

Tauce mi spinse da dietro ed io entrai barcollando nella sala—dopo essere inciampata nel tentativo di bloccare i suoni che stavo sentendo, di non vedere ciò a cui stavo assistendo.

Vair era seduto su una poltrona bianca rialzata sul bordo del letto. La sua poltrona sembrava fluttuare sopra il pavimento—proprio come stava facendo il letto circolare della piattaforma. Al mio ingresso maldestro, la sua poltrona galleggiante si girò verso di me. Sembrava il dio greco Dioniso in persona, seduto sul suo trono, tutto scuro e stupendo, intento ad osservare con indifferenza l'orgia davanti a sé. *Tutto nudo.*

Girai sui tacchi, con l'intenzione di tornare al bar al piano di sopra, solo per scoprire che Tauce se n'era già andato e che l'apertura nella parete che avevo attraversato era sigillata.

"Vieni, non essere timida." Le braccia di Vair mi circondarono da dietro in un istante, con la sua risata gutturale abbastanza forte da essere sentita sopra il frastuono che mi ruggiva nelle orecchie e la donna che stava avendo un orgasmo dietro di me, mentre mi trascinava, portandomi vicino alla poltrona che aveva lasciato libera. "Voglio che osservi e prendi appunti per me."

Appunti?

Mi sistemò sul suo grembo, mentre si rimise a sedere, con il braccio avvolto saldamente attorno alla mia vita, in modo che non mi sarei potuta spostare di mezzo centimetro se non fossi stata paralizzata dallo shock. "Questa è la tua opportunità per ottenere risposte. Ti piace osservare e riportare i fatti, ricordi?"

Mi stava di nuovo prendendo in giro. Ma ero troppo spaventata per preoccuparmene. Ero sul suo grembo nudo in una sala sigillata, dove si stava svolgendo un'orgia aliena.

Il mio riflesso a combattere arrivò in ritardo, e mi dimenai selvaggiamente contro di lui. "No, non posso!

Non sono fatta in questo modo. Non faccio sesso di gruppo. Per favore, sono pessima nel multitasking!"

"Shh-shh—calmati." Mi serrò la bocca con il palmo. "Ti ho chiesto di osservare e prendere appunti." Il genuino fastidio nella sua voce mi rassicurò più delle parole. Mi inclinò la testa all'indietro in una posizione strana, finché non mi ritrovai a fissare il suo aspetto straordinario. "Nessuno ti toccherà a parte me, piccola umana. Chiaro?"

Pronunciò quella frase con un tono decisamente irritato—addirittura cattivo. "Piccola umana" che usciva dalla linea contorta delle sue labbra arrabbiate suonava più come uno sgarbo che come il vezzeggiativo che mi era sembrato prima. Quindi, non aveva senso che il mio cuore si fosse scaldato alle sue parole e che la paralizzante paura che avevo provato si fosse placata improvvisamente.

Nessuno mi avrebbe toccata tranne lui. Poteva bastarmi —almeno per il momento.

Flesse le dita, affondandole nelle cavità sotto i miei zigomi, pretendendo silenziosamente una risposta. Annuii contro il suo palmo e i suoi occhi si addolcirono, se non anche la bocca.

Spostando la mano, mi tirò sul suo grembo e mi cacciò un notepad elettronico dall'aspetto strano nelle mani sudate. Era leggermente più grande del mio telefono, ma più leggero. Ascoltai frastornata le sue brusche istruzioni mentre spiegava le funzionalità, mostrandomi come potevo prendere appunti manualmente o tramite la funzione di registrazione.

Oh mio Dio, davvero avrei dovuto prendere appunti?

Beh, potevo farlo. Ero una *reporter*. Prendere appunti su un'orgia era meglio che doverci partecipare.

Deglutii e mi sforzai di distogliere lo sguardo dal congegno elettronico tra le mani per concentrarmi sul gruppo di corpi maschili nudi perfettamente formati che ondeggiavano e si impegnavano proprio davanti a me.

Basta disconnettersi emotivamente e riferire i fatti, Amy.

Lungi da me giudicare la "fantasia" di un'altra persona, ma diamine—c'era così tanto da metabolizzare in una volta sola che avevo smesso di cercare di rifiutarlo.

La perfezione genetica maschile del Krinar il cui uccello La Signora Emmy stava cavalcando le stava delicatamente sfiorando il clitoride e adorando i capezzoli, succhiando una perfetta areola rosa alla volta. Ma le cose che le stava dicendo durante lo stuzzicamento del capezzolo smentivano l'apparente dolcezza del suo tocco. Perché lui la stava chiamando sporca troia. Dicendole di essere un'avida puttana.

Al contrario, l'alieno che le afferrava i fianchi, controllandone la posizione per la massima penetrazione mentre le scopava l'ingresso posteriore, gemeva quanto fosse bella e preziosa, dicendole che brava ragazza fosse per loro e quanto fosse bello il suo buco stretto che gli afferrava il fallo.

E ancora, un terzo K la stava stuzzicando scherzosamente, mentre le stringeva a pugno le radici dei capelli e le sbatteva l'enorme erezione in faccia. "Mostrami come implora una brava troia che ama lo sperma" la obbligò, facendole prima leccare il liquido pre-eiaculatorio. Le permise di avvolgere le sue labbra imploranti intorno alla grossa punta del pene prima di tirarla per i capelli e spingerla ad accarezzargli il membro appena fuori dalla sua lingua estesa, finché non fu nuovamente soddisfatto delle suppliche della ragazza.

Le mie guance erano così calde che facevano male. Mi bruciavano gli occhi a forza di non battere le palpebre. Tutto questo era così profondamente malato.

Positivamente orribile.

E terribilmente sexy.

Ero così eccitata che ero certa che Vair potesse sentirlo sulla coscia attraverso il sottile tessuto del mio abito TJ Maxx con l'etichetta ancora attaccata. Sicuramente non lo avrei restituito per un rimborso ora.

Concentrati sui fatti. Pensa solo ai fatti.

"Mi stai chiedendo aiuto con i fatti?" Il mento di Vair si posò sulla mia spalla.

Merda. L'avevo detto ad alta voce?

"Sentiti libera di intervistarmi" disse. Il suo petto duro premeva lungo la mia spina dorsale, e il braccio avvolto intorno alla vita mi attirava più profondamente nel suo grembo, fin quando il mio sedere non si ritrovò ad essere accomodato contro il suo inguine.

Da un lato, la sua vicinanza mi dava sicurezza e conforto nella piccola sala attualmente dominata da K maschi nudi, enormi, eccitati, che mostravano erezioni disumane sul letto/palco fluttuante davanti a me. Allo stesso tempo, l'erezione dell'alieno che sentivo indurirsi contro la fessura del mio sedere infrangeva quella poca pace mentale a cui ero aggrappata. Poi, poggiò il palmo dell'altra mano sulla mia coscia appena sotto l'orlo del vestito, e iniziò a tracciare pigri cerchi col dito sulla parte intera del ginocchio.

Non riuscivo a spingere il cervello e la bocca a formulare una risposta. Né riuscivo ad impedire alle mie mani di smettere di tremare abbastanza da usare il notepad elettronico che mi aveva dato.

"Ecco un fatto per te." La voce bassa di Vair mi riempì le orecchie, mentre le sfiorava con le labbra. "La donna umana ha goduto di orgasmi prolungati nelle mani, bocche e cazzi di molti Krinar maschi per oltre trenta minuti."

Dovevo annotarlo?

Non lo feci. Stavo avendo difficoltà a mandare giù aria a sufficienza nei polmoni.

"Un altro fatto: alla femmina umana è stata iniettata la saliva Krinar per sua volontà" continuò Vair "cosa che l'ha resa più ricettiva all'orgasmo, con il corpo pronto a impegnarsi in rapporti sessuali prolungati con numerosi partner."

Saliva K—iniettata?

I suoi cerchi lenti si spostarono più in alto all'interno della mia gamba.

"Non l'hanno morsa?" Cercai di sembrare analitica. Distaccata.

Fallii miseramente.

"No. Non l'hanno fatto."

Intervistalo come una reporter. Sei una reporter. "Il fine di questo club non è far sì che i K possano bere sangue umano?"

"Sì. E no."

Utile. "Che cosa—perché un'iniezione di saliva?" Stavo ansimando ora.

"La nostra saliva nel sangue è ciò che induce la sensazione di estasi e l'effetto afrodisiaco di cui hai scritto così appassionatamente nel tuo articolo."

Quelle parole nascondevano un accenno di amarezza? Uno a zero per Amy.

E questa era una preziosa informazione. *Concentrati sulle informazioni.* "Come? Perché la vostra saliva—"

"Il vostro sangue contiene le stesse caratteristiche dell'emoglobina dei primati Kriniani che erano la nostra principale fonte di sostentamento sul nostro pianeta natale prima che dessimo loro la caccia fino a farli estinguere milioni di anni fa."

Una spiegazione a cui non ero preparata.

Le sue cosce muscolose si flessero e si mossero sotto di me, separandomi le gambe. Spostò la mano più in alto sotto il mio vestito, come se ne avesse tutto il diritto, provocandomi un brivido di attesa nella parte inferiore del ventre—un brivido che contrastava bruscamente con l'ondata di paura che mi colpì al cuore.

"C'è una sostanza chimica nella nostra saliva che era stata originariamente progettata per drogare e rendere docile la nostra preda, permettendoci di nutrirci senza che opponesse resistenza."

Questa era follia con la F maiuscola.

"Quella stessa sostanza chimica ora ha l'effetto di migliorare l'esperienza sessuale umana, quando vi mordiamo."

Ero ufficialmente una *preda*.

E avrei semplicemente allargato le gambe affinché il mio predatore mi prendesse.

"Con l'avvento dei sostituti dell'emoglobina sintetica e la manipolazione del nostro DNA, da alcuni milioni di anni circa non abbiamo più bisogno del sangue di una specie sorella per sopravvivere."

Ora lo facevano solo per divertimento?

Era tutto così inquietante. Eppure, in qualche modo sexy... in un senso evoluzionistico davvero sbagliato e sporco.

"Ma p-perché iniettarla?"

La sua mano era davvero vicina ora. Il calore che si sprigionò tra le mie cosce stava provocando al clitoride una frenesia folle ed eccitante.

"Perché in questo modo i maschi Krinar mantengono il controllo dei propri desideri." La sua voce era paziente, quando la punta della nocca entrò in contatto con la mia biancheria intima inzuppata— trovando la prova della mia reazione istintiva da "preda." "Non devono preoccuparsi di lasciarsi trasportare e di scopare una donna umana troppo duramente. Troppo velocemente. Gli umani sono una specie fragile. Abbiamo imparato ad essere delicati con il nostro cibo."

Carino. Il mio E.T. aveva un senso dell'umorismo. *Un senso dell'umorismo malato.*

"Rende più facile per loro concentrarsi esclusivamente sui bisogni del cliente umano."

"Cliente?"

"Avventore, suddito, paziente—come preferisci. Siamo anche meno territoriali quando non beviamo il sangue della nostra preda. Facilita la condivisione."

Paziente? Condivisione?

Potevo sentire il battito cardiaco nel mio sesso, mentre la sua nocca iniziava a strofinarmi lievemente.

"Come... non è—non è sexy"—mandai giù altra aria, mentre aggiungeva pressione—"per niente."

Oh, Dio, chi stavo cercando di convincere? Me stessa? Vair? I tre alieni che aspettavano il proprio turno con la stella della soap che ora mi guardavano tutti con occhi affamati, mentre si accarezzavano, assaporando l'odore della mia paura e dell'eccitazione?

"Mmmm." Vair inspirò profondamente contro il mio collo. "Non sono d'accordo, tesoro."

"Non sei tu il cibo" sottolineai, guardando storto uno dei K, quando ebbe l'audacia di leccarsi le labbra mentre mi fissava.

"Gli umani sono ossessionati dai vampiri." La sua voce era divertita. "Li hanno romanticizzati per secoli." Le sue labbra mi accarezzarono l'orecchio. "Hanno fantasticato sull'essere la loro preda."

Dannazione, era vero. "Non tutti."

"Ovviamente. Non *tu*, Amy." Ridacchiò. "Tu mai. Ora tocca a me fare domande."

Non mi opposi. Ero di nuovo nel mondo di Vair, a giocare attenendomi alle sue regole, cadendo rapidamente sotto il suo incantesimo.

"Hai mai fantasticato di essere condivisa?"

Scossi la testa, sollevata dal fatto che fosse una domanda facile.

Mi stava ancora accarezzando. Appena. *Pigramente.* Quanto bastava per farmi sentire a disagio e al limite.

"Bene. Perché non ti condividerò mai."

Sentivo così caldo che mi stavo sciogliendo.

"Dimmi, ti piace avere addosso altri occhi maschili su di te in questo momento?"

"No" ammisi senza pensarci due volte. "Assolutamente no." Un'altra domanda facile.

"Molto bene. Non piace nemmeno a me."

Disse qualcosa nella sua lingua K, e l'aria luccicò e si increspò davanti a noi come se fosse acqua, prima di assumere un aspetto argenteo e traslucido che espandeva la lunghezza della sala fino a formare un muro tra noi e gli altri occupanti—un muro che sembrava simile a un falso specchio.

Non ebbi il tempo di riflettere su questo sconvolgente fenomeno, però, perché Vair agganciò il dito alla mia biancheria intima e la strappò con un rapido strattone.

L'aria fresca mi colpì dove ero esposta e desiderai disperatamente sentire le sue dita calde.

E molto di più.

"Meglio?" chiese, mentre mi allargava le gambe con le ginocchia e mi passava una mano sul seno e sul collo.

Non risposi. Il cuore mi martellava nel petto, mentre mi premeva le labbra contro l'orecchio e mi stringeva le dita intorno alla gola.

"Un altro fatto: sei pronta per essere scopata da me ora. Così pronta che stai pregando che lo faccia senza che tu me lo chieda. Speri di essere morsa, vero? Di avere la scusa di cui hai bisogno per perdere il controllo e supplicarmi di scoparti fino a dimenticare perché hai sempre pensato che non rischiare nella vita fosse una buona idea.

"È per questo che stai oscillando avanti e indietro, che ti stai sfregando contro le mie nocche, spingendo il tuo culetto perfetto e sensuale nella mia erezione, non è vero? Speravi che avrei perso il controllo. Speravi di trasformarmi in un selvaggio predatore che prende ciò che vuole in modo da non dover ammettere che lo vuoi.

"Beh" continuò con una risatina cupa "sei fortunata. Sono stato un selvaggio molto paziente, Amy. Per un *mese intero* ti ho concesso il tuo tempo. Tempo per scrivere il tuo articolo. Tempo per sistemare le cose nella tua mente. Tempo per venire da me alle tue condizioni. Non l'hai fatto. Ora si farà come dico io."

"Ti scoperò." Pronunciò quelle parole lentamente, con l'alito caldo contro il mio orecchio, mentre il battito pulsava freneticamente contro le sue dita. "Poi, ti morderò." La sua voce era calma e piatta, a dispetto della violenta urgenza che irradiava. "E poi ti *fotterò* come si deve."

Immobilizzata dalla paura e dall'eccitazione, rimasi muta, mentre con l'altra mano estraeva il notepad elettronico dalle mie dita sudate. Non mi preoccupai di vedere che cosa facesse con quello.

Mi tolse gli occhiali.

Non mi opposi.

"Togliti il vestito, se vuoi conservarlo."

Non mi mossi.

Il mio corpo sobbalzò di riflesso, quando l'abito e la biancheria intima vennero strappati via da me un secondo dopo.

CAPITOLO VENTIDUE

Vair si alzò in piedi, sollevandomi dal suo grembo. Il mio corpo nudo si sporse in avanti e inciampai, ritrovandomi sbilanciata sui tacchi alti, finché i palmi non trovarono un supporto contro lo strano muro di vetro che ci separava dall'orgia della stella della soap.

Ebbi un momento di panico dovuto all'essere così completamente esposta, in piedi lì nuda sui tacchi, con il naso a pochi centimetri dalla superficie di vetro che sembrava solida e tuttavia in qualche modo viva—fluida come l'acqua, che si muoveva e vibrava con energia sotto i palmi delle mie mani—mentre mi veniva offerta una vista frontale, ravvicinata e dettagliata della sessione di sesso del gruppo alieno che stava diventando più selvaggia di minuto in minuto.

Nessuno dall'altra parte del vetro mi guardava, però. Mi dissi che non potevano vedermi—che doveva essere un falso specchio, dato quello che Vair aveva detto a proposito del fatto che non gli piacessero altri occhi maschili su di me. Tuttavia, non mi ero mai sentita più nuda e vulnerabile.

Feci un passo indietro, spingendo contro il vetro. Ma non andai lontano, perché il mio sedere si scontrò con le cosce dure dell'extraterrestre. Le sue mani erano improvvisamente dappertutto, con il corpo che sfregava contro il mio e mi copriva da dietro.

E le mie mani erano... bloccate.

Letteralmente bloccate.

Quel vetro alieno *era* vivo. Si era avvolto e mi aveva legato i polsi alla sua superficie. Le mie mani erano posizionate al livello del torace, e potevo vedere il punto in cui il vetro si era trasformato in una densa e chiara catena attorno ai miei polsi sottili.

"Vair?" Sembravo terrorizzata.

Ero terrorizzata.

Strinse il palmo destro sulla mia mano bloccata in alto sul muro di vetro, mentre mi sfiorava la guancia con la bocca, sussurrando rassicurazioni a cui non prestavo attenzione, continuando a lottare invano.

Compresi immediatamente perché le persone usavano parole d'ordine.

Perché me ne serviva una. E non ne avevo.

"Calmati, cara." Unì le dita alle mie contro il vetro animato, quando infilò la mano sinistra nei miei capelli. "Va tutto bene. Quella parete non ti farà del male." Inclinò la testa all'indietro. "Non permetterei mai che qualcosa ti facesse del male."

"Non mi piace essere legata!" I miei occhi implorarono i suoi—due oscuri pozzi carichi di lussuria che mi studiavano, e non senza compassione, notai, poiché sembrò riflettere sinceramente sulla mia supplica. *Per alcuni istanti.*

Poi, strofinò le labbra sulle mie nel primo vero bacio conscio condiviso da quando ci eravamo rivisti. "Ti piacerà questa volta" promise dolcemente. Mi strinse il labbro inferiore, lo strattonò delicatamente tra i denti e lo succhiò. "Perché tu sei con me." Si chinò su di me, con l'erezione premuta inconfondibilmente contro il mio sedere—così forte ed enorme da provocarmi un'altra ondata di apprensione. "E sai che ti terrò sempre al sicuro."

Non lo sapevo.

Come diavolo facevo a saperlo?

La sua specie era il nemico del mio pianeta. Mi stava ricattando. Mi stava trattenendo contro una parete traslucida e fluida che sembrava uscita da una storia fantascientifica dell'orrore, progettando di fottermi, mentre ero costretta a guardare la folle orgia aliena che si trovava a pochi metri di distanza dall'altra parte di quella parete inquietante.

Non ero mai stata così terrorizzata ed eccitata in vita mia.

"Ti adoro, piccola umana."

"Piccola umana" era tornato ad essere un vezzeggiativo, e mi baciò senza l'aggressività che avevo percepito quando aveva annunciato che mi avrebbe scopata, morsa, per poi fottermi per "davvero"—in quell'ordine La gentilezza mi colse di sorpresa, quando le sue labbra mi accarezzarono e mordicchiarono, finché le mie si rilassarono e gli permisero di approfondire il bacio.

"Ti adoro" mormorò, prima di infilarmi la lingua in bocca per un bacio languido e inebriante, che mi fece sentire così pesante e bisognosa da essere quasi felice che le restrizioni della parete fossero lì per sostenermi. "Non ti farò mai del male."

Le sue parole erano prive di senso. I K non adoravano gli umani. E sapeva che mi avrebbe fatto del male.

Il mio corpo non conosceva la differenza. Non gli importava che lui fosse l'ovvia minaccia che anche i miei istinti difettosi avrebbero dovuto riconoscere.

Mi accasciai su di lui, con i capezzoli dolorosamente eretti, e desiderosa dell'attrito dove l'aria fredda li colpiva. L'eccitazione mi inondò il sesso e gocciolò lungo la parte interna della coscia, con il nucleo che si contraeva dal bisogno di essere riempito. Di avere il suo pene alieno in profondità.

Al mio corpo non importava degli ovvi fatti sulla questione—che fosse territorio assolutamente pericoloso e insostenibile. Voleva perdere il controllo.

Ricercare il pericolo e le sue conseguenze; a volte una ragazza aveva solo bisogno di farsi scopare.

Così, ricambiai il bacio nel modo in cui una donna bacia un uomo quando vuole esattamente quello, sfidandolo silenziosamente a darmelo. Sapendo che Vair me l'avrebbe dato.

Inghiottii il suo gemito di approvazione, mentre le sue mani sfioravano la mia pelle d'oca, con un tocco troppo leggero e breve sullo stomaco tremante e i capezzoli doloranti.

Divaricai le gambe e spinsi il sedere nel suo inguine per implorarlo.

Interruppe il nostro bacio, con il respiro affannoso, mentre disse: "Così dolce. Proprio come immaginavo."

La sua mano scivolò giù lungo la parte inferiore del mio ventre per toccare le cosce fradicie, prima di afferrarmi la natica.

"Questo sederino mi tormenta da un mese" confessò, baciandomi lungo la schiena fino a inginocchiarsi dietro di me, baciando, leccando e succhiando il mio didietro nella bocca in un modo che sicuramente avrebbe lasciato qualche segno.

Per quanto i miei ex fidanzati avessero decantato il mio sedere, nessuno di loro mi aveva mai fatto un succhiotto prima d'ora. C'era qualcosa di così erotico, leggermente tabù e stranamente umiliante nel modo in cui Vair adorava il mio didietro.

Sentire i rumori che stava emettendo e sapere quanto si sentisse eccitato solo baciandomi il culo mi spingeva ben oltre le mie idee preconcette sul decoro, e non mi preoccupavo più di essere trattenuta da una parete di vetro animata e in procinto di essere consumata da dietro da un alieno spaventoso e dominante. Mi alzai in punta di piedi, sollevando il sedere per lui, mentre mi allargava le natiche formose con le dita per far entrare la lingua esploratrice.

Quando quella lingua bollente entrò in contatto, leccando la lunghezza della mia fessura dal clitoride all'ano, persi la testa. E per "persi la testa" intendo dire che mi lasciai andare.

Mentre Vair procedeva a mordicchiare, succhiare e leccare ogni millimetro delle mie zone intime esposte e sovrastimolate, gettati all'aria anni di ben radicato comportamento sicuro e appropriato, e iniziai ad emettere versi che rivaleggiavano con quelli che provenivano dalla stella della soap opera sul lato opposto del vetro—che era drogata dalla saliva K e si stava facendo scopare da un'intera sala piena di alieni Krinar sexy e ben dotati.

Quando tutti gli occhi dell'orgia si spostarono nella mia direzione, mi resi conto che sebbene non potessero vedermi, mi stavano sicuramente sentendo. E che apprezzavano quello che stavano sentendo. Moltissimo.

Potevo dire dal modo in cui le loro iridi brillavano dall'eccitazione, dal modo in cui le pupille si dilatavano e dal modo in cui i movimenti acceleravano—sia che si accarezzassero i falli sia che si muovessero all'interno del cliente-barra-avventore-barra-paziente umano con cui stavano facendo sesso —che i rumori che stavo emettendo li eccitavano immensamente.

I loro occhi affamati guardavano senza vedere nella mia direzione, e sapevo che stavano immaginando le cose che Vair mi stava facendo dietro la parete divisoria del falso specchio.

Volevo fermarmi, ma non potevo.

Era tutto troppo fottutamente sexy. Così sporco ed

intrigante che non riuscivo a credere che stesse succedendo davvero.

E stava succedendo davvero.

Era troppo per poter resistere: la pressione della lingua di Vair che si muoveva contro il mio clitoride, le sue dita che mi stringevano le natiche, il pollice che mi accarezzava piano nel centro.

E poi, il suo lungo dito affilato iniziò a premere dentro di me dove nessun uomo aveva mai osato avventurarsi prima, scatenando una serie di suppliche inframmezzate da oscenità, mentre andavo in frantumi davanti a lui.

CAPITOLO VENTITRÉ

Non ebbi il tempo di orientarmi. Il mio orgasmo si era appena attenuato e Vair era già dietro di me, con la sua larga circonferenza che premeva stabilmente nel mio canale scivoloso nonostante le contrazioni residue che gli si opponevano.

Le gambe mi tremavano così tanto che non riuscivano più a sostenere il peso. Le costrizioni della parete e Vair mi tenevano in piedi—le sue grandi mani avvolte intorno alla mia vita, le sue forti cosce premute dietro, mentre spingeva tutta la lunghezza fino al limite dentro di me.

Un rumore che era un incrocio tra un grugnito e un grido di gratificazione mi sfuggì, quando sbatté contro la mia cervice.

Sembrava più grande di quanto ricordassi. *Enorme*, nonostante quanto fossi bagnata a causa dell'orgasmo e il fluido che ancora mi lubrificava il sesso per il suo ingresso.

Ma quello non era un semplice ingresso.

Sembrava un possesso primordiale—un'invasione profonda e divorante—mentre le sue dita si stringevano intorno alla mia vita fino al disagio.

Un ringhio di contentezza riverberò nel suo petto. Lo sentii risuonare in me dalle dita dei piedi fino alle punte delle mie dita imprigionate. E capii che...

Quella era una rivendicazione.

Qualsiasi dubbio avessi al riguardo fu sradicato nel momento in cui cominciò a muoversi. Sprofondò spinta dopo spinta, con i colpi controllati ma brutali—al contempo teneri e spietati nel modo in cui sbatteva in profondità, riempiendomi fino al disagio, anche se le sue dita delicate continuavano a stimolare il mio scivoloso fascio di nervi, con le parole di lode che mi incoraggiavano a prendere di più, ad accettare tutto di lui.

Iniziò a sputare assurdità dietro di me, dicendo che appartenevo a lui, che ero fatta per lui. Assicurandomi che mi sarei modellata per lui—che il mio corpo lo avrebbe accettato per l'eternità.

Sapevo che era serio. Istintivamente, intuii che non si trattava del normale linguaggio K o di un'iperbole, quando promise che mi avrebbe tenuta questa volta—che intendeva fottermi così *per sempre*.

La comprensione di questo fatto era qualcosa che non riuscivo a definire logicamente. Era una consapevolezza più profonda—una scoperta viscerale. Qualcosa che sentivo nello sbattere del suo pene, mentre riempiva luoghi dentro di me che nessun uomo aveva mai raggiunto prima. Nel calore che si espandeva nel mio petto, mentre percepivo quanto mi volesse—quanto avesse *bisogno di me*.

Era terrificante e meraviglioso.

Inebriante e inquietante.

Ma soprattutto, non ero preparata ad elaborare quelle emozioni così complicate e dicotomiche, mentre ero bloccata e venivo sbattuta da dietro guardando un'orgia aliena nel seminterrato di un club-x.

Così, le scacciai, attribuendole al mio intuito difettoso, disconnesso, e le isolai nella materia grigia della mente per un'ulteriore valutazione in un secondo momento.

Era solo sesso.

Sesso eccentrico, perverso, sconvolgente e sexy come nient'altro al mondo.

Non c'era bisogno di addentrarsi nelle emozioni sgradite e confuse, di cercare di discernere il significato delle parole di Vair o di approfondire le intenzioni più profonde che aveva in serbo oltre a fottermi fino all'oblio. Non quando tutto il mio corpo era teso per la tensione, con il sesso pronto per un'esplosione che non riuscivo a contenere.

Emettevo versi primitivi e ansimanti al ritmo del suono sferzante delle palle di Vair contro il mio sedere. Gridavo cose che non avevano senso. La mia figa non si era mai sentita così usata e apprezzata.

E ogni singolo K nella sala divisa stava venendo

nell'attesa del mio prossimo orgasmo. In qualche modo ero riuscita a diventare una splendida star della soap, degna della loro attenzione.

Sapevano dai rumori che stavamo emettendo quanto stessi scopando per bene dal lato opposto dello specchio, mentre Vair rimediava al tempo perduto, e quella consapevolezza era più sexy di quanto avrebbe dovuto essere.

In generale, la realizzazione di quanto mi stessi godendo tutta quella scena mi disturbava molto. *Ma non abbastanza da allontanare il treno merci del mio orgasmo che si avvicinava.*

"Proprio così, cara. Sfogati. Fammi vedere chi sei veramente."

Andai in frantumi.

Con violenza.

Spremendo il più grande fallo che avessi mai avuto dentro di me, sentii le contrazioni in profondità—più forti di quanto avessi mai sperimentato. I miei muscoli interni sbattevano, si stringevano e si contraevano, ondate dopo ondate, mungendo e reclamando Vair—chiedendo la sua capitolazione.

Incatenata ad una spaventosa parete animata all'interno di un sex club alieno, piegata e scopata più duramente che mai in vita mia, mi sentivo tutt'altro che una vittima, mentre i colpi di Vair diventavano brevi e punitivi, i suoi respiri rapidi, le sue parolacce Krinar confuse e rumorose.

All'improvviso, sentii di essere *io* il selvaggio predatore—la specie dominante e conquistatrice che teneva Vair e tutti gli altri K nella sala prigionieri e alla mia mercé, mentre il mio orgasmo strappò all'extraterrestre il suo, succhiando ogni goccia dell'essenza dal suo potente corpo Krinar e prendendola dentro di me... dove volevo che fosse.

CAPITOLO VENTIQUATTRO

Collassò dentro di me.

O forse ero io ad essere collassata?

Per un momento, pensai di essere svenuta, ma poi mi resi conto che la parete di vetro si era semplicemente oscurata—diventando completamente opaca. Anche i suoni degli altri K che grugnivano e delle schiaffeggiate si erano attutiti, perché il mio respiro affannoso improvvisamente sembrava troppo forte nella sala troppo silenziosa che condividevo solo con Vair.

Potevo sentire anche i suoi respiri. Li sentivo soffiare sopra la mia testa.

La parete mi aveva liberato i polsi. Ero schiacciata tra di essa e l'alieno, con il suo braccio intorno alla mia vita che mi teneva dritta contro di lui, con il fallo semiduro ancora sepolto dentro di me.

Le sue labbra scivolarono lungo il lato del mio viso

bagnato dal sudore, baciandomi mentre mormorava: "Stai bene?"

Non avevo una risposta.

Non ero sicura di star bene.

Non ero sicura di quello che mi era appena successo—se sarei mai tornata a star bene.

"Ho bisogno che tu stia bene" mi disse quando non risposi. "Perché non abbiamo finito, tesoro."

I miei muscoli pulsarono e si strinsero attorno a lui in risposta.

"Ecco la mia brava ragazza" mi fece le fusa nell'orecchio. Lo sentii indurirsi e allungarsi dentro di me. "Sempre pronta per me."

Trasalii mentre si ritirava; ero dolorante per il nostro rude accoppiamento. Ma più di questo, era stata la perdita di lui dentro di me ad irritarmi. Anche se fu solo per un attimo, mentre mi girava tra le sue braccia in modo tale che mi trovassi di fronte a lui.

Le sue mani mi strinsero il sedere e i piedi con i tacchi abbandonarono il terreno, mentre mi sollevava le gambe per avvolgersele intorno alla vita. La parete sembrava fredda contro la mia schiena umida, mentre lui mi premeva contro di essa.

"Mi sei mancata" disse, unendo le labbra alle mie. Assaporandomi. *Divorandomi.*

La punta del suo membro duro spingeva sulle teneri pieghe tra le mie cosce, e gli strinsi le spalle, spingendolo più vicino a me, sentendo il mio corpo fondersi dentro di lui, mentre la leggera spinta erotica della sua lingua imitava quella dell'organo che si faceva strada dentro di me.

Inarcando la schiena contro la parete per fare leva, inclinai il bacino in avanti, dondolandomi e sbattendo dentro di lui, incoraggiando il suo possesso nonostante il dolore e il gonfiore che sentivo all'interno.

Il mio bisogno di lui era più forte del disagio.

Mi sentivo pazza per desiderarlo così tanto. Ancora più pazza alla prospettiva che quella notte stesse volgendo al termine.

E sarebbe volta al termine. Quella era praticamente l'unica certezza esistente all'interno di quella danza insostenibile in cui eravamo impegnati.

Eppure, volevo che il momento continuasse. Volevo che quei sentimenti e quella connessione tra noi fossero reali. Che rimanessero dentro di me dove sapevo che non avevano diritto di stare.

Spinse più in profondità, penetrandomi fino in fondo e facendomi ansimare per la pienezza. Si fermò, consentendomi di adattarmi.

Le nostre fronti si incontrarono. Il suo naso toccò il mio, mentre i respiri si mescolavano.

"Ti sono mancato?"

Non ero sicura di cosa stesse chiedendo. Stava chiedendo se mi fosse mancato da quando ci eravamo visti prima di quella sera? O se mi fosse mancato nell'ultimo mese?

Ad ogni modo, non avevo una risposta. Vair non era una persona di cui potevo permettermi di sentire la mancanza.

"Ricordi questa sala dopo la tua ultima visita?"

Scossi la testa. Ero stata nel seminterrato del suo club-x durante la mia ultima visita? Questa era una novità per me. Ma non del tutto incredibile, considerando che molti dettagli sugli eventi che erano seguiti dopo che mi aveva morsa erano rimasti confusi nei miei ricordi altrimenti potenti.

Ciò che spiccava erano le sensazioni che avevo provato al suo tocco. Il profumo della sua pelle, il sapore della sua bocca e del sesso, i suoni che aveva emesso. Ricordavo anche le tante posizioni in cui mi aveva presa, ma erano solo istantanee di immagini colorate nella mia mente, inframmezzate dalle potenti ondate di lussuria che avevo cavalcato, più e più volte.

Sentii il suo sorriso sulle mie labbra. "Ti piacerebbe vedere i *miei* ricordi preferiti?"

Era una di quelle domande che non richiedevano risposta. Me li avrebbe mostrati, a prescindere da tutto.

Sentii i "ricordi" di Vair prima che li vedessi come immagini video tridimensionali che prendevano vita intorno a noi nello spazio precedentemente silenzioso.

Una risatina nervosa mi ribollì nel petto—più euforica che ansiosa—anche se non c'era nulla di divertente nelle immagini erotiche di noi sul display, quando girai la testa per guardare questo nuovo filmato della mia prima visita al club-x.

Con mia sorpresa, vidi che avevo fatto sesso con Vair mentre ero legata prima di quella sera.

E mi era decisamente piaciuto.

C'era un filmato dell'extraterrestre in cui mi

prendeva da dietro, mentre ero piegata e legata a quello che sembrava un cavalletto imbottito. Immagini di lui che mi scopava la bocca a testa in giù, mentre ero piegata all'indietro, legata a una panca.

Il mio sesso palpitava intorno a lui, mentre guardavo i video sconvolgenti.

Iniziò a muoversi dentro di me. Lentamente e facilmente, ma con un'angolazione *davvero* profonda.

Le mie cosce si flessero; le caviglie si serrarono intorno alla sua vita.

"Vedi quanto stiamo bene insieme?" Mi mordicchiò il lobo dell'orecchio con i denti. "Quanto siamo perfetti?" Le sue domande sembravano dati di fatto.

Quello che vedevo era che il mio E.T. era un perverso figlio di puttana—al di là di qualsiasi cosa la mia limitata esperienza sessuale standard avesse mai contemplato.

Eravamo totalmente incompatibili.

In un altro ologramma, ero legata ad una di quelle croci di Sant'Andrea, gemendo e gridando, mentre Vair si inginocchiava davanti a me—con la bocca e le mani che lavoravano sul mio sesso senza pietà.

Le mie viscere si serrarono attorno all'alieno a quella vista. Ruotai il bacino in lui.

Era il filmato più sexy che avessi mai visto. Era un'immagine che sapevo avrei ricordato per sempre. Una che non potevo—non volevo—evitare di vedere.

Eravamo chiaramente sbagliati l'uno per l'altra.

"Capisci perché dovevo farti tornare al mio club?"

La sua bocca mi stava leccando la gola ora, le dita mi stuzzicavano i capezzoli.

Capivo.

Eppure, non capivo.

"Va tutto bene, amore?"

Annuii. Sentendomi sopraffatta. Bisognosa di avere di più. Volendo di meno. Bramando tutto ciò che il mio spaventoso amante alieno poteva dare.

"Ti piace?" Spinse dentro e fuori.

Distendendomi.

Rilassandomi.

Bruciandomi dentro e facendomi desiderare di più.

Non riuscivo a parlare. Annuii di nuovo.

"Ti morderò, Amy."

Era un'affermazione. Ma il modo in cui l'annunciò mi fece capire che mi avrebbe lasciato una scelta in merito—l'opportunità di dirgli di no, se non l'avessi voluto.

Lo desiderai ancora di più.

Annuii, avvicinando la gola alla sua bocca. Le mie dita scivolarono tra i capelli setosi dietro la sua testa, spingendolo più vicino, mentre sollevavo i fianchi e ruotavo contro di lui, incontrando le sue spinte troppo lente e troppo delicate.

"Sì... così, tesoro. Fammi vedere. Ti darò tutto ciò che vuoi."

I suoi movimenti accelerarono, con i fianchi che spingevano e roteavano tra le mie cosce con rinnovata urgenza, mentre la sua bocca si attaccava alla colonna del mio collo e infilava la mano tra i nostri corpi per sfiorare il clitoride palpitante.

Sentii la puntura del suo morso e gridai, con un brivido di paura che mi attraversò, mentre il dolore acuto dovuto ai suoi denti aguzzi mi tagliava la fragile carne. Faceva male, bruciava in modo perversamente carnale, e in breve tempo, la suzione erotica delle sue labbra e della lingua mi strappò un orgasmo con una forza incandescente che mi fece appannare la vista, bruciare la pelle e martellare il cuore.

Dopo di ciò, non rimase altro che il mero piacere, con il corpo che continuava a contorcersi per i continui orgasmi, persa in un mondo in cui c'era solo Vair, in cui c'eravamo solo noi due, che raggiungevamo un'estasi a dir poco divina.

AD UN CERTO PUNTO, MI RESI CONTO VAGAMENTE CHE Vair mi stava facendo il bagno—potevano essere passati ore o giorni. Poi, la sua collega, Shalee, mi esaminò e controllò i miei organi vitali in zone strane e con dispositivi medici sconosciuti, mentre lei e Vair parlavano a bassa voce.

Ricordai di essere più che sfinita, esausta, pur combattendo il richiamo del sonno, non volendo che la mia notte con l'extraterrestre volgesse al termine. Ricordai di essermi sentita imbarazzata per averlo confessato a Vair, dicendogli che non volevo addormentarmi e svegliarmi da sola nel mio appartamento, come la prima volta in cui ero andata al suo club. Poi, cercai di rimangiarmi tutto lamentandomi che era stata la sua saliva K ad avermi spinta a rivelare quelle cose.

Mi baciò e promise di esserci al mio risveglio, mentre mi metteva nel più comodo letto su cui avessi mai riposato. Mi addormentai poco dopo, al suono cullante della sua voce profonda che parlava in Krinar, e alla sensazione delle sue dita che mi pettinavano pigramente i capelli.

CAPITOLO VENTICINQUE

LE MIE NUOVE LENZUOLA SFREGAVANO CONTRO DI ME nel modo più sensuale. Accarezzando e modellandosi leggermente sulle mie gambe nude in un modo paradisiaco. Mio Dio, erano soffici. Avrei dovuto ordinarne un altro set—se mi fossi ricordata quando e dove le avevo acquistate.

Aspetta... avevo acquistato lenzuola nuove?

Notai che la stanza era troppo luminosa. Nella mia camera non entrava mai molta luce al mattino. Poi mi ricordai che ero stata con Jay. Che avevo dormito sul suo divano in modo che potessimo capire cosa fare riguardo alla mia prossima visita al club-x di Vair—

Cazzo!

Mi misi subito a sedere.

Con il cuore che mi batteva forte, rimasi a bocca aperta in quell'ambiente sconosciuto. Non ero a casa di Jay. Ero in una grande camera da letto, con finestre che andavano dal pavimento al soffitto lungo una parete che mostrava splendide vedute di nuvole e cielo. In un folle momento di idiozia dovuta alla mancanza di sonno, temetti che Vair mi avesse rapita e portata sulla sua astronave aliena.

Poi, saltai giù dal letto e vidi i familiari grattacieli di New York sotto di me.

Sotto?

Dannazione, mi trovavo in alto. In un attico.

"Buongiorno."

Al suono della voce di Vair, mi girai così velocemente che quasi caddi.

"Ciao" dissi automaticamente, con il viso arrossato e gli occhi che lo guardavano con diffidenza. Era appoggiato con disinvoltura contro la parete vicino alla porta, e capii che dovevo essere nella sua camera da letto.

Merda. Avevo trascorso la notte da Vair?

Abbassai lo sguardo e fui sollevata nel constatare che non ero nuda. Indossavo una maglietta da uomo molto morbida e molto *grande*. Una sua maglietta, senza dubbio.

L'alieno era già vestito per il giorno; sembrava elegante e curato—straordinariamente attraente—mentre mi fissava con il suo sguardo oscuro e indagatore.

"Buongiorno" dissi, sembrando un'imbecille. Ero stordita; non sapevo cosa dire o fare.

Sorrise. "Il bagno è da quella parte, se ne hai bisogno." Indicò alla mia destra. "Troverai asciugamani e qualsiasi altro articolo da toeletta di cui tu abbia bisogno."

"Fantastico!" Praticamente gridai la parola, mentre seguivo la direzione che aveva indicato, facendo del mio meglio per non correre, e anche per mascherare il panico, quando notai che il letto e i comodini fluttuavano sopra il pavimento nello stesso modo dei mobili nella sala del seminterrato del club-x di Vair.

"Oh, e Amy" gridò, proprio quando raggiunsi la porta aperta del suo lussuoso bagno.

"Sì?" Saltai e mi girai, emettendo un sussulto di sorpresa, quando lo trovai davanti a me.

Mi afferrò per le spalle e mi raddrizzò, con un cipiglio che gli corrugava la fronte. Sembrava che stesse per chiedermi se stavo bene come faceva sempre, quindi me ne liberai.

"Devo *davvero* fare la pipì."

"Certo." Mi lasciò andare le spalle. "Volevo solo dirti che il bagno, come il resto dell'appartamento, è intelligente. Dotato della tecnologia Krinar programmata per rispondere alla mia voce, ai miei gesti e ai miei comandi mentali. Non l'ho ancora programmato per rispondere a te, quindi potresti aver bisogno di aiuto per impostare la doccia come preferisci, se decidi di volerla fare stamattina."

Avevo smesso di prendere sul serio le sue parole, dopo che aveva definito il suo attico un "appartamento." L'avevo ignorato completamente, quando aveva lasciato intendere che avrebbe programmato la sua doccia per rispondere ai miei comandi—come se l'avessi dovuta usare così spesso che sarebbe stato necessario.

Scossi la testa e gli rivolsi un sorriso tremante. "Solo un rapido risciacquo e poi me ne andrò, ok? Farò... la doccia a casa."

Mi infilai nel bagno e chiusi la porta a chiave, prima che potesse aggiungere altro. Poi, mi sforzai di fare diversi respiri calmanti, mentre contavo fino a dieci.

Il bagno di Vair era, in una sola parola, ridicolo. I miei occhi vagarono sul marmo bianco e nero, un'enorme vasca incassata e una cabina doccia adatta a una ventina di persone, con una parete di vetro che dominava la città.

Non mi sembrava vero. E dovevo davvero fare la pipì.

Non c'era un water normale, ma un cilindro vuoto di porcellana con bordi arrotondati al posto del gabinetto. Mancavano però diversi componenti fondamentali in una toilette—vale a dire l'acqua e un meccanismo per tirare la catena.

Oh, dannazione. Mi sedetti e svuotai la vescica. Mi resi conto quando ebbi finito che non c'era neanche la carta igienica nel bagno. Alzai gli occhi al cielo. *Tipiche sviste di uno scapolo apparentemente estese anche agli alieni.*

Stavo riflettendo sulle mie alternative quando una tiepida brezza mi sferzò il sedere senza preavviso. Balzai giù dal cilindro con un urlo.

Guardando giù nella porcellana bianca, non vidi tracce di urina, sebbene non ci fosse ancora acqua nel cilindro e non ci fosse stato alcun rumore di risciacquo. Mi sentivo anche pulita e asciutta.

Beh, era diverso, ma dannatamente utile, dovetti ammettere.

Il lavandino sembrava leggermente più normale, ma non c'erano controlli o pulsanti sui rubinetti. Supponendo che avessero dei sensori di movimento, agitai le mani sotto di essi. Venne fuori una sostanza simile al sapone, seguita dall'acqua pochi secondi dopo.

Uh. Carino.

Dopo essermi lavata il viso, mi guardai allo specchio, notando che sembravo avere un aspetto decisamente migliore di quanto pensassi internamente. La mia pelle era levigata e dall'aspetto sano, e non avevo terribili occhiaie sotto gli occhi, come avrei immaginato.

C'erano uno spazzolino nuovo di zecca e un dentifricio da viaggio sul ripiano, che utilizzai. Sembrava che fossero lì apposta per me, il che mi portò a domandarmi come facessero i Krinar a lavarsi i denti.

Nonostante tutto il sudore della notte prima, notai che non puzzavo. Anzi, i miei capelli e il corpo sembravano esser stati appena lavati. Mi tornarono in mente ricordi di Vair che mi faceva il bagno a un certo punto della notte.

E di Shalee che veniva a controllarmi.

Persino nel bel mezzo della foschia provocata dal morso nelle prime ore del mattino, ricordai di aver pensato che i suoi metodi per "controllare i miei organi vitali," come lei li aveva definiti, erano abbastanza poco ortodossi.

Il mio battito aumentò quando ricordai che aveva inserito un sottile dispositivo medico delle dimensioni di un tampone dentro di me. Mi ero seduta su una panca di marmo vicino all'ingresso della doccia, avevo alzato i piedi e allargato le ginocchia.

Dopo la quantità di sesso intenso e duro che avevo fatto con Vair—che era *enorme* per qualsiasi standard umano—avrebbe dovuto essere estremamente doloroso fare pipì quella mattina. Ma mi sentivo benissimo. E tutto sembrava perfettamente a posto laggiù—proprio come la prima mattina dopo aver conosciuto Vair nel suo club. Anche quella volta mi ero sentita perplessa, chiedendomi inizialmente se avessi solo immaginato gli eventi del nostro primo incontro nel club.

Era ampiamente presumibile che i Krinar avessero una tecnologia di guarigione avanzata, dato ciò che gli umani sapevano sulla loro prolungata durata della vita. Era possibile che Vair e Shalee avessero usato la loro tecnologia medica Krinar su di me? Solo per guarirmi più velocemente?

Per quanto fosse folle, sembrava la migliore spiegazione per come ero riuscita ad evitare il dolore. Ma perché l'avrebbero fatto? E senza il mio consenso?

Mi avevano fatto altre cose?

Togliendo la maglietta, mi alzai e ispezionai il resto del mio corpo nello specchio sulla parete, notando che non avevo nessuno dei segni o dei lividi che sarebbero dovuti comparire visto il modo in cui Vair mi aveva presa e toccata la sera prima—spremendo e stringendomi la carne come se non ne avesse mai abbastanza. Non c'erano nemmeno segni di morsi sul collo.

Neanche sul sedere.

Mentre scansionavo ogni centimetro della mia persona, mi resi conto di quanto potessi vedere ogni dettaglio, ogni minuscolo poro sulla pelle priva di imperfezioni.

La mia vista!

Non indossavo gli occhiali. Non avevo idea di dove fossero finiti dopo che Vair li aveva rimossi insieme ai miei vestiti.

Santo cielo, avevano fatto qualcosa anche per correggere il mio problema alla vista? Era per quello che vedevo meglio senza occhiali nelle ultime settimane?

Ma perché l'avrebbero fatto? *Perché proprio a me?*

Mi sedetti di nuovo sulla panca di marmo, appoggiai i gomiti sulle ginocchia e mi lasciai cadere la fronte tra le mani, mentre le spaventose parole di Tauce sul fatto che fossi una proprietà di Vair mi tornarono in mente. *Su come i K prendevano ciò che volevano e tenevano ciò che rivendicavano come loro.*

Oh, Dio. Non era altro che quello che aveva detto Vair, mentre spingeva dentro di me da dietro nel seminterrato del club-x. Aveva detto che appartenevo a lui, che mi avrebbe tenuta quella volta e che intendeva fottermi per l'eternità.

"Amy?"

Sobbalzai al suono della voce dell'alieno e del suo leggero bussare sulla porta del bagno.

"Hai trovato tutto ciò di cui hai bisogno lì dentro?"

"Sì!" gridai. "È tutto ok. Ho—ho quasi fatto."

Mi rinfilai la sua maglietta e uscii dal bagno. Era lì fuori ad aspettarmi, con gli occhi dolci e un sorriso sommesso sulle labbra. Era quasi come se stesse cercando di apparire non minaccioso.

Come se il predatore che era avesse percepito la mia paura e il panico.

Tese la mano per me. "Vieni. Ti farò fare un giro."

Feci scivolare la mano nella sua e feci del mio meglio per mantenere la calma, mentre mi guidava attraverso la grande opulenza che era il suo "appartamento."

La casa era enorme. Doveva contenere gli interi tre piani superiori dell'edificio.

Elegante e moderna, lussuosa e minimalista, con finestre che andavano dal pavimento al soffitto che si estendevano su tre piani, l'attico era un mix di linee pulite e simmetria architettonica. E gli arredi futuristici di Vair insieme alle attrezzature e agli apparecchi tecnologicamente avanzati in qualche modo completavano le superfici in marmo più tradizionali e i pavimenti in quercia a spina di pesce che ricordavano le tradizionali residenze di Park Avenue.

Per quanto fosse incredibile lo spazio interno, i panorami dalle finestre erano straordinari. Non eravamo più nel distretto di Meatpacking—questo era certo. La vista dalla stanza principale era rivolta a nord, ed eravamo abbastanza in alto che potevo vedere chiaramente da Central Park fino al George Washington Bridge.

Non c'erano parole. Ma ne trovai una.

"Wow" sospirai, con la mia voce del mattino che si perdeva nel grande spazio.

Proprio come me.

"Ti piace?" Il pollice di Vair mi accarezzava la pelle sensibile del polso.

Annuii. "È... mozzafiato."

Era l'opera di un genio architettonico. *A Park Avenue.* Un'ambita residenza di New York che probabilmente costava intorno ai cento milioni di dollari. Ed io ero lì, a guardare oltre Central Park— tenendo per mano l'invasore alieno proprietario del sex club che ci viveva.

Dovevo andarmene.

Mi strinse leggermente la mano. "Grazie."

Alle sue parole, distolsi lo sguardo dalla vista per trovarlo lì a sorridermi, come se fosse sinceramente soddisfatto della mia reazione. "Sono contento che approvi."

Non sembrava minimamente sarcastico.

Deglutii, combattendo la voce in preda al panico dentro di me che gridava: *"Scappa."*

"Non hai bisogno della mia approvazione" dissi con una risata ansiosa, sentendomi piccola, mentre indossavo la maglietta oversize di Vair—e nell'attico gigantesco.

La sua mano si spostò sulla mia, con le dita che si riposizionarono per intrecciarsi alle mie.

"Non devi essere nervosa, Amy." Il suo pollice riprese ad accarezzarmi pigramente.

Il mio battito aumentò. Il sangue mi martellava nelle orecchie e il viso era in fiamme. Avevo lo stomaco sottosopra e delle chiazze scure cominciarono a invadermi la vista. Improvvisamente, mi sentii più terrorizzata in piedi lì a stringere la mano dell'extraterrestre di quanto non fossi stata nel seminterrato del suo club-x, circondata da eccitati maschi K e bloccata da una parete di vetro animata.

La paura era ridicola—ma anche molto reale.

Sapevo che anche Vair la percepiva. Sentii la preoccupazione nella sua voce, che sembrava così lontana a causa del sangue che mi scorreva nelle orecchie, mentre mi chiedeva se stavo bene.

La pura forza di volontà e il maggior timore di imbarazzarmi mi impedirono di svenire, mentre chiudevo gli occhi e annuivo.

"Ho paura dell'altezza" mormorai, sapendo che dovevo dirgli qualcosa. "Non avrei dovuto avvicinarmi così tanto alla finestra."

Mi alzai in piedi, cullata tra le sue braccia, e trasportata nella parte opposta della camera prima che potessi fare il respiro successivo. Mi poggiò su una fluttuante superficie bianca simile ad un divano e disse che sarebbe tornato. Un attimo dopo, tornò con un bicchiere di liquido rosa chiaro, e lo bevvi tutto senza nemmeno chiedere che cosa fosse.

In quel momento, scoprii la verità.

Non avevo più paura di Vair.

Non era lo spaventoso alieno Krinar in lui il motivo per cui ero in preda al panico.

Erano i sentimenti e le reazioni sconosciute che mi stava suscitando.

Avevo bisogno di calmarmi e andarmene dal suo attico.

Sentivo il peso dei suoi caldi palmi sulle ginocchia, mentre si inginocchiava davanti a me. Incrociai il suo sguardo—e me ne pentii immediatamente.

Non era la preoccupazione che scorgevo riflessa lì a turbarmi, né la sincerità. Era la comprensione. La quieta consapevolezza nei suoi occhi senza fondo che comunicavano implicitamente che aveva capito che avevo detto una stronzata. *E gli stava bene.*

"So che hai paura di molte cose, Amy." La sua voce era bassa e gentile. "Ma non credo che la paura dell'altezza sia tra queste."

Nessuno di noi ebbe il coraggio di parlare. Si sarebbe potuto sentir cadere uno spillo. Ma non fu uno spillo quello che sentii; fu la suoneria di *The X-Files* che suonava in lontananza.

Il mio telefono.

CAPITOLO VENTISEI

Jay si era divertito con le impostazioni della mia suoneria, mentre ero stata a casa sua ieri. L'aveva ripristinata con la sigla di *The X-Files*, nel tentativo di alleggerire l'umore sulla mia situazione con Vair.

Il mio telefono stava suonando nella borsa ora. *Da qualche parte.*

"Ah... quella è la mia borsa" dissi, poggiando il bicchiere vuoto sul tavolino accanto a me. "Voglio dire, il mio telefono è nella mia borsa. Posso averla? Credo che stia squillando."

Avevo messo il telefono nella mia borsetta da sera, quando ero andata al club di Vair. Tauce l'aveva infilata in un vano nascosto nel bar al piano di sopra la scorsa notte, e avevo dimenticato di portarla di sotto con me, quando ci eravamo recati nel seminterrato.

"Certo." Vair mi osservava con quella sua grazia da gatto, e lasciò la stanza. Il telefono aveva smesso di squillare, quando lui tornò e mi consegnò la borsa.

Il mio primo shock nel recuperare il telefono dalla borsa fu nel vedere l'ora.

"Davvero sono passate le undici?" protestai, più verso me stessa che verso di lui. "Non posso credere di aver dormito fino a quest'ora."

"Sei stata sveglia quasi fino alle quattro del mattino. Hai fatto bene a riposare qualche ora in più."

"Sto bene. Quanto hai dormito *tu*?" Ribattei sulla difensiva, sembrando una bambina irascibile—e sentendomi rimproverata. "Non puoi aver dormito più di me."

"Ho dormito tre ore. I Krinar non hanno bisogno delle stesse ore di sonno degli umani."

Davvero? Oh. Beh, quello era utile per loro. Probabilmente gli umani avrebbero fatto più progressi come specie, se non avessimo avuto bisogno di dormire così tanto.

Mi alzai e andai alla finestra, stanca di sentirmi gli occhi di Vair addosso. Avevo bisogno di spazio per pensare.

Iniziai a camminare avanti e indietro, mentre analizzavo la mia recente attività telefonica. C'erano due chiamate perse da parte di Jay, ventinove da parte dei miei genitori e otto nuovi messaggi in segreteria.

Fanculo. Era domenica. Avevo detto ai miei genitori che li avrei chiamati, e li chiamavo sempre prima delle dieci di sera. Probabilmente nel frattempo avevano già contattato la polizia di New York, l'FBI e la Guardia Nazionale. Ritenevo una benedizione personale il fatto che, escludendo prove di violenza o circostanze inusuali, non dovevano esserci tracce di un individuo per ventiquattr'ore, prima che si potesse considerare legalmente scomparso. Indipendentemente dal numero delle volte in cui fosse stato detto a mia madre da parte del personale delle forze dell'ordine, lei insisteva nel cercare di segnalarmi come persona scomparsa ogni volta che non rientravo a casa all'orario previsto.

C'era un messaggio di Jay che diceva di ignorare la sua segreteria, perché aveva già parlato con Vair, il che significava che gli altri sette messaggi in segreteria erano di mia madre.

Alzai gli occhi al cielo. Non sapevo se fosse a causa dei sette messaggi vocali di mia madre o del fatto che Jay fosse stato in contatto con Vair mentre dormivo.

Mentre cercavo una spiegazione plausibile—una *bugia*—per i miei genitori, il telefono con la suoneria di *The X-Files* squillò di nuovo.

Cazzo. Era mia madre. Non volevo rispondere con l'alieno che mi ascoltava, ma sapevo che lei avrebbe continuato a chiamare e ad andare fuori di testa, se non l'avessi fatto. *E che avrebbe continuato a chiamare tutti quelli che conosceva a New York per organizzare una squadra di ricerca.*

"Ehi, mamma."

"Amy, sei tu?" La sua voce isterica mi raggiunse ad un volume così alto che strappai il telefono dall'orecchio.

"Sì, mamma, chi altro sennò?"

"Sono quasi le undici e mezza" urlò. "Dove sei stata?"

"Oh, ehi, mi dispiace aver perso la tua chiamata. Io, uhm... sono andata a un corso di hot yoga mattutino. È stato fantastico, ma molto intenso. E poi, ero così stanca che mi sono addormentata. Non ho nemmeno sentito squillare il telefono, finché non mi sono svegliata proprio ora."

Mi resi conto che c'era del vero in questo. Ma mi sentivo una bugiarda compulsiva. Rivolsi una rapida occhiata a Vair. La sua espressione era ostinatamente vuota, mentre mi osservava camminare avanti e indietro, sfregandosi distrattamente l'indice sul labbro inferiore.

"Hot yoga?" Mia madre sembrava confusa dall'altra parte della linea. O inorridita. Non riuscivo a capire quale delle due, mentre ripeteva: "Hot yoga? Sei stata a una lezione di hot yoga?"

"Sì, hot yoga. È la mia nuova passione. Ehi, non è un buon momento ora. Ho molte commissioni da sbrigare e quell'articolo di cui ti ho parlato da consegnare entro martedì. Ti richiamo stasera, ok?"

"Amy, sai quante persone sono morte praticando hot yoga? Non hai letto gli articoli che ti ho mandato su quel guru del Bikram che è stato messo in carcere?"

Oh, accidenti. Perché non avevo inventato una storia su un progetto di giardinaggio comunitario o qualcosa del genere? La sentii urlare per chiamare mio padre e capii che non potevo rimangiarmi tutto ora.

"Ora devo riattaccare, mamma. Ti richiamo dopo." Terminai la chiamata e spensi il telefono, poi mi voltai per affrontare Vair.

"Che cosa c'è?"

La sua espressione era ancora fastidiosamente vuota. "Non ho detto niente."

"Ma stai giudicando."

"Se lo dici tu, amore."

"Non capisci. Non conosci i miei genitori, ok? A volte è meglio raccontare un'innocente bugia con loro." Perché mi stavo difendendo? Non gli dovevo alcuna spiegazione.

Rise. "Al contrario. Li conosco molto bene. Devo confessare che tua madre mi terrorizza."

"Ah! Giusto." L'idea che Vair fosse terrorizzato da mia madre era comica.

"Dico davvero. Quelle e-mail che ti manda continuamente..." Scosse la testa, con un sopracciglio sollevato. "È inquietante. Persino per un comportamento umano."

Rimasi a bocca aperta. Mi sentivo come se fossi stata pugnalata allo stomaco. Era entrato nel mio account di posta elettronica? Dannazione, perché ero sorpresa? Quell'uomo—*alieno*—mi aveva filmata senza che lo sapessi e senza il mio consenso. Avrei dovuto immaginare che avrebbe ficcato il naso nelle mie cose personali e segrete. Tuttavia... "Hai letto le mie e-mail personali?"

"Certo, tesoro." Nemmeno una traccia di pentimento.

"Non sono il tuo tesoro. E il comportamento della mia famiglia non è affar tuo." Come osava giudicare mia madre?

Il suo sorriso svanì, con la mascella da militare che si irrigidì severamente. "Mi permetto di dissentire. Tutto ciò che ti riguarda è affar mio. Tutti quelli che fanno parte della tua vita sono affar mio."

Il mio stomaco era ormai in subbuglio. Era serio al cento per cento.

"Piuttosto prepotente, non credi? Oh, giusto, sei un Krinar. Invadere la privacy di un umile essere umano non è un grosso problema—totalmente alla portata del quotidiano comportamento di un Krinar."

A parte l'istinto protettivo e difensivo per i miei genitori, il suo commento "persino per un comportamento umano" mi aveva colpito a un altro livello personale, perché dimostrava quanto fosse bassa la sua visione della mia razza—e per estensione, di *me*. E, naturalmente, come poteva qualcuno che non aveva rispetto per il mio diritto alla privacy considerarmi non inferiore?

I suoi occhi erano pensierosi, ma il tono diretto. "Spero solo che tu capisca che ogni volta che i tuoi genitori dicono 'Stai attenta,' in realtà stanno dicendo 'Ti voglio bene.' Lo sai, vero?"

Quella conversazione non stava realmente avvenendo.

"Ancora una volta, Vair, quello che capisco è che tutto quello che i miei genitori mi dicono è affar mio e non ti riguarda." Sentii l'eco delle mie parole nell'enorme stanza, e mi resi conto di quanto avessi alzato la voce.

Avevo bisogno di calmarmi.

"È l'unico modo in cui sanno esprimere il loro

affetto per te—avvisandoti costantemente dei pericoli e condividendo le loro paure per il tuo benessere."

Mandai giù lo sgradito nodo che mi si era formato nella gola e cercai di ridere. "Certo che lo so. È roba da reparto di psichiatria. Dovresti dedicarti solo alla dissoluzione delle pareti e alla tecnologia K, e lasciare la comprensione emotiva ai terapeuti."

Sorrise, mostrando i suoi perfetti denti bianchi, mentre ridacchiava ironicamente. "Credimi, vorrei poterlo fare a volte. Ma ci sono molti altri Krinar con capacità superiori di dissoluzione delle pareti e troppo pochi inclini a studiare il comportamento umano."

Mi sentivo come se non avessi ben capito la battuta.

"I tuoi genitori ti hanno programmata per rispondere alla paura. A continue minacce di pericolo e intimidazione. E sei cresciuta sentendoti terrorizzata e al contempo affascinata da quelle minacce." Scosse la testa e fece un passo nella mia direzione. "Cerchi la verità sopra ogni altra cosa, eppure menti facilmente— specialmente a te stessa. Questo ti rende un interessante, delizioso paradosso, Amy."

Mi stava di nuovo prendendo in giro.

O forse no?

Fece un altro passo avanti. Lo spazio tra di noi sembrava improvvisamente carico di energia sessuale. Sapevo che dovevo dissiparla.

"Bene." Lasciai cadere le mani in segno di sconfitta. "Hai ragione. Non ho paura dell'altezza. Quindi, sono una pessima bugiarda? Che diavolo vuoi da me?"

Non rispose, così riempii il silenzio. "Ascolta, sono

solo una figlia unica di Skaneateles con genitori iperprotettivi e paranoici. Probabilmente avrei dovuto accettare la borsa di studio che mi era stata concessa e andare al college a Syracuse, vicino casa, come volevano i miei genitori" dissi mentre si avvicinava. "Ma volevo farcela da sola. Così, mi sono impegnata per ottenere la laurea all'università di New York. E ora, a ventiquattro anni, sto cercando di sopravvivere qui in città e di saldare il debito."

Continuava ad avvicinarsi, muovendosi fluidamente. Feci un altro passo indietro, poi mi fermai.

"Non sono nemmeno un'ottima reporter. Ancora" aggiunsi. "E vedendo che il mio capo continuava ad assegnarmi solo articoli sciocchi, mi sentivo disperata."

Era abbastanza vicino da toccarmi ora. Sapevo che avrei dovuto interrompere tutte le mie giustificazioni e smettere di scusarmi, ma i suoi dolci occhi neri mi incoraggiavano a continuare.

"Così, sono venuta nel tuo club-x. Non avevo intenzione di offenderti o di far arrabbiare il Consiglio dei Krinar. Stavo solo cercando un articolo interessante—un colpo di fortuna. Un'opportunità per scrivere una storia che avrebbe dato al pubblico umano informazioni più utili sui K di quante ne avessimo ricavate nei due anni dopo l'invasione. Non puoi provare a capirlo e smetterla di punirmi per il mio articolo?"

Il suo sospiro frusciò sulla mia fronte. "Amy, te l'ho già detto, ho ritenuto che il tuo articolo fosse brillante.

Non ho alcun desiderio di punirti per quello, né consentirò a qualcun altro di farlo."

"Allora, perché mi stai facendo questo?" Sbattei le palpebre per trattenere le lacrime. "Perché mi stai ricattando?"

"Ti ho già spiegato anche questo, tesoro. Non sei tornata nel mio club, e avevo bisogno che tu lo facessi."

"Ma *perché*?"

"Perché..." Sorrise e mi tolse una ciocca di capelli dalla fronte. "Sono un figlio unico di ottocentoquarantasette anni proveniente da Krina, che è venuto sulla Terra per cercare di dare una mano con la transizione e l'assimilazione della nostra specie. Ma dopo averti vista, tutto il resto è passato in secondo piano. Mi sono ritrovato ad essere interessato solo ad assimilarmi a te."

Sentii il sangue precipitare di nuovo verso le orecchie. Sapevo che i Krinar erano longevi, ma non ci avevo mai riflettuto in termini quantificabili.

Aveva ottocentoquarantasette anni?

E voleva assimilarsi a me?

Nessuno di noi due parlava, mentre le sue dita mi toccavano la mascella e mi accarezzavano la colonna della gola, con un tocco leggero come una piuma che mi provocò un delizioso brivido. Così tante domande mi turbinavano nella testa. Scelsi la meno significativa.

"Anche tu sei figlio unico?"

Annuì, piegando la bocca agli angoli. "Sì." Mi si appoggiò, strofinando le labbra sulla mia fronte. "Di conseguenza, temo di essere abituato a fare come mi pare, e non mi piace condividere." Il suo tono, che era stato leggero e allegro, divenne severo e appassionato, quando disse: "Il che mi ricorda che non voglio che passi la notte da Jay."

La mia schiena si irrigidì. Mi allontanai da lui, mentre raddrizzavo la colonna vertebrale. "E questi sarebbero affari tuoi? Come fai a saperlo? Mi hai spiata?"

Era una domanda stupida. Sapevamo entrambi che la risposta era sì. Sapevamo entrambi che era venuto a farmi visita la sera prima da Jay. Ma comunque dovevo chiederglielo.

"È stato Jay a scrivermi in un messaggio di ieri che eri andata da lui venerdì sera."

Oh.

"Ma sì, in realtà, ti ho spiata" continuò come se fosse un dato di fatto. "Abbastanza intensamente. È il mio passatempo preferito."

Il mio stomaco si rivoltò a quell'ammissione. E la parte più folle era che non capivo se quello che sentivo fossero la nausea o le farfalle.

Avevo avuto ragione. Vair mi aveva tenuta d'occhio dappertutto.

E non sembrava minimamente pentito al riguardo.

CAPITOLO VENTISETTE

"ALLORA... CI SONO TELECAMERE NASCOSTE *ANCHE* NEL mio appartamento? Proprio come nel mio ufficio?" Un'altra domanda stupida, ma avevo bisogno di domandare.

Mi fissò, mentre rispondeva senza il minimo accenno di rimorso: "Sì. Parecchie."

"Perché?"

"Mi piace osservarti, Amy." Le sue nocche mi sfiorarono lo zigomo. "Moltissimo."

Deglutii. "In ogni stanza?"

"Tutte quelle importanti."

Che cosa significava? "Non capisco."

Ma in realtà capivo. Solo che non volevo.

"È semplice, Amy." Le sue labbra mi sfiorarono la fronte, mentre sentivo il peso delle sue parole che mi marchiavano in altre zone. "Mi piace filmarti. Mi piace guardarti." Mi baciò le palpebre, il naso. "Soprattutto quando ti tocchi. Nel tuo letto. Nella doccia. Quella volta nel salotto..."

Oh, Dio.

"Mi piace immaginare cosa potresti pensare. Su di me."

Non era eccitante.

"Le cose sporche che immagini facciamo."

Non era eccitante.

I miei capezzoli non erano d'accordo. La figa nemmeno.

Tutto ciò che riguardava Vair che non avrebbe dovuto eccitarmi, in qualche modo mi eccitava. E non c'erano spiegazioni razionali per questo.

Mi strinse il braccio intorno alla vita, e fece scivolare l'altra mano sotto la mia maglietta troppo grande, tra le natiche, per afferrarmi il centro nudo da dietro. Gli premetti entrambe le mani sul petto, spingendo contro di lui. Non si mosse. "Dobbiamo fermarci" protestai. "Non abbiamo nulla in comune."

"L'hai appena detto tu: siamo entrambi figli unici. Una solida base per una relazione."

Gemetti. *Tutto questo era folle.*

"Non può funzionare."

"Mia cara, sta già funzionando." La sua bocca si abbassò sul mio collo, baciando e succhiando la pelle sensibile. "Sei fradicia."

"Ma non siamo... compatibili." Gemetti, quando le sue dita trovarono il mio nucleo inzuppato.

Le mie mani raggiunsero le sue spalle, ma non lo respinsi.

Lo avvicinai a me.

"Non sono un tipo da sex club" cercai di argomentare tra la foschia della lussuria che mi avvolgeva. "Non fa per me tutta quella roba... perversa."

Sentii la risata silenziosa nel profondo del suo petto, la sentii nel tremore delle sue spalle sotto la mia presa. "Certo che non fa per te, tesoro. Eppure, la sopporti così bene per me."

Prima che potessi riflettere, mi ritrovai tra le sue braccia. Una forza della tecnologia K spogliò entrambi, e mi ritrovai con le gambe bloccate attorno alla vita di Vair. La sua lingua calda mi accarezzò ritmicamente le profondità della bocca, mentre la punta della sua erezione premeva contro il mio ingresso.

E poi mi tenne lì, con il membro a malapena dentro di me, mentre sussurrava oscene promesse, con le dita che mi stuzzicavano il sedere fino al punto in cui eravamo uniti—fin quando non iniziai a dimenarmi disperatamente contro la sua presa nel tentativo di impalarmi.

Tuttavia, non si fermò.

Iniziai ad implorare, quando fece scivolare le dita tra noi e cominciò a stuzzicarmi il clitoride fin quando le viscere si contrassero, con l'eccitazione che colava giù ricoprendogli il pene duro e testardo, depositato troppo in superficie.

Ma le suppliche non erano sufficienti.

No, fu solo quando cominciai a confessare, davanti alla sua insistenza, quali fossero le cose che mi piacevano del club, a rivelare le mie più sporche fantasie masturbatorie, che mi abbassò lentamente sulla sua spessa asta.

A quel punto, ero così grata che gridai ad ogni centimetro concesso. Gemetti e inarcai il bacino verso di lui, mentre mi sollevava e mi abbassava, ogni volta andando un po' più a fondo, con il mio corpo che lo accoglieva e adorava la sua lunghezza, mentre mi distendeva le pareti e mi apriva fino ad essere completamente dentro.

Poi, ci sedemmo entrambi su una delle sedie fluttuanti e mi disse di prendere quello che volevo da lui.

E lo feci.

Con le gambe a cavalcioni sui suoi fianchi, le mie ginocchia scavarono nella superficie morbida ma solida sotto di noi, e cominciai a cavalcarlo, roteando i fianchi, muovendomi su e giù, alzandomi e abbassandomi. Gemette quando gli succhiai la lingua nella bocca, baciandolo con un abbandono sfrenato che corrispondeva ai movimenti del mio corpo.

Affondò le dita nelle mie natiche. Inclinò i fianchi per approfondire la penetrazione, mentre mi impalavo ancora e ancora. "Così stretta." Grugnì. "Così perfetta."

Le sue mani diventarono ruvide e urgenti sul mio seno, mentre rimbalzavo e roteavo il corpo su e giù, persa nella sensazione del suo membro così in profondità dentro di me, godendomi la libertà e il controllo che avevo sulla nostra unione.

Le sue dita premettero con urgenza sul clitoride, e soffocai le mie grida contro il suo collo, con la bocca che succhiava e assaporava il profumo e il sapore della sua pelle.

"Così..." La sua voce era rauca. "Proprio così, tesoro. Marchiami."

I miei muscoli interni si contrassero ulteriormente alle sue parole, afferrandolo in modo possessivo, mentre venivo.

"Fanculo. Sei tutta mia. Per sempre" ringhiò.

Le mie pareti interne lo circondarono e i denti affondarono di riflesso nel suo collo, mentre il mio corpo andava in frantumi, convulsamente, in preda all'orgasmo.

A quel punto, assunse il controllo dei nostri movimenti, infilando la lunghezza dentro di me, con le grosse mani sulle mie natiche che mi scuotevano su e giù in una rapida frenesia, mentre ruggiva e imprecava, svuotando tutto ciò che aveva da dare in profondità dentro di me.

DOPO CHE IL MIO INCREDIBILE ORGASMO SI ATTENUÒ E IL cervello fu in grado di metabolizzare le cose al di là della cieca lussuria, cedetti ad un attacco di rimorso post-coito. Il proclama "tutta mia per sempre" dell'alieno poteva aver avuto qualcosa a che fare con questo—ricordandomi le osservazioni di Zyrnase e Tauce sul fatto che fossi l'"umana di Vair."

Proprietà dei Krinar.

Rimasi in silenzio, mentre io e Vair facevamo la

doccia insieme. Dopo la nostra doccia, insistette affinché potesse far scorrere la strana luce rossa di un sottile dispositivo medico argentato su ogni area in cui temeva di aver lasciato lividi o graffi sulla mia pelle. Mi spiegò che esso utilizzava la tecnologia di guarigione nanocita.

Acconsentii. Ma quando volle inserire il dispositivo di guarigione delle dimensioni di un tampone che Shalee aveva usato su di me per curare qualsiasi potenziale abrasione interna, scattai, e gli dissi più o meno che poteva scordarselo, affermando che io e la mia figa non eravamo così fragili e che non mi dispiaceva provare dolore per ricordarlo nei giorni seguenti.

Probabilmente avrei dovuto lasciar perdere quando indietreggiò senza insistere sulla questione, ma sollevai il mistero della vista migliorata, e gli chiesi a bruciapelo se avesse fatto qualcosa per curarla.

La sua risposta fu un sì che non celava pentimento, a conferma di ciò che avevo già scoperto.

Ancora una volta, rimasi in silenzio, in conflitto sul fatto di essergli grata o arrabbiata per l'interferenza.

Osservai con distaccato fascino mentre fabbricava indumenti per me dal nulla—una tunica casual a maniche lunghe di una tonalità azzurro chiaro, insieme a un paio di scarpe col tacco basso. Questo spiegava la sua capacità di apportare quei rapidi cambiamenti al guardaroba a cui avevo assistito. O, più precisamente, la sua capacità di spogliarsi nel giro di pochi secondi.

Era tutto molto surreale. Così strano e

sconvolgente che mi distaccai sempre di più per evitare di impazzire. Perché nel profondo della mia mente stava aumentando sempre di più il timore che non mi avrebbe più lasciata andare.

"Quindi... che succede ora?" Finalmente trovai il coraggio di chiederlo, mentre infilavo le scarpe che aveva creato per me.

"Beh, stavo pensando che potremmo fare colazione insieme" propose con un sorriso adorante. "Forse una passeggiata. Parlare. Potremmo anche restare qui" propose, con un accenno di qualcosa di carnale negli occhi scuri. *L'alieno era insaziabile.* "Cosa vorresti che succedesse ora, Amy?"

Il suo sorriso indulgente e il modo gentile in cui lo chiese mi fecero quasi venire voglia di accettare quella passeggiata con lui.

Ma dovevo sapere dove mi trovavo.

Deglutii. "Uhm... mi piacerebbe tornare a casa. Al mio appartamento. Da sola."

Mi fissò per un attimo, serrò le labbra e annuì lentamente. "Va bene. Zyrnase può accompagnarti. O Robert. Ma mi piacerebbe che mangiassi qualcosa prima che te ne vada."

Mi avrebbe lasciata andare? Così facilmente?

E c'era un Krinar di nome Robert?

"E poi posso andare? Se—se prima mangio?"

I suoi occhi scuri diventarono di pietra. "Amy, puoi andare anche ora, senza mangiare, se vuoi. Ma penso che ti sentirai meglio, se avrai del cibo nello stomaco.

Abbiamo passato una lunga notte insieme. E la mattinata."

Mi stava davvero lasciando andare?

"Ma quello che hai detto prima, uhm... sul fatto che appartengo a te—voglio dire, di essere *tutta tua*—"

"Non sei la mia prigioniera, Amy." La sua voce era piatta, il tono stanco.

"Ti chiamerò Robert." Uscì dalla camera.

E non tornò. Nemmeno per salutarmi.

Alla fine, Zyrnase venne a dirmi che la mia auto era di sotto.

Il Krinar di nome Robert non era affatto un Krinar. Era un umano di mezz'età del Queens. Mi riportò nel mio appartamento.

Da sola.

CAPITOLO VENTOTTO

DOPO CHE BOB MI FECE SCENDERE, ANDAI DA JAY A prendere le cose che avevo lasciato lì la sera prima. Finii per ascoltarlo parlare con entusiasmo di Shalee, la splendida e brillante assistente medica Krinar di Vair, per ore.

Jay era completamente innamorato di lei, anche se continuava ad affermare che non ci fosse niente di serio, che si divertivano solo un po' insieme.

"Sai, è solo che lei è bisessuale e io sono bisessuale, e siamo entrambi appassionati di scienza e medicina e—"

"Sei appassionato di scienza? Da quando? E di medicina? Jay, avere molti farmaci nel tuo mobiletto del bagno non conta."

"Wow!" Rise ed emise un verso da gatto arrabbiato, facendo il gesto dell'artiglio. "Qualcuno non è stato morso abbastanza forte al club la scorsa notte."

Continuò a parlare di Shalee ancora un po', poi mi propose di rimanere a dormire da lui un'altra volta, ma declinai. Non perché temessi la disapprovazione di Vair, ma perché avevo bisogno di stare un po' da sola.

Esausta, mi feci strada verso casa, e dopo aver richiamato i miei genitori e aver ascoltato mia madre parlarmi dei pericoli dello hot yoga per oltre quaranta minuti, andai a letto presto.

E poi fissai il soffitto, completamente sveglia per la maggior parte della notte.

TRASCORSI IL LUNEDÌ IN UN COSTANTE STATO DI PANICO, aspettandomi che Vair si facesse vivo da un momento all'altro e mi obbligasse a salire sulla sua limousine e a tornare nel suo club. Immaginavo gli arrabbiati occhi gialli di Tauce che mi seguivano dietro ogni angolo, sentivo la sua voce sguaiata nella testa sogghignare che fossi la "proprietà" di Vair.

Non riuscivo a mangiare. Non dormii bene la notte successiva. E non riuscivo a scrivere.

Quando arrivò martedì e non ero riuscita a terminare il mio articolo sulla dieta vegana obbligata dei K, consegnai l'articolo che avevo scritto settimane prima sui cuccioli siamesi—un mese dopo che il mio editore, Gable, lo aveva richiesto, e dopo che ogni altra fonte di notizie in città lo aveva già trattato.

Probabilmente sarei stata licenziata.

Nel frattempo, Jay sorprese tutti a *The Herald* consegnando un articolo ben scritto sulle somiglianze tra i Krinar e gli umani, evidenziando i tratti universali dell'intelligenza emotiva condivisa da entrambe le specie. Sottolineò anche il comportamento "ferito" dei Krinar, cambiando i nomi e le descrizioni degli alieni protagonisti, naturalmente, per "proteggere gli innocenti"—*e il suo culo*. L'articolo di Jay sui K fu probabilmente l'unica cosa che salvò il *mio* culo per quella settimana con il nostro capo.

Mercoledì, avevo iniziato a lasciarmi prendere dal panico che Vair non si *sarebbe* presentato, obbligandomi a salire sulla sua limousine. Giovedì, la paura di non rivederlo mai più si era insinuata.

Ma poi mi mandò un messaggio quella sera. Mi mandò un video. *Di noi*. Con un messaggio che mi invitava a guardarlo e a pensare a lui... perché lui stava pensando a me.

Non risposi.

Ma guardai il video. E finii a soddisfarmi con le dita sul divano del mio salotto. Sapendo che Vair mi stava guardando. E probabilmente registrando.

Avevo raggiunto l'apice della disfunzione.

Venerdì, il mio stomaco era tutto un nodo, mentre aspettavo con ansia la prossima mossa dell'extraterrestre—sperando che mi avrebbe chiamato o scritto, e, idealmente, ricattata per spingermi a tornare al suo club quel fine settimana.

Annotai mentalmente di chiamare la mia terapeuta e capire se mi vedesse ancora su una scala crescente.

Un po' dopo le tre del pomeriggio del venerdì, Jay fece capolino nel mio ufficio e mi disse di prendere la borsa e incontrarlo sulla tromba delle scale sul retro tra dieci minuti. Tredici minuti dopo, ci vedemmo con l'amico del college di Jay e agente della CIA in un piccolo bar degradato ai margini del Distretto Finanziario.

"È bello rivederti, amico" gli disse Jay con un sorriso prima di girarsi verso di me. "Amy, lui è Stephen, l'amico del college di cui ti ho parlato. Stephen, questa è Amy."

Ci stringemmo la mano, bevemmo un caffè e ci sedemmo in un tranquillo tavolo all'angolo. L'amico della CIA di Jay, Stephen, era un tipo alto, biondo, con gli occhi azzurri, un tipico americano, che sembrava essere uscito da un casting televisivo di New York piuttosto che dal National Clandestine Service della CIA. Ma poi iniziò a parlare, e tutto ebbe un senso.

"Come sicuramente saprai, Signorina Myers, due anni fa, dopo il Grande Panico, i governi mondiali hanno stipulato un Trattato di Coesistenza con i Krinar, permettendo loro di stabilire insediamenti in tutto il mondo. Da allora abbiamo fatto del nostro meglio per cooperare con il Consiglio dei Krinar e coesistere con questi K. Hanno scelto soprattutto climi caldi e zone isolate e scarsamente popolate per costruire i loro principali Centri K." Stephen interruppe la lenta parlata monotona per bere un sorso del suo caffè nero, e io rivolsi a Jay la mia occhiata più discreta.

"Hanno costruito insediamenti in Costa Rica, Tailandia e Filippine. Ma ci sono anche alcuni Centri K qui negli Stati Uniti. Ce n'è uno nel New Mexico, in Arizona—"

"Stephen, amico" lo interruppe Jay. "Queste sono informazioni che possiamo trovare su Wikipedia o su una ricerca generale di Google. Puoi dirci perché Amy è su una lista governativa?"

Grazie a Dio.

"Giusto. Ci stavo arrivando. Come ben sapete, sebbene molti umani disprezzino i K, siano intimoriti e risentiti per la loro sovranità, c'è chi li vede come degli dei, e li adora come tali." Il suo modo di parlare e la sua postura imitavano quelli di un cinquantenne. Era difficile credere che avesse la nostra età. "I club-xeno, o club-x, sono sorti quasi immediatamente fuori dai Centri K come luoghi in cui i K e gli umani che adoravano i K potessero... interagire." Fece il gesto delle virgolette sul termine "interagire," facendomi tornare in mente flashback indesiderati delle quattro ore di conversazione in cui mia madre non aveva usato altro che eufemismi per spiegarmi l'atto sessuale.

Poi si fermò, rivolgendo tutta la sua attenzione a me. "Signorina Myers, da quello che ho capito conosci i club-x. È corretto?"

"Stephen, sai che è così. È la Amy Myers che ha scritto l'articolo per *The Herald* sul club-x che si trova qui a New York. Puoi accelerare? Dobbiamo tornare in ufficio più tardi."

"Certo. Certo. Negli ultimi due anni, ci sono stati casi sempre più preoccupanti di Krinar e di esseri umani che si sono lasciati coinvolgere da queste... interazioni nei club-x."

Fece nuovamente il gesto delle virgolette sul termine "interazioni," e a quel punto quasi mi alzai per andarmene. Decisi di controllare furtivamente il telefono per eventuali nuovi messaggi di Vair.

Accidenti. Ancora niente.

Soffiai sul caffè e bevvi un sorso.

"All'inizio c'era la preoccupazione per l'aspetto della dipendenza e per i potenziali effetti a lungo termine di queste interazioni con i K. Ma poi ci sono state alcune morti."

Il caffè che avevo appena inghiottito diventò acido nello stomaco. "Scusa—che cosa?"

"Morti?" Jay mi lanciò un'occhiata nervosa. "Vuoi dire... dovute ai morsi dei K? Alcuni umani sono morti? Nei club-x?"

"I *dipendenti* dai K sono morti" sottolineò Stephen. "Gli Xenofili."

Non potei fare a meno di notare che l'aveva detto in un modo che faceva sembrare che pensasse lo meritassero.

"In che modo?" chiese Jay, impallidendo, mentre si accarezzava distrattamente il lato della gola. "A causa della perdita di sangue?"

"Non ne siamo sicuri."

"A causa dell'astinenza?" Domandai. Le mie guance arrossirono, quando Stephen mi lanciò un'occhiata scandalizzata.

"Non lo sappiamo." La sua monotonia non vacillò.

"Il Consiglio dei Krinar ha dato al nostro governo pochissime informazioni. Ma ci hanno assicurato che il ricercatore Krinar mandato qui avrebbe indagato a fondo sull'argomento e avrebbe implementato controlli severi su tutti i club-x in futuro. Il nostro governo ha accettato di fornire tutto il supporto necessario al ricercatore K e al suo team per creare un club-x underground qui in città, e per prevenire l'interferenza umana con il processo di selezione organica necessario per il loro studio. L'idea è che la densa e diversificata popolazione della città di New York ha consentito l'accesso ad un bacino genetico umano più ampio da analizzare per Vair rispetto alle aree rurali e remote attorno ai Centri K, dove si sono verificati questi incidenti mortali."

"*Vair?*" sussurrai in preda allo shock. Allo stesso tempo, Jay quasi gridò.

"Sì, è questo il nome del capo ricercatore Krinar inviato dal Consiglio." Stephen si rivolse a me. "Credo che tu lo conosca, Signorina Myers." Il suo tono e la sua espressione non cambiarono, ma scorsi il giudizio in quegli occhi azzurri. "Da quello che sappiamo, è uno scienziato comportamentista. Non è corretto?"

I miei polmoni sembravano compressi. Scossi la testa e feci fatica a respirare, mentre balbettavo: "Io—io non so... niente... di lui. Scienziato—?"

"Non siamo certi del titolo o della posizione esatta nella società Krinar" spiegò Stephen "ma crediamo che si tratti più o meno della versione Krinar di uno stimato psicologo o comportamentista."

"Aspetta un attimo" si intromise Jay. "Ci stai dicendo che Vair è un sessuologo su Krina?"

"No. Vi sto dicendo che è il capo ricercatore che il Consiglio dei Krinar ha inviato per raccogliere dati empirici sugli effetti a breve e lungo termine della condivisione di sangue e saliva tra i K e gli esseri umani."

"Dati empirici?" esclamò Jay con incredulità. "Da un sex club?"

Stephen si fermò per bere un sorso di caffè fastidiosamente lungo prima di rispondere. "Sì. Per testare gli effetti collaterali della saliva Krinar sugli esseri umani. Per registrare i sintomi dell'astinenza, misurando la velocità con cui gli esseri umani diventano dipendenti. Misurando anche la rapidità con cui i K diventano dipendenti, ricercando potenziali cure—quel genere di cose."

Oh, mio Dio. Ero un porcellino d'India?

Un ratto usato in un laboratorio sessuale alieno?

I pezzi cominciavano a ricomporsi nella mia mente, formando un puzzle molto inquietante. Ricordai il commento di Vair della domenica, a proposito del fatto che pochi K fossero inclini a studiare il comportamento umano, e il modo in cui si era riferito ai suoi frequentatori di club come *sudditi* e *pazienti*.

"Allora, qual è la lista del governo su cui è presente Amy?" chiese Jay, riportandomi al motivo di questo incontro.

"Si chiama lista *charl*" rispose Stephen.

"Charl?" Gli occhi di Jay si illuminarono. "Amy, ricordi quando Zyrnase e Tauce—"

"Che cosa significa?" lo interruppi.

"È una classe di umani sotto la protezione dei Krinar. Il nostro governo non ha più alcuna giurisdizione su di loro. In realtà, nemmeno il Consiglio dei Krinar, sembrerebbe, senza l'esplicito permesso del Krinar a cui appartiene la charl."

"A cui appartiene?" Jay rimase a bocca aperta davanti al suo amico del college. "Scusami?"

"La nostra divisione intendeva distruggere l'articolo di Amy, temendo che avrebbe interferito con i test di Vair—tradendo tutto il programma di ricerca sul club-x. È già abbastanza strano avere un club-x qui in città, così lontano da un Centro K. Secondo le mie fonti, il Consiglio era d'accordo e non ha apprezzato che il suo articolo avesse attirato l'attenzione sulla struttura dei test di Vair. Ma lui è intervenuto, rivendicando Amy come sua charl, proibendo sia al Consiglio che al nostro governo di fare qualsiasi cosa che ostacolasse la circolazione del suo articolo sul club-x."

Vair aveva lasciato che il mio articolo fosse pubblicato? Si era opposto al governo degli Stati Uniti e al Consiglio dei Krinar in questo? E soprattutto, mi aveva *rivendicata* come appartenente a lui e aveva messo il mio nome su una lista "segreta" del governo?

"Quanti umani ci sono su questa lista charl?" chiese Jay.

"Non posso divulgare quelle statistiche."

"Come può un K rivendicare un essere umano?"

obiettò Jay. "E come diavolo è possibile che il nostro governo lo accetti?"

Apprezzai Jay per quella domanda, ma temevo che la risposta fosse ovvia: i K erano al di sopra delle nostre leggi umane. Il nostro governo doveva accettare qualunque cosa volessero.

"Non abbiamo scelta" confermò Stephen. "Come ho detto, facciamo del nostro meglio per cooperare con il Consiglio dei Krinar e coesistere con i K." Gli occhi di Stephen esaminarono il bar quasi vuoto prima di aggiungere: "Una divisione della Sicurezza Nazionale qui in città è finita in un mare di problemi poco dopo il K-Day per aver interferito con una delle loro charl."

Mi guardò con disapprovazione, quando pronunciò quell'ultima parte.

Jay lo notò. "Lei non è una loro *charl*, Stephen. È un essere umano, una cittadina americana e una bravissima reporter. Che cosa puoi fare per aiutarla?"

Stephen scosse la testa. "Te l'ho appena detto, non posso fare niente."

"E l'FBI? O, dannazione, non lo so, le Nazioni Unite? Andiamo, ci dev'essere qualche organizzazione segreta anti-K là fuori disposta ad aiutarci, no? Un rifugio sicuro per le charl da qualche parte."

"No. Non c'è niente. E comunque non sarebbe d'aiuto. I K hanno modi per rintracciare le loro charl. Non c'è alcun posto in cui lei potrebbe essere nascosta."

"Mi stai prendendo in giro! Mi hai richiamato e mi hai chiesto di vederci con Amy per dirle che è fottuta? Che è registrata come proprietà K e che non c'è niente che il nostro governo o qualsiasi organizzazione mondiale possa fare al riguardo?"

"No, ho chiesto di vederci con Amy perché volevo chiederle di smettere di scrivere articoli sui club-x." Gli occhi di Stephen si spostarono su di me. "Indipendentemente dalla decisione di Vair di rivendicarti come sua charl, il tuo articolo *ha* interferito. Che tu l'abbia voluto o meno, il tuo racconto ha reso popolare il club-x di Vair, portandolo all'attenzione di innocenti, ingenui umani che altrimenti non avrebbero saputo nulla o non sarebbero andati a cercarlo. Se tieni al tuo Paese e alla tua razza, smettila di attirare l'attenzione sulla sensazione "simile a quella indotta dall'ecstasy" ottenuta dalla condivisione di sangue e saliva tra K e umani. Così facendo, non rischierai di diffondere ciò che sappiamo essere una dipendenza pericolosa e potenzialmente fatale."

CAPITOLO VENTINOVE

Jay si irritò, sbraitò e si scusò a un miglio al minuto durante tutto il breve tragitto in taxi per tornare nel nostro ufficio. Lo ascoltavo a malapena mentre guardavo fuori dal finestrino.

Una volta tornati al *The Herald*, finsi di lavorare per il resto della giornata.

Uscii dal mio stato comatoso indotto dallo stupore e dalla confusione alle 5:30 del pomeriggio, quando ricevetti il tanto atteso—ma ora sgradito—messaggio di Vair, che mi invitava a tornare al suo club quella sera. Gli risposi che non ero di sua proprietà, scrivendo in maiuscolo che in questa vita del cazzo non sarei mai stata la sua charl.

Non mi rispose.

Aspettai dieci minuti prima di inviare un altro messaggio arrabbiato, dicendogli che non ero interessata ad essere morsa e scopata fino a morire come il suo ratto da laboratorio sessuale.

Nessuna risposta.

Volevo definirlo un truffatore e un bugiardo, ma ricordai che Vair mi aveva detto quasi tutta la verità—nel suo tipico modo di parlare—per tutto il tempo. E questo non faceva che farmi arrabbiare ulteriormente.

Così, inviai un altro messaggio dicendo che se mai si fosse avvicinato a meno di cento metri da me, mi sarei rivolta al Consiglio dei Krinar riguardo a questa stronzata della charl—anche se razionalmente sapevo che non gliene sarebbe importato niente dei miei diritti o di aiutarmi.

Non ebbi sue notizie per tutto il weekend.

Continuai a mandargli messaggi arrabbiati. Dormivo a malapena e controllavo furiosamente il telefono per una sua risposta.

Di notte, rimanevo sveglia nel mio letto, riflettendo su quale soddisfazione avrei potuto ottenere recandomi nel suo club e urlando a Vair di andare all'inferno Krinar. Ma quelle fantasie in qualche modo prendevano sempre una piega sbagliata, mentre le immaginavo nella mia mente, culminando spesso con me incatenata a una parete di vetro animata o ad una croce di Sant'Andrea, e urlando per altri motivi.

Così, non tornai al club quel primo fine settimana.

Ma Jay lo fece. Andò a trovare Shalee.

Disse che intendeva interrogarla sulle morti degli xenofili di cui ci aveva parlato Stephen. Ma oltre a ciò, disse che voleva capire in che modo la saliva Krinar funzionasse nell'organismo umano come un afrodisiaco-barra-narcotico al fine di determinare, come disse lui, se l'esperienza sessuale più intensa della sua vita fosse stata merito di Shalee o della sua saliva.

Quando lunedì mattina si fermò nel mio ufficio per riferirmi com'era andata la sua visita al club, il nostro editore e capo, Richard Gable, se ne stava andando, dopo aver lasciato scritto un raro "lavoro ben fatto" sull'articolo che avevo consegnato quella mattina sui potenziali pericoli futuri della dieta vegana obbligata dei K.

Diede una pacca sulla spalla di Jay, quando si incrociarono. "Buon pomeriggio, Jay."

Jay gli rivolse un sorriso falso e luminoso, e rispose: "Buon pomeriggio, Dick" proprio come faceva sempre. E come ogni altra volta, Gable gli ricordò che Dick era il nome di suo padre, e che lui si chiamava Gable o Richard.

Era lo scambio di battute più infantile e stupido del mondo, ma qualcosa nel modo di dirlo del mio amico ogni volta gli impediva di farla sembrare una vecchia battuta già sentita mille volte. Scossi la testa e soffocai il sorriso che stava apparendo sul mio viso, finché non fummo soli e Jay chiuse la porta del mio ufficio.

Mi aveva mandato un messaggio domenica sera per sapere come stavo e dirmi che stava bene, affermando di essere troppo stanco per parlare, ma che mi avrebbe raccontato tutto al lavoro il giorno dopo. A giudicare dall'espressione soddisfatta e rilassata sul viso e dalla camminata allegra, sembrava che la visita al club di Vair fosse andata benone.

Scacciai i pensieri sull'extraterrestre e sui miei

sentimenti feriti, e chiesi: "Allora? Com'è andata con Shalee?"

"Alla grande. E prima che tu me lo chieda, *mamma*, la risposta è no, non mi ha morso di nuovo."

Mi sentii sollevata. Avevo fatto giurare a Jay di non lasciarsi mordere nuovamente da un K, dopo quello che avevamo appreso da Stephen.

"Ma abbiamo fatto altre cose." Il suo sorriso si allargò, e il rossore più adorabile si insinuò dal collo alle guance. "E credo... credo che forse la chimica che abbiamo non sia dovuta solo alla saliva."

Dopo aver parlato di Shalee per dieci minuti, continuò a riferirmi ciò che gli aveva raccontato sugli incidenti mortali che si erano verificati nei club-x vicino ai Centri K. Shalee aveva spiegato che poiché su Krina esistevano così pochi Krinar e abbinamenti umani, all'epoca dell'invasione si sapeva poco sulla frequenza e sulla quantità della condivisione del sangue e della saliva tra K e umani. E sfortunatamente, non erano state fatte abbastanza ricerche, prima che la squadra di Vair arrivasse a New York.

Aveva detto a Jay che nel caso di un accoppiamento amoroso tra un Krinar e un umano, la preoccupazione del Krinar per la fragilità umana del charl gli avrebbe naturalmente impedito di esagerare. Ma nel caso di questi incontri più casuali nei club-x, spesso si pensava meno alla sicurezza, perché le azioni erano guidate dalla pura lussuria e il giudizio veniva offuscato dal delirio causato dal morso.

Inoltre, gli umani che frequentavano questi club a

volte facevano sesso con diversi K ogni notte, quindi si facevano prelevare troppo sangue e troppo spesso. Questo spiegava la necessità di un responsabile del rispetto delle regole nel club-x come Tauce—un K abbastanza terrificante da sperare di spaventare e allontanare gli xeno più insistenti e impedir loro di ritornare, al fine di salvarli da se stessi.

Shalee aveva detto poi che la risposta era maggior ricerca e regolamenti più rigidi d'ora in avanti, confermando ciò che Stephen ci aveva rivelato.

"Ascolta, bambina, so che sei arrabbiata e ti senti tradita. E credimi, ero pronto a dare un pugno a Vair per quell'arcaica stronzata aliena sulla proprietà, quando Stephen ce ne ha parlato questo venerdì. Ma dopo aver parlato con Shalee, penso che forse essere sulla lista dei charl non sia così brutto come sembra."

"Jay, mi ha rivendicata come sua *proprietà*."

"Sì, per proteggerti sia dal suo governo che dal nostro, *e* per permetterti di avere successo nel giornalismo, cosa che non avresti mai avuto altrimenti, dato che sia il Consiglio che il nostro governo stavano pianificando di distruggere il tuo articolo sul club-x."

"Ti rendi conto di quello che stai dicendo? Come se mi fregasse qualcosa del successo nel giornalismo, quando il prezzo da pagare è la mia libertà di essere umano."

Roteò gli occhi. "Giusto. Ma, Amy, guardati intorno. Sei seduta nel tuo ufficio, hai appena scritto un altro articolo sui K per *The Herald* e stasera tornerai a casa nel tuo appartamento proprio come hai fatto nelle ultime sette sere, per non parlare del mese scorso, con nessuna interferenza e praticamente nessun contatto da parte di Vair—a parte l'unica volta in cui ti ha fatta andare al suo club-x."

Erano tutte argomentazioni valide che avrebbero dovuto farmi sentire meglio. Ma per qualche ragione, mi sentivo ancora più avvilita.

"Mi ha corretto la vista senza nemmeno chiedermelo."

"Oh, che cattivo." Jay alzò un sopracciglio verso di me. "Ammettilo, non ti sta esattamente trattando come una prigioniera. Ora che ci penso..." Sussultò e succhiò l'aria tra i denti. "Il ragazzo ti ha lasciata in pace per *un mese*, anche dopo averti reclamata sua charl." Scosse la testa, rivolgendomi un'occhiata falsamente compassionevole. "Se mai, forse dovresti preoccuparti che l'abbia fatto solo per essere carino e non perché ti ama davvero."

Non persi tempo a far notare a Jay i suoi ovvi tentativi di simpatizzare con i K, quando cedette alle risate. Gli dissi che ero felice per lui e Shalee, ma che avrebbe fatto bene a togliere quel culo malato d'amore dal mio ufficio, se non voleva che gli tirassi addosso la grossa perforatrice a tre punte.

E fortunatamente per lui, lo fece.

CAPITOLO TRENTA

Ero meno arrabbiata col mondo dopo la chiacchierata con Jay del lunedì. Mercoledì, non avendo ancora ricevuto notizie di Vair, mi resi conto di essere depressa.

Venerdì sera, senza ancora aver sentito mezza parola da parte dell'alieno e con il tempo di Jay monopolizzato da Shalee, mi resi conto di essere sola— anche se ci vollero due bicchieri di vino rosso per poterlo ammettere a me stessa.

Nel mio stato brillo, pensai di togliermi quel brutto pigiama e di prendere un taxi per recarmi al club. Ma misi via la bottiglia di vino e tirai fuori il gelato al cioccolato. Trascorsi il resto della serata a scrivere e a cancellare numerosi messaggi di testo per Vair.

Sabato venne e se ne andò ancora senza alcun contatto. E domenica segnò due settimane dall'ultima volta che avevo visto l'extraterrestre.

A quel punto, cominciai a temere che forse sarebbe

passato un altro mese senza rivederlo. Cominciai persino a chiedermi se il commento canzonatorio di Jay non fosse stato giusto e se forse Vair non fosse poi così preso da me.

Ma poi mi ricordai che *poteva* vedermi.

Così, decisi di dargli qualcosa da guardare. Dopotutto, avevo ricevuto un messaggio da parte sua che mi invitava a tornare nel suo club dopo l'ultima volta che mi ero soddisfatta con le dita nel salotto.

Iniziai un piccolo spettacolo di masturbazione in cucina per riscaldarmi—non sapendo per certo se quella costituisse una "stanza importante," in cui l'alieno aveva impostato la telecamera. Incoraggiata dalla sensazione di potere, indossai un nuovo reggiseno e un paio di mutandine, e mi soddisfeci nella camera da letto.

La mattina dopo, fui entusiasta di svegliarmi con un messaggio di Vair: un altro video con noi come protagonisti. Dopo averlo guardato, mi venne l'ispirazione di esibirmi sul tavolino del salotto—vestita per il lavoro con una camicetta e una gonna aderente.

Lunedì, all'ora di pranzo, ero così eccitata che presi in considerazione l'idea di chiudere a chiave la porta e di offrire a Vair un altro spettacolo proprio lì nel mio ufficio. Fortunatamente, la sanità mentale prevalse e andai a prendere un caffè e un'insalata al bar al piano di sotto.

La giornata lavorativa stava volgendo al termine e le dita mi stavano volando sulla tastiera, quando un

Krinar alto, scuro e dannatamente sexy entrò nel mio ufficio come se fosse il proprietario di *The Herald.*

Aveva già chiuso la porta del mio ufficio e si stava appoggiando con disinvoltura contro di essa, mentre mi sforzavo di respirare normalmente, chiedendomi se fossi impazzita del tutto e lo stessi semplicemente immaginando.

Stordita, mi alzai e uscii da dietro la scrivania, fissandolo incredula.

"Mi sei mancata, Amy."

Sembrava enorme nel mio minuscolo ufficio, quasi bloccando l'intera porta, mentre mi scrutava con quegli occhi scuri intensi e penetranti.

"Ti sono mancato?"

I miei capezzoli risposero prima che trovassi la voce per farlo. I muscoli interni seguirono l'esempio.

"Io—sto lavorando, Vair." Lo dissi tanto per il mio bene quanto per il suo.

Lui sorrise. "Lo so. E ho bisogno di guardarti prendere quello che vuoi. Ora. Mentre lavori." I suoi occhi si rabbuiarono insieme al tono. "Piegati sulla scrivania per me."

Un brivido mi attraversò. E non esitai nemmeno per un secondo. Mi voltai e feci come aveva detto, appiattendo le mani contro il freddo e duro ripiano laminato della scrivania, mentre Vair mi tirava su la gonna intorno alla vita.

Non riuscivo a pensare. Stavo già ansimando, con tutto il corpo caldo, mentre il mio sesso si animava dal bisogno.

"Allarga le gambe, tesoro."

Lo feci.

Emise un verso di approvazione, mentre spostava la mano sul mio sedere nudo strofinandola contro il perizoma umido tra le cosce.

"Più che puoi." L'altra mano premette delicatamente contro la mia schiena, appiattendomi sulla scrivania, mentre mi tirava il perizoma da un lato e infilava due dita dentro di me. Ero così scivolosa che non incontrarono resistenza.

Cazzo, mi era mancato.

"Molto bella" mi lodò, facendo scorrere le dita dentro e fuori, ruotandole e aprendole.

Con la guancia schiacciata contro la fredda superficie della scrivania, i miei occhi con le palpebre semi-chiuse guardavano la porta dell'ufficio—*che non era chiusa a chiave.*

Sentii un forte calore dietro di me e capii che si era sbarazzato dei vestiti in silenzio in quel magico modo in cui li aveva tolti altre volte.

Stava accadendo sul serio. Stava per fottermi nel mio ufficio del *The New York Herald*.

E gliel'avrei lasciato fare.

Nulla di tutto ciò era sano. Niente di tutto ciò era sicuro.

La sicurezza era stata sopravvalutata per troppo tempo.

Tolse le dita e sentii la punta liscia del suo pene spingere dentro di me, dove ero più che pronta ad accettarlo. Agitai i fianchi, incoraggiando il suo ingresso.

"Ecco, angioletto. Proprio così. Voglio vederti portarmi dentro."

Mi aggrappai ai lati della scrivania e ondeggiai contro di lui, fin quando la larga punta del suo fallo non spinse lentamente dentro.

"Così perfetta." Espirò, ed era il sospiro più carnale che avessi mai sentito. "Voglio che ti distendi intorno a me."

Mi morsi il labbro e soffocai un gemito, mentre le sue dita si muovevano sul tessuto della gonna tirata su per accarezzarmi tra le pieghe divise nel punto in cui eravamo uniti.

"Così scivolosa per me." Il suo pollice fece dei cerchi sul mio clitoride. "Prendimi tutto, tesoro."

Tutto questo era folle.

Ero impazzita completamente.

Immaginai Vair fissare le mie zone intime alla luce abbagliante che filtrava dalla finestra dell'ufficio. Guardarmi mentre mi impalavo lentamente sulla sua enorme erezione aliena.

Durante l'orario d'ufficio.

Con la porta non chiusa a chiave.

Avevo bisogno di farmi controllare la testa.

"Di più, amore." Premette il pollice, giocherellando con la mia carne gonfia e palpitante. "È tutto per te."

Emisi un leggero grugnito, mentre scivolavo all'indietro, allungandomi intorno alla parte più spessa del suo membro, fino a sentire le sue palle premute contro il mio nucleo bagnato.

Gemette. "Una piccola umana davvero brava."

La sua condiscendente tenerezza non avrebbe dovuto scaldarmi il cuore così tanto. Né avrebbe dovuto spingermi a contrarmi e ad agitarmi nuovamente intorno a lui.

Ero spacciata.

Una spudorata dipendente dai K tutta presa da Vair.

"Muoviti su di me."

Era un ordine.

Obbedii senza fare domande.

Alzandomi in punta di piedi, poi di nuovo sui talloni, mi dondolai avanti e indietro su di lui. Le sue dita mi strofinavano e pizzicavano il clitoride. L'altra mano mi accarezzava la parte posteriore delle cosce e il sedere.

"Così. Più veloce, cara. Fammi vedere che prendi quello che vuoi. Non aver paura."

Con le nocche bianche ai lati della scrivania, mi lasciai andare, ondeggiando avanti e indietro, deliziandomi di ogni suo rigido centimetro, mentre il grosso pene spingeva dentro e fuori da me.

Stavo già sudando. La scrivania economica aveva cominciato a emettere degli scricchiolii sotto lo sforzo dei miei movimenti. Gli schermi del computer barcollavano e tintinnavano sulla scrivania.

Tuttavia, accelerai al suo comando.

Sapendo che qualcuno avrebbe potuto sentirci. Che qualcuno avrebbe potuto scoprirci.

Perché non riuscivo a fermarmi.

"Più forte." Le sue dita affondarono nella carne della mia natica. "*Più in profondità.* Voglio sentirti venire su tutto il mio cazzo." La sua voce sembrava meno controllata. Più urgente.

Poi, iniziò a emettere un suono basso, prolungato e profondo nel petto. Le sue dita si fecero meno gentili sul mio clitoride. Il grande palmo mi afferrò il sedere in una morsa graffiante.

Sapevo che si stava trattenendo—ignorando il suo istinto predatore di entrare dentro di me in modo veloce e duro per il solo gusto di guardarmi prendere ciò che volevo.

E questo mi rese ancora più sexy per lui, mentre ondeggiavo avanti e indietro, con il corpo desideroso che inghiottiva ogni centimetro duro e spesso.

"Fottimi come se non ne avessi mai abbastanza, Amy" ringhiò.

Qualcosa nella mia psiche si ruppe davanti alla dura verità di quelle parole, e gridai, quando all'improvviso andai in frantumi, con i movimenti sgraziati e spasmodici, e l'orgasmo mi travolse.

La sua mano mi avvolse la bocca, e spinse i fianchi dentro di me. Il suo fallo sembrava essersi gonfiato incredibilmente, e i colpi erano rudi e profondi, mentre le mie pareti interne si muovevano e si stringevano intorno a lui, cavalcando le ultime ondate della mia estasi.

Le gambe mi tremavano per lo sforzo, e tutto il corpo sembrava una bambola di pezza, mentre si tirava fuori e mi metteva in ginocchio di fronte a lui. Il suo cazzo spinse oltre le mie labbra ansimanti nella parte posteriore della gola senza preamboli, e versò il seme caldo, mentre soffocavo e inghiottivo di riflesso.

La sua essenza Krinar mi colpì la gola e si depositò nello stomaco, portando con sé la dura realizzazione di ciò che avevo appena fatto e dove.

Ma prima che il completo rimorso post-coito potesse insinuarsi, l'alieno gemette dal piacere e pronunciò le sole parole capaci di eclissare l'orrore di tutto il resto in quel momento.

"*Fanculo*. Ti amo, piccola umana."

Avevo sempre avuto reazioni imbarazzanti e strane a quelle due parole. E non mi era mai capitato nemmeno una volta di immaginare che potessi sentirle da Vair—un *Krinar*—un membro della specie aliena nemica che deteneva il potere.

Ero in stato di shock, quando Vair si ritirò dalla mia bocca, mi sollevò dal pavimento, e procedette a sistemarmi delicatamente i vestiti e i capelli.

Poi, mi fece sedere sulla scrivania.

"Stai bene?"

Non risposi, con la mente troppo occupata a scacciare la sua rivelazione.

Mi prese il viso tra le mani e lo portò al suo. "Amy, ho fatto insonorizzare il tuo ufficio settimane fa. Zyrnase è fuori dalla tua porta. Va tutto bene. Nessuno ci ha visti o sentiti."

Soppressi una risatina nervosa alla sua rivelazione. Era al contempo confortante e inquietante venire a sapere che aveva preso delle precauzioni—e che si era preso la *libertà* di insonorizzare il mio ufficio.

E perché no? Si era già preso quella libertà di ficcare il naso con ogni sorta di attrezzatura di sorveglianza avanzata.

Scossi la testa. Deglutii. "Non possiamo... non possiamo farlo. Mai più."

La dolce preoccupazione che avevo scorto nei suoi occhi si trasformò in qualcosa di più freddo. Di più oscuro. "E perché?"

Allontanai le sue mani dal mio volto. "Non è giusto. Tutto questo non è normale. Non è sano."

"E cosa *è* normale, Amy? Che cos'è sano?" Fece un passo indietro, incrociando le braccia sul petto. "Puoi definirlo per me, per favore? Perché mi piacerebbe sentirti descrivere questa relazione 'normale' e 'sana' e spiegare perché la nostra non possa qualificarsi come tale."

"Non abbiamo una... relazione. Mi stai ricattando per fare sesso con te. Tutto quello che c'è tra di noi è basato sulla manipolazione e sulla coercizione."

I suoi occhi brillarono. "Quindi, hai odiato ogni minuto di questo? Hai sopportato ogni orgasmo che ti ho provocato sotto costrizione?"

Distolsi lo sguardo. "Sai che non è così. È complicato."

"Stai evitando la mia domanda. Dimmi che cos'è sano. Descrivi come funziona una relazione normale."

"Non ho bisogno di farlo."

"No. Non sai *come farlo*" ribatté. "Quindi, preferiresti buttar via quello che abbiamo, anche se lo vuoi, perché non pensi che sia ciò che *dovresti* volere."

Mi stava facendo girare la testa. "Non ho bisogno che mi psicanalizzi" sbottai, guardandolo di nuovo. "Non sono una delle tue 'pazienti' del club-x o qualche xeno dipendente da te."

Ma lo ero. Totalmente.

E lui mi amava.

No, non ci pensare.

Serrò la bocca. "E se ti mandassi quotidianamente e-mail terrificanti, avvertendoti di tutti i pericoli che si celano dietro ogni angolo dell'universo? Questo renderebbe la nostra relazione più *normale* per te? Sarebbe sano? Se terminassi ogni comunicazione telefonica e via e-mail con te dicendoti 'fai attenzione' o 'sii prudente,' questo ti farebbe sentire amata?"

"Mi stai ricattando." Ripetei l'ovvio. "Non puoi costruire una relazione su un ricatto."

Un pizzico di divertimento illuminò il suo sguardo. "Pensavo che la nostra fosse costruita sul fondamento di essere figli unici."

"Vair, non è affatto divertente."

"Hai ragione." Il fastidio esplose nei suoi occhi scuri e mutevoli, insieme ad un'altra emozione di cui non ritenevo un Krinar capace: era ferito. "Il fatto che continui a credere al mio trucco del ricatto—che continui a credere che prenderei davvero in considerazione la possibilità di condividere le riprese video private con il pubblico è tutt'altro che divertente per me."

"Trucco?" Socchiusi gli occhi. "Intendi dire—"

"Amy, come ho già spiegato, i tuoi genitori ti hanno

programmata per rispondere alla paura, alle minacce di pericolo e alle intimidazioni." La sua voce era acuta e arrabbiata, cosa che tradiva l'indifferente alzata di spalle. "Naturalmente ne ho approfittato, sapendo che era il mezzo più rapido per farti tornare nel mio club."

Rimasi a bocca aperta. "Approfittato? È solo un modo più raffinato per dire che mi hai ingannata."

"Esattamente." Puntò un dito accusatore verso di me. "E indovina un po'? Ti è piaciuto. Ti sei rallegrata all'idea che *io* mi fossi assunto la piena responsabilità e sopportassi tutti i sensi di colpa per il nostro accordo, permettendoti di indulgere in quelle che consideravi fantasie inappropriate. A prescindere da quello che abbiamo fatto, sapevi che avresti potuto dare la colpa a me, e questo lo ha reso piacevole per te."

"Non è vero!"

"Amy." Mi diede un'occhiata da sergente.

Oh, bene. "Come vuoi. Quindi, forse *in parte* mi è piaciuto. Non importa. Non cambia il fatto che non siamo ancora compatibili. Diamine, le nostre specie non possono nemmeno procreare. Shalee ha detto a Jay che le coppie umane e Krinar non possono avere bambini."

L'extraterrestre inclinò la testa, sollevando l'angolo della bocca in un sorriso che mi fece sobbalzare. "No. *Non ancora.*" Il suo sguardo caldo si soffermò sul mio seno. "È interessante che tu abbia pensato a questo, quando non vuoi avere niente a che fare con me e la mia manipolazione e coercizione."

Si sporse in avanti, invadendo il mio spazio e

ingabbiandomi, mentre piantava una mano su entrambi i lati dei miei fianchi sopra la scrivania.

"Quindi, ora obietti al fatto che stiamo insieme, perché i Krinar e gli umani non sono ancora compatibili per la procreazione?" La sua voce era bassa e gutturale, i suoi occhi profondi, mentre chiedeva: "Stai dicendo che vuoi dei figli da me?"

Sentii le mie guance avvampare. "No, non sto dicendo questo."

"Ci sono innumerevoli coppie umane incapaci di procreare. Questo le rende incompatibili?"

"Ovviamente no. Smetti di stravolgere le cose. Sto semplicemente sottolineando che non apparteniamo nemmeno alla stessa specie—che proveniamo letteralmente da due mondi diversi."

"Sì, e non siamo la prima coppia umana-Krinar ad accoppiarsi, Amy. E sicuramente non saremo l'ultima."

Gli poggiai una mano sul petto, mentre avvicinava la testa, con il naso a un filo di distanza dal mio. La mia voce emerse affannosa, mentre blateravo l'ultimo ostacolo mi venisse in mente. "E i miei genitori, Vair? Non potrei mai spiegare questo—*te*—a loro."

Mi prese il viso tra le mani, sollevandolo. "Ci ho già pensato, tesoro." Il suo naso strofinò il mio. "Diremo che ti sto ancora ricattando, hmm?" Sentii il suo sorriso contro le mie labbra, mentre mi sfiorava dolcemente.

"Sei malato" sussurrai, ricambiando il bacio. Quando mi tirai indietro per riprendere fiato, gli dissi sinceramente: "Ti odieranno."

Annuì. "Beh, sono pronto a ricattarli direttamente,

se necessario. Pensi che la minaccia di un campo di lavoro umano costaricano renderà l'idea di un proprietario di un sex club Krinar di ottocentoquarantasette anni come genero più appetibile per loro?"

Mi lasciai sfuggire una risatina isterica e scossi la testa, anche se rabbrividii per come sarebbe apparsa ai miei genitori la descrizione del mio amante E.T.

"Non conosci mia madre, allora." Mi morsi il labbro. "Temo che questo richiederà più video fasulli di YouTube su quanto i K apprezzino il gusto del cervello umano."

"Oh, e io sono quello malato?" disse ridendo.

Scrollai le spalle.

"Beh, cara... per te, penso che possa essere organizzato."

PARTE TRE

CAPITOLO TRENTUNO

Stava accadendo davvero?

Mi pizzicai il naso. Con discrezione, naturalmente —ma Vair—che notava *assolutamente* tutto di me—se ne accorse, e un sorriso da satiro gli fece piegare gli angoli della bocca piena e pericolosamente sexy.

"Sì, è tutto vero, piccola umana" sussurrò maliziosamente. "E prometto che non *li* mangerò. Mangerò solo *te*, ok?"

Un violento rossore si insinuò nel mio collo. "Zitto" sibilai, prendendogli la mano e stringendola con tutta la mia debole forza umana. "Ci sentiranno."

Eravamo davanti alla casa dei miei genitori a Skaneateles, dove io e Vair avremmo cenato con la mia famiglia per la prima volta. Se non fosse stato per i nanociti Krinar nell'organismo, avrei pensato che le palpitazioni che avevo fossero dovute a un prematuro attacco di cuore.

Ma secondo lui, non potevo più avere un infarto. O

qualsiasi altra malattia umana, che apparentemente includeva l'invecchiamento. Ora che ero ufficialmente la sua charl, con i nanociti e tutto il necessario, ero immune a *tutto*, compresa la morte per invecchiamento.

Non ci avevo ancora riflettuto a fondo, e non sapevo se presto l'avrei fatto. Era abbastanza che stessi frequentando Vair—una vera e propria frequentazione—da due mesi, da quando si era presentato nel mio ufficio e mi aveva piegata sulla scrivania, fottendomi le cervella fino a spingermi ad accettare quella follia.

Non che lui considerasse ciò che stavamo facendo una "frequentazione." Ai suoi occhi, stavamo semplicemente insieme. Per sempre. Non era il mio *ragazzo*. Oh, no. Quello sarebbe stato troppo diretto ed egualitario. Era il mio *cheren*—che, se avevo capito bene il termine Krinar, significava che praticamente possedeva il mio culo.

Ma in un modo amorevole, premuroso, e responsabile nei miei confronti.

Non avevo riflettuto nemmeno su quella parte, né avevo alcuna fretta di farlo. Vair si *comportava* come il mio fidanzato—seppur della varietà stalker, registratrice di ogni mia mossa, ridicolmente possessiva—e questo mi stava bene. Continuavo a lavorare a *The Herald*, dove finalmente avevo ottenuto un paio di incarichi importanti, e il resto del tempo lo trascorrevamo insieme, andando fuori a cena nei migliori ristoranti della città, visitando parchi e musei, e uscendo con Jay e la sua fidanzata Krinar, Shalee (*lei* non aveva problemi con quell'etichetta). Tutto questo quando non facevamo una malsana quantità di sesso sconvolgente e non standard nel suo attico oscenamente lussuoso o nella sua perversa "struttura per la ricerca"—vale a dire, il club-x.

"Che cosa ti ha fatto decidere di diventare un comportamentista umano?" Gli avevo chiesto qualche settimana fa a colazione, dopo essermi svegliata ancora esausta per aver osservato un'orgia nel club-x durata tutta la notte (mentre venivo scopata da Vair fuori dalla vista dei partecipanti all'orgia, naturalmente). "Senza offesa, ma non avrei mai detto che fossi uno scienziato."

"Oh?" Aveva inarcato le sopracciglia. "Che cosa pensavi che fossi?"

"Oh, non lo so..." Se quello fosse stato il periodo vittoriano, l'avrei etichettato come un libertino dell'alta società, ma era una sciocchezza, così avevo preferito non dirlo ad alta voce. "Il *vero* proprietario di un sex club?"

I suoi denti avevano brillato per un attimo, dopo aver preso una fragola. "*Sono* veramente il proprietario di un sex club; non c'è nulla di falso riguardo al mio club. E come sai"—quei denti erano affondati seducentemente nella succosa bacca—"mi piace molto la ricerca che facciamo lì."

Ignorando la reazione del mio corpo a quell'affermazione, così come il desiderio primordiale di leccare il succo della fragola dal suo delizioso labbro inferiore, avevo decisamente insistito. "Sono seria, Vair.

Che cosa ti ha fatto scegliere quella professione? La prima volta che ci siamo conosciuti, hai detto che eri annoiato su Krina. Mi stavi solo prendendo in giro? Stavi recitando la parte del playboy Krinar che soffriva di noia?"

Aveva ridacchiato, ma poi la sua espressione era diventata più seria. "No, tesoro. Non ho mai finto di essere qualcosa di diverso da quello che sono con te. *Ero* annoiato su Krina. Niente era in grado di appassionarmi a lungo, quindi per la maggior parte della mia vita sono stato un dilettante, passando da un campo all'altro senza trovare veramente me stesso o dare un contributo importante. È stato solo quando il nostro Consiglio ha deciso di venire sulla Terra che ho scoperto il campo poco esplorato del comportamento umano, che è diventato la mia passione. Voglio dire, finché la mia passione non sei diventata *tu*, piccola umana, con il comportamento irrazionale e tutto il resto."

Gli avevo gettato in faccia una bacca a quel punto, ma più per l'imbarazzo nel sentir confermati i sentimenti che provava che per una vera e propria rabbia per esser stata definita "irrazionale."

Perché lo *ero*.

Ero pazza e irrazionale, quando si trattava di lui.

Per prima cosa, anche se Vair diceva spesso di amarmi—o sparava qualche variazione di quelle parole —non avevo ancora trovato il coraggio di dirgli cosa provavo *io*. Che anche quando eravamo nel bel mezzo della più eccitante sessione di sesso sporca e perversa, ero acutamente consapevole di un sottotono crescente di tenerezza tra noi, di una connessione così profonda da sembrare che fosse incorporata nel mio midollo osseo. Per qualche ragione, avevo taciuto su quanto stesse iniziando a mancarmi quando ero al lavoro, anche se l'avevo visto quella stessa mattina, e sul fatto che quando non eravamo insieme, controllavo il telefono ogni minuto, sperando di ricevere un suo messaggio.

Un messaggio orribilmente inappropriato che mi avrebbe fatta avvampare, che mi avrebbe fatto desiderare di affondare nel pavimento e provocato l'orgasmo al tempo stesso.

Questo mi rendeva una vigliacca, ne ero certa, ma era stato molto più facile quando consideravo Vair un mascalzone. *Quando mi ricattava per farmi fare ciò che voleva.*

E sì, avrei potuto ammetterlo ora. Sicuramente, dato che era un comportamentista, aveva trovato l'approccio giusto da usare con me. Avevo avuto bisogno delle sue implicite minacce per superare le paure cucite dentro di me dai miei genitori, per combattere la mia naturale inclinazione ad evitare tutto ciò che era diverso e spaventoso.

Un'inclinazione contro cui stavo ancora lottando, in piccola misura—da qui la mia incapacità di ammettere a lui quanto stessi cominciando ad averne bisogno.

Quanto mi stessi innamorando, nonostante la persistente paura dell'ignoto.

"Sei pronta?" mi chiese, distogliendomi dai pensieri meditabondi indotti dalla visita ai miei genitori. Sorridendo, mi strinse la mano—ma delicatamente, in modo da non schiacciare le mie fragili ossa umane. Dovevo dare ancora l'impressione di essere sul punto di vomitare, però, perché si portò la mia mano alle labbra e mi diede un dolce bacio sulle nocche. "Andrà tutto bene, tesoro, te lo prometto. Mi adoreranno. E se non lo faranno, ci sono sempre quei video su YouTube in cui mangiamo il cervello..."

Annuii, poco convinta, ma era troppo tardi ormai.

Vair stava già premendo sul campanello.

CAPITOLO TRENTADUE

Fu un disastro.

Sapevo che lo sarebbe stato, naturalmente, ma Vair aveva insistito per quella visita, ed eccomi lì, ad affondare la forchetta nel mio piatto di broccoli scotti, mentre mamma mi fissava con occhi arrossati e accusatori, e papà alternava tra balbettate domande imbarazzate sulla nostra frequentazione ed eccessive bevute di vino.

In parte, era colpa mia. Avevo iniziato a parlare dell'alieno ai miei genitori senza troppi preamboli. Pur avendo ammesso di avere un nuovo fidanzato, solo la scorsa notte avevo finalmente confessato la verità ai miei genitori.

Alle 9:38 di sera, quando mamma aveva telefonato per ricontrollare a che ora saremmo venuti oggi, avevo rivelato che Vair era un K.

L'isteria che era seguita fu la peggiore alla quale

avessi mai assistito, e questo avrebbe dovuto farmi aprire gli occhi.

"Ti ucciderà! Ti ucciderà nel sonno!" Mamma aveva singhiozzato nel telefono, mentre papà mi aveva riempito la casella di posta con link a tutti gli articoli negativi sui K—alcuni dei quali erano miei. "Ti spaccherà il cranio, ti prosciugherà il sangue e—"

"Non lo farò, ve lo prometto" aveva interrotto Vair, prendendo il telefono da me, e quello aveva dato il via a una serie di urla che dovevano aver raggiunto l'Alabama.

A quel punto, mi ero reimpossessata del telefono e avevo trascorso le due ore successive a calmare i miei genitori, raccontando loro di quanto l'extraterrestre mi trattasse bene e di come non avesse mai e poi mai mangiato cervelli umani, nemmeno quando era veramente affamato. Dopo aver finalmente riattaccato, avevo tenuto il telefono accanto a me, perché conoscevo mia madre—e sicuramente, mi avrebbe richiamata altre sei volte durante la notte, piangendo e implorandomi di fuggire e andare a chiedere aiuto, perché, oh, perché l'FBI non avrebbe ascoltato la sua insistenza sul fatto che fossi stata rapita e non avrebbe mandato una squadra SWAT a salvarmi.

Quindi sì, era stata una bella nottata.

Ed eccoci qui ora, nella casa dei miei genitori, con mia madre che aveva servito il pasto più insipido e meno appetitoso che le avessi mai visto preparare. Sospettavo che fosse la sua versione del "fanculo, malvagio K." Forse, sperava che Vair deducesse che i broccoli scotti fossero una minaccia di come sarebbe stato ridotto *lui*, se mai mi avesse fatto del male?

Non ne ero sicura, ma era imbarazzante comunque.

"*Scusa*" sussurrai a Vair, quando mia madre andò con mio padre in cucina per prendere altra acqua e altro vino—per mandar giù il sapore del cibo sgradevole. "Non so perché l'abbiano fatto."

Feci un gesto impotente verso il tavolo, dove oltre ai broccoli scotti, patate poco cotte e dell'uva rovinata dall'aspetto avariato si trovavano in una scodella—apparentemente destinate al dessert.

Gli occhi scuri dell'alieno brillarono dal divertimento. "Non preoccuparti, tesoro. Ci vuole più di un brutto pasto per spaventarmi."

E così, aveva interpretato le azioni di mia madre nello stesso modo in cui le avevo interpretate io, anche se non sapeva che normalmente era una brava cuoca che si era dimostrata all'altezza della sfida di una dieta a base vegetale.

A meno che...

Strinsi gli occhi su di lui. "Ci sono telecamere anche nella casa dei miei genitori?" Sibilai, quasi sussurrando, stringendo il tavolo mentre mi chinavo più avanti. "Hai controllato anche loro?"

Era per questo che sapeva che quello era un pasto cattivo e non la solita cena di mia madre?

Il divertimento nel suo sguardo si accentuò. "Secondo te?"

Uh. Naturalmente. Provai un'ondata di indignazione per conto dei miei genitori, ma non ebbi la possibilità di esprimerla a parole, perché mia madre tornò, portando due bicchieri d'acqua—che poggiò sul tavolo davanti a noi così forte che un po' di liquido fuoriuscì dal bordo.

Papà era alle calcagna, con in mano una bottiglia di vino e un vassoio con un brownie dall'aspetto carbonizzato.

Quindi, c'era un dessert oltre all'uva poco appetitosa.

"Grazie, mamma" dissi, sollevando il bicchiere per bere un sorso d'acqua. Poi, mi venne in mente che forse aveva sputato nel bicchiere di Vair—o aveva messo qualcosa di cattivo nel suo cibo, in generale—ma scacciai quel pensiero.

Anche se avesse fatto qualcosa di così terribile, non si sarebbe di certo ammalato per questo.

"Allora, Vair..." disse papà dopo aver bevuto un altro bicchiere di vino. "Quali sono le tue intenzioni nei confronti di nostra figlia?"

Chiusi gli occhi e pregai per uno dei trucchi di Vair sulla dissolvenza del pavimento/muro, così da poter sprofondare nella cavità e scomparire.

"Beh" disse l'extraterrestre, assolutamente calmo: "Sono innamorato di vostra figlia, Signor Myers, quindi spero in una relazione a lungo termine con lei."

Aprii leggermente gli occhi e verificai.

Sì. Nemmeno un accenno di disagio o imbarazzo su quel suo viso perfetto, nessuna traccia di ironia.

Sembrava sincero. *Serio.* Come un Boy Scout che spera di ottenere l'approvazione del suo Capo Scout.

E mio padre era compiaciuto, annuendo come se fosse in totale accordo.

Sgranai gli occhi, quando mamma parlò con Vair per la prima volta, con voce leggermente più acuta del solito. "Come funziona una cosa del genere, esattamente? Appartieni a un'altra *specie*." Sottolineò l'ultima parola, facendola sembrare qualcosa di sporco.

"Sì, è così, ma non importa" disse l'extraterrestre, rivolgendole un sorriso attentamente modulato. Uno che mirava a rassicurare e disarmare. "Sono sicuro che ricorderete un periodo nella storia dell'umanità in cui le persone la pensavano nello stesso modo riguardo alle unioni tra razze diverse."

Le guance lentigginose di mia madre arrossirono. Nonostante vivesse in una zona al novantotto per cento bianca, si vantava di essere "indifferente" alle razze. "N-non è..." balbettò lei. "Voglio dire, non è *affatto* la stessa cosa."

"Perché?" chiese Vair, in tono gentile. "Se amo vostra figlia e lei ama me, che cosa c'è di sbagliato se stiamo insieme?"

Mamma lo fissò, senza parole per una volta, e capii che avevo la stessa espressione—un'espressione esterrefatta, uno sguardo del tipo "cervo davanti ai fari" di illogica paura che si confrontava con una logica inconfutabile. Il cuore mi martellava nel petto e strinsi la mano a pugno sotto il tavolo, mentre le parole dell'alieno mi colpivano in profondità, scavalcando gli strati di stronzate che avevo usato come mia difesa.

Un Krinar e un'umana, innamorati. Che cosa c'era di sbagliato in questo?

Perché mi stavo opponendo così tanto?

Perché ero così spaventata di ammettere cosa provavo?

Per alcuni lunghi momenti, nessuno disse nulla, con il silenzio che si allungò fino a sembrare una corda sul punto della rottura.

Poi, papà si schiarì la voce. "Uhm... qualcuno vuole un po' di vino?"

"Volentieri" disse tranquillamente Vair, come se fossimo tutti amici qui, e mentre mamma, tremando, allungava il suo bicchiere di vino vuoto, tenendolo accanto a quello dell'alieno, fissai il mio Krinar, capendo—*no, percependo*—la verità.

Non saremmo stati della stessa specie, ma si comportava con i miei genitori come un capo.

ERA TARDI QUANDO ARRIVAMMO A CASA, MA MI SENTIVO eccitata piuttosto che stanca, carica di energia nervosa.

"Lo abbiamo fatto. Riesci a crederci?" borbottai, mentre Vair mi conduceva nel suo attico. Non ero riuscita a chiudere il becco per l'intero tragitto verso casa. "E oh mio Dio, l'espressione sul volto di mamma quando li hai invitati a New York per il Ringraziamento... Scommetto che hanno pensato che avresti detto su 'Krina.' E poi, quando papà ha assaggiato quell'orribile brownie e lo ha letteralmente sputato... Pensi che mamma avesse *davvero* scambiato il sale con lo zucchero, come ha affermato di aver fatto per sbaglio? Voglio dire, tutta quella quantità? Sapeva di sale, ma mi è sembrato un po' troppo estremo, anche per lei. E poi—"

"Amy." Gli occhi scuri dell'alieno avevano un'espressione vagamente predatrice, quando mi fermò premendomi un dito sulle labbra. "Calmati, cara."

Spalancai gli occhi, quando proseguì col suo trucco di sparizione dei vestiti—dei miei abiti e dei suoi—e la mia gola si seccò, fissando la perfezione maschile messa a nudo davanti a me.

Mi sarei mai abituata a lui?

Era possibile abituarsi a qualcuno così bello?

Era già duro, col suo magnifico pene che si curvava fino all'ombelico e ogni muscolo sul grande corpo cesellato con una precisione inumana. Ma fu l'espressione sul suo volto che mi tolse il fiato—un mix di cupa lussuria e tenerezza sfrenata, di desiderio e pura adorazione.

Chinandosi in avanti, mi incorniciò il viso con i grandi palmi, e le mie viscere si strinsero dall'attesa, mentre le sue labbra sfioravano le mie... una, due volte, e poi ancora. Il suo alito era caldo e sapeva leggermente di vino, la lingua morbida e liscia mentre mi entrava in bocca, mi assaggiava, mi stuzzicava. Piegai le mani attorno ai suoi solidi polsi, e il cuore mi martellò nella cassa toracica, mentre una vampata di calore si diffondeva sulla mia pelle e un dolore vuoto prendeva vita nel cuore.

Avevo bisogno che mi scopasse.

Ora.

Prima, però, avevo bisogno di dirgli qualcosa di importante—qualcosa che mi era pesato per tutto il tragitto verso casa, scuotendomi i nervi e facendomi parlare a ruota libera.

Qualcosa che avrei dovuto dirgli da molto tempo, ma che ero stata troppo stupida da ammettere.

Respirando a fatica, interruppi il bacio e mi distaccai. "Vair..." Nonostante la determinazione, la mia voce tremò quando lo fissai, tenendogli ancora i polsi come se potessi trattenerlo. "Vair, io..."

Sosteneva il mio sguardo, con la tenerezza negli occhi che si intensificava. "Sì, tesoro?"

Lui sapeva. Certo che sapeva.

Fin dall'inizio, mi aveva capita—ancora meglio di quanto io avessi capito me stessa.

"Ti amo" dissi, con voce ferma, man mano che il nervosismo svaniva, sostituito da un'ondata di puro, vero sentimento. "Amo tutto di te, Vair, e voglio che facciamo un vero tentativo—indipendentemente da quello che pensino i miei genitori o chiunque altro."

"Davvero?" mormorò, con un lento e caloroso sorriso che gli piegò le labbra sensuali, e mentre si allungava di nuovo verso di me, chinando la testa per reclamarmi con un bacio vorace, capii che era così.

In un club-x di New York, avevo trovato la mia metà.

Un Krinar che amavo con tutto il mio cuore.

EPILOGO

Sei Anni Dopo

"SEI PRONTA?" CHIESE VAIR, STRINGENDOMI LA MANO, E annuii, mentre respiravo profondamente e facevo un rapido controllo.

Stavo per vomitare? *No.*

Svenire? *Improbabile.*

Urlare come un'adolescente che incontra il proprio idolo? *Molto probabile.*

Non potevo farne a meno, però. Tra un minuto, saremmo entrati in un incontro virtuale con la coppia umana-Krinar la cui tumultuosa storia d'amore aveva recentemente sconvolto la popolazione dei due pianeti.

Korum e Mia.

Il più potente K del Consiglio e la ragazza umana che lui aveva *sposato*.

"Ti adoreranno" mi assicurò l'alieno. "Il tuo manoscritto li ha lasciati senza parole, e sanno che nessuno farebbe un lavoro migliore con la loro storia."

Deglutii, cercando di calmare il cuore ribelle, che insisteva nel martellarmi come un picchio nella gola.

Potevo farcela. Potevo assolutamente, sicuramente farcela. Quindi, che cosa importava che fossero più importanti di qualsiasi altra celebrità? O che Korum fosse stato la forza trainante dietro l'invasione della Terra da parte dei K?

Vair credeva in me—abbastanza da sfruttare tutta la benevolenza che la sua ricerca aveva generato presso il Consiglio dei Krinar per fare questo incontro—e non ero più una giornalista principiante. Negli ultimi sei anni, avevo intervistato altri Krinar di alto livello, oltre a funzionari del governo umano e membri della Resistenza. I miei articoli, racconti e reportage erano ampiamente riconosciuti per essere ben documentati e acuti, e il mio primo romanzo di saggistica—l'insolita storia d'amore di Emily Ross e del suo cheren, Zaron—stava per essere pubblicato.

Ero una vera professionista, e non avevo motivo di essere nervosa.

Oltre al fatto che quello sarebbe staro il più grande scoop giornalistico di sempre.

Bene. "Facciamolo" dissi con fermezza, e mentre Vair mi sorrideva, il mondo divenne sfocato.

Combattendo le vertigini, chiusi gli occhi, e quando li riaprii non ero più nell'attico dell'extraterrestre a New York.

"Amy Myers e Vair, presumo" disse un Krinar alto e minaccioso con singolari occhi dorati, che mi fissava da un lungo tavolo fluttuante.

I miei nervi si calmarono, quando mi sentii scivolare nel personaggio di giornalista. Con un'occhiata esperta, osservai la piccola ragazza umana al suo fianco e la stanza color avorio illuminata dal sole in cui eravamo virtualmente seduti.

Una stanza nella casa di Korum su Krina.

"Esattamente" risposi senza problemi, inclinando la testa verso la coppia in un gesto di rispetto. Sapevo che sarebbe stato meglio evitare la stretta di mano con un maschio K. Vair sarebbe stato tentato di ucciderlo sul posto. "E voi dovete essere Korum e Mia."

"Siamo noi" rispose la ragazza, sorridendomi. I suoi occhi erano sorprendentemente azzurri, in netto contrasto con i capelli scuri e selvaggiamente ricci, e il sorriso era del tutto radioso sul viso delicato. "Siamo così felici di conoscerti, Amy. E di conoscere te, Vair, ovviamente."

Un braccio pesante mi scivolò intorno alla vita, e alzai gli occhi per vedere Vair inclinare la testa, mentre parlava: "Un vero piacere, ne sono certo."

Mi trattenni appena dal roteare gli occhi. *I K e la loro ridicola possessività.* Korum stava tenendo Mia ancorata al proprio fianco come se potesse scappargli, quindi ovviamente Vair doveva comportarsi nello stesso modo con me. Non aveva alcuna importanza che quella avrebbe dovuto essere un'intervista seria, o che entrambi i K sapessero razionalmente che nessuno dei due aveva un interesse nei confronti della charl dell'altro. O che fossimo tutti lì virtualmente, e che i nostri veri corpi fossero su pianeti diversi.

I loro istinti territoriali mettevano in secondo piano la razionalità o la ragione.

"Allora, Korum" dissi, concentrandomi sul compito da svolgere: "Che ne dici se iniziamo dal principio? Come vi siete conosciuti tu e Mia la prima volta?"

Lui la guardò, e notai i suoi splendidi lineamenti addolcirsi. Non molto, ma quanto bastava per trasmettere ciò che tutti coloro che avevano visto una registrazione del loro sontuoso matrimonio sapevano già.

Avrebbe fatto esplodere intere galassie per lei.

"Vuoi fare gli onori di casa, dolcezza?" chiese piano, e lei gli sorrise, con il piccolo viso che si illuminò.

"Se insisti." Continuando a sorridere, la ragazza si voltò verso di me. "È una lunga storia. Non so se un solo libro sarebbe sufficiente."

"Se così non fosse, allora scriverò due o tre libri" la rassicurai. "Non è un problema."

E mentre la ragazza umana si lanciava nella sua storia, annotai: *"L'aria era frizzante e fresca, mentre Mia camminava a passo svelto lungo un sentiero tortuoso di Central Park..."*

Grazie per aver letto la storia di Amy & Vair! Spero che vi sia piaciuta e vi sarei davvero grata, se poteste lasciare una recensione.

Volete leggere altri libri sexy sui Krinar? Vi consiglio:

- *Le Cronache dei Krinar* - La storia d'amore di Mia & Korum
- *La Prigioniera dei Krinar* - La storia d'amore standalone di Emily & Zaron, ambientata poco prima dell'invasione
- *Travolta* - Un breve racconto sull'incontro tra Arus e Delia nell'antica Grecia

Vi piace il lato oscuro del romance? Leggete questi appassionanti libri di Anna Zaires:

- *La Trilogia Strapazzami* - la storia di Julian & Nora.
- *La Trilogia Catturami* - la storia di Lucas & Yulia.
- *Il Mio Tormentatore* - la storia di Peter & Sara.

Collaborazioni con mio marito, Dima Zales:

- *I lettori di pensieri* – Fantasia urbana

Se desiderate ricevere una notifica quando uscirà il prossimo libro, iscrivetevi alla mailing list di Anna delle nuove pubblicazioni sul sito www.annazaires.com/book-series/italiano.

E ora, voltate pagina per un breve assaggio de *La Prigioniera dei Krinar* di Anna Zaires.

ESTRATTO DA LA PRIGIONIERA DEI KRINAR

Nota dell'Autore: *La Prigioniera dei Krinar* è uno standalone che si svolge circa cinque anni prima della trilogia sulle *Cronache dei Krinar*.

Emily Ross non si sarebbe mai aspettata di sopravvivere alla caduta mortale nella giungla della Costa Rica, e sicuramente non avrebbe mai pensato di svegliarsi in un'abitazione stranamente futuristica, tenuta prigioniera dall'uomo più bello che avesse mai visto. Un uomo che sembra più che umano...

Zaron è sulla Terra per facilitare l'invasione dei Krinar —e per dimenticare la terribile tragedia che gli ha sconvolto la vita. Eppure, quando trova il corpo distrutto di una ragazza umana, tutto cambia. Per la prima volta dopo anni, prova qualcosa di più della rabbia e del dolore, ed Emily ne è la ragione. Lasciarla andare comprometterebbe la sua missione, ma tenerla con sé potrebbe distruggerlo nuovamente.

~

Non voglio morire. Non voglio morire. Ti prego, ti prego, ti prego, non voglio morire.

Continuava a ripetere ostinatamente quelle parole nella sua mente, una disperata preghiera che nessuno avrebbe mai ascoltato. Le sue dita scivolarono di un altro centimetro sul bordo di legno ruvido, spezzandosi le unghie nel tentativo di mantenere la presa.

Emily Ross era appesa—letteralmente—per le unghie a un vecchio ponte mal ridotto. Decine di metri sotto, l'acqua inondava le rocce, con il ruscello gonfio per le recenti piogge.

Quelle piogge erano in parte responsabili della sua situazione. Se il legno del ponte fosse stato asciutto, forse non sarebbe scivolata, facendo una storta. E sicuramente non sarebbe caduta sulla ringhiera, fracassandola sotto il suo peso.

Solo una disperata stretta dell'ultimo minuto aveva evitato ad Emily di precipitare verso la morte. Mentre scivolava verso il basso, la mano destra aveva afferrato una piccola sporgenza sul lato del ponte, lasciandola penzoloni in aria decine di metri sopra le rocce dure.

Non voglio morire. Non voglio morire. Ti prego, ti prego, ti prego, non voglio morire.

Non era giusto. Non doveva andare così. Quella era la sua vacanza, il suo periodo di rigenerazione. Come poteva morire proprio ora? Non aveva ancora iniziato a vivere.

Le immagini degli ultimi due anni attraversarono la mente di Emily, come le presentazioni PowerPoint che le avevano occupato tante ore di lavoro. Ogni notte, ogni fine settimana trascorso in ufficio—era stato tutto inutile. Aveva perso il lavoro a causa dei tagli del personale, e ora stava per perdere la vita.

No, no!

Emily dimenò le gambe, scavando più in profondità nel legno con le unghie. Alzò l'altro braccio, allungandosi verso il ponte. Non sarebbe accaduto. Non l'avrebbe permesso. Aveva lavorato troppo duramente per lasciare che uno stupido ponte della giungla avesse la meglio su di lei.

Il sangue le scorreva lungo il braccio, mentre il legno le lacerava la pelle delle dita, ma ignorò il dolore. La sua unica speranza di sopravvivenza consisteva nel tentativo di afferrare il lato del ponte con l'altra mano, in modo da potersi tirare su. Non c'era nessuno nelle vicinanze per salvarla, proprio nessuno; poteva contare solo su se stessa.

Emily non aveva riflettuto sulla possibilità che sarebbe potuta morire da sola nella foresta pluviale, quando era partita per quel viaggio. Era abituata a fare escursioni, ad andare in campeggio. E nonostante l'inferno degli ultimi due anni, era ancora in buona forma, forte, e pronta a correre e a praticare sport sia durante la scuola superiore che all'università. La Costa Rica era considerata una destinazione sicura, con un basso tasso di criminalità e una popolazione aperta ai turisti. Era anche poco costosa—un fattore importante vista la rapidità con cui si assottigliavano i suoi risparmi.

Aveva prenotato quel viaggio *prima*. Prima che il mercato peggiorasse di nuovo, prima di un altro ciclo di licenziamenti, che aveva causato la perdita del lavoro per migliaia di lavoratori di Wall Street. Prima che Emily andasse a lavorare lunedì, con gli occhi stanchi per aver lavorato tutto il fine settimana, solo per lasciare l'ufficio lo stesso giorno con tutti i suoi effetti personali in una piccola scatola di cartone.

Prima che la sua relazione durata quattro anni si sgretolasse.

La sua prima vacanza dopo due anni, e stava per morire.

No, non pensarci. Non succederà.

Ma Emily sapeva di mentire a se stessa. Sentiva le sue dita scivolare sempre di più, con il braccio destro e la spalla in fiamme per via dello stiramento nel sostenere il peso di tutto il corpo. La sua mano sinistra era a pochi centimetri dal lato del ponte, ma tanto valeva che quei centimetri fossero miglia. Non riusciva ad aggrapparsi con una forza tale da sollevarsi con un braccio.

Fallo, Emily! Non pensarci, fallo e basta!

Raccogliendo tutta la forza, fece oscillare le gambe in aria, sfruttando lo slancio per sollevare il corpo in una frazione di secondo. Afferrò il bordo sporgente con la mano sinistra, lo strinse... e il fragile pezzo di legno si spezzò, facendola gridare dal terrore.

L'ultimo pensiero di Emily prima di colpire le rocce fu la speranza di una morte istantanea.

L'odore della vegetazione della giungla, ricco e pungente, raggiunse le narici di Zaron. Inalò profondamente, lasciando che l'aria umida gli riempisse i polmoni. Era pulita lì, in quel piccolo angolo della Terra, quasi incontaminata come quella del suo pianeta.

Aveva bisogno di quella adesso. Aveva bisogno dell'aria fresca, di isolamento. Negli ultimi sei mesi aveva cercato di fuggire dai suoi pensieri, di esistere solo in quel momento, ma non c'era riuscito. Nemmeno il sangue e il sesso lo soddisfacevano ormai. Poteva distrarsi scopando, ma poi il dolore tornava sempre, più forte che mai.

Era davvero troppo. La sporcizia, le folle, il fetore dell'umanità. Quando non era avvolto da una nebbia di estasi, era disgustato, con i sensi sopraffatti dall'aver trascorso troppo tempo nelle città umane. Era meglio lì, dove poteva respirare senza inalare veleno, dove poteva sentire l'odore della vita invece di quello dei prodotti chimici. Pochi anni dopo, tutto sarebbe stato diverso, e avrebbe potuto riprovare a vivere ancora una volta in una città umana, ma non ancora.

Non prima di essersi stabiliti lì completamente.

Quello era il compito di Zaron: supervisionare gli insediamenti. Aveva fatto ricerche sulla fauna e la flora della Terra per decenni, e quando il Consiglio aveva chiesto la sua assistenza per l'imminente colonizzazione, non aveva esitato. Qualunque cosa era meglio che essere a casa, completamente permeata dai ricordi della presenza di Larita.

Non c'erano ricordi lì. Nonostante tutte le somiglianze con Krina, quel pianeta era strano ed esotico. Sette miliardi di *Homo sapiens* sulla Terra—un numero impensabile—e si stavano moltiplicando a un ritmo vertiginoso. Con la loro breve durata di vita e la conseguente mancanza di memoria a lungo termine, stavano consumando le risorse del loro pianeta con un profondo disprezzo per il futuro. In qualche modo, gli ricordavano la *Schistocerca gregaria* —una specie di locusta che aveva studiato diversi anni fa.

Naturalmente, gli esseri umani erano più intelligenti degli insetti. Alcuni individui, come Einstein, erano addirittura simili ai Krinar in alcuni aspetti del loro pensiero. Ciò non era particolarmente sorprendente per Zaron; aveva sempre pensato che fosse questo l'intento del grande esperimento degli Anziani.

Passeggiando per la foresta della Costa Rica, si ritrovò a pensare al proprio compito. Quella parte del pianeta era promettente; era facile immaginare piante commestibili provenienti da Krina che fiorivano lì.

Aveva fatto tante prove sul suolo e aveva alcune idee su come rendere ancora più rigogliosa la flora di Krina.

Intorno a lui, la foresta era lussureggiante e verde, impregnata del profumo di eliconie in fiore e del rumore dei fruscii delle foglie e degli uccellini appena nati. In lontananza, sentì il grido di una *Alouatta palliata*, una scimmia urlatrice nativa della Costa Rica, e qualcos'altro.

Accigliato, Zaron ascoltò più attentamente, ma il suono non si ripeté.

Incuriosito, si diresse in quella direzione, con gli istinti di cacciatore in allerta. Per un attimo, quel suono gli aveva ricordato l'urlo di una donna.

Muovendosi con facilità tra la folta vegetazione della giungla, Zaron scattò a gran velocità, saltando su un piccolo torrente e sui cespugli che trovava sul suo cammino. In quel luogo, lontano dagli umani, poteva muoversi come un Krinar, senza la preoccupazione di esporsi. Qualche minuto dopo, arrivò abbastanza vicino da poterne sentire il profumo. Forte e simile al rame, gli fece venire l'acquolina in bocca e risvegliare il sesso.

Sangue.

Sangue umano.

Raggiungendo la sua destinazione, Zaron si fermò, fissando la visuale davanti a lui.

Di fronte c'era un fiume, un torrente di montagna in piena per le recenti piogge. E sulle grandi rocce nere al centro, sotto un vecchio ponte di legno che attraversava la gola, c'era un corpo.

Il corpo frantumato e contorto di una ragazza umana.

La Prigioniera dei Krinar è ora disponibile su www.annazaires.com/book/la-prigioniera-dei-krinar/.Visitate il mio sito web all'indirizzo www.annazaires.com/book-series/italiano/ per saperne di più e per iscrivervi alla mailing list delle nuove pubblicazioni.

INFORMAZIONI SULLE AUTRICI

Anna Zaires è un'autrice bestseller di sci-fi romance, romance contemporaneo erotico e dark del *New York Times, USA Today*. È appassionata di libri dall'età di cinque anni, quando sua nonna le insegnò a leggere. Da allora, vive sempre parzialmente in un mondo di fantasia, in cui gli unici limiti sono quelli della sua immaginazione. Al momento risiede in Florida. Anna è felicemente sposata con Dima Zales (un autore fantasy e di science fiction) e collabora strettamente con lui in tutti i suoi lavori.

Per saperne di più, visitate il sito www.annazaires.com/book-series/italiano/.

Hettie Ivers è una scrittrice a tempo libero che ama sfuggire allo stress della settimana lavorativa con un buon libro sporco, preferibilmente uno divertente. La sua attuale carriera non le consente di dedicare molto tempo alla scrittura creativa, ma adora scrivere dopo le ore di lavoro e nei fine settimana, e cerca di pubblicare uno o due libri all'anno, come le permettono gli impegni. Per saperne di più su Hettie e sui libri che ha scritto, non esitate a visitare il suo sito web all'indirizzo www.hettieivers.com.